Die Geschichte beginnt vor fünfundzwanzig Jahren in der DDR, an einem Sommertag, an einem See. Auf dieser wilden Künstlerparty verliebt sich Astrid Hals über Kopf in Julius. Er wird aus ihrem Herzen nie mehr ganz verschwinden, und Astrid, Jana und Julius bleiben Freunde über viele Jahre. Erst viel später wird sich herausstellen, dass alles ganz anders war. Gregor Sander verschränkt Vergangenheit und Gegenwart, er erzählt von deutschen Lebensläufen, dass einem schwindelig wird: Liebe, Freundschaft, Flucht und Verrat. Nichts ist, wie es auf den ersten Blick scheint. Gregor Sander ist ein großer Erzähler menschlicher Schicksale.

»Gregor Sander kann Szenen schreiben, die so plastisch sind, dass man in ihnen spazieren gehen kann.«
                    Dirk Knipphals, Deutschlandradio Kultur

Gregor Sander, geb. 1968 in Schwerin, studierte einige Semester Medizin, Germanistik und Geschichte. Davor schloss er Ausbildungen zum Schlosser und Krankenpfleger ab. Nach dem Besuch der Berliner Journalistenschule lebt er heute als freier Autor in Berlin.
2004 wurde er mit dem Förderpreis zum Friedrich-Hölderlin-Preis der Stadt Homburg ausgezeichnet. Sein Romandebüt ›Abwesend‹ wurde für den Deutschen Buchpreis nominiert. 2009 erhielt er bei den Tagen der deutschsprachigen Literatur in Klagenfurt den 3sat-Preis. Der Erzählungsband ›Winterfisch‹ wurde mit dem Preis der LiteraTour Nord (2012) und dem »Deutschen Erzählerpreis« (2013) ausgezeichnet. 2014 erschien sein zweiter Roman ›Was gewesen wäre‹.

Weitere Informationen, auch zu E-Book-Ausgaben, finden Sie bei www.fischerverlage.de

Gregor Sander

Was gewesen wäre

Roman

FISCHER Taschenbuch

Für Malte und Valentin,
für jeden Tag mit euch.

Erschienen bei FISCHER Taschenbuch
Frankfurt am Main, September 2015

Lizenzausgabe mit freundlicher Genehmigung
des Wallstein Verlages
© Wallstein Verlag, Göttingen 2014
Druck und Bindung: CPI books GmbH, Leck
Printed in Germany
ISBN 978-3-596-03199-3

Im Wald

Wir gingen durch den Wald, Jana und ich. Fast Hand in Hand. Unsere Arme berührten sich beim Laufen manchmal, und wir trugen beide Sommerkleider mit kurzen Ärmeln. Meines war weinrot mit hellen grünen Längsstreifen. Ich hätte gerne Jeans und T-Shirt angezogen, aber Jana hatte gesagt: »Das geht nicht. Nicht da.« Jetzt ging sie neben mir, und ihre Haare, die ihr sanft über die Schultern fielen, waren auf eine kindliche Art blond und leuchteten im gedämpften Licht des Waldes. Wir hatten sie zusammen gewaschen, bei mir zu Hause, und ihnen Glanz gegeben mit einem Ei.

Ich hatte dabei in der Badewanne gehockt wie ein Kind, und Jana stand vor mir, nur in einem Schlüpfer. Ich sah ihre Beine und die sich kräuselnde Scham links und rechts des weißen Stoffes. Über mir hörte ich das Knacken der Schale, und dann ließ sie mir das Ei auf den Kopf klatschen. Es zerlief, so wie eine Spinne krabbelt, und mich schauderte. »Die werden schon was zu gucken kriegen«, sagte sie, und ich legte meinen Kopf auf die Knie und ließ sie machen. Gab mich in ihre Hand.

Jana hatte mit Julius geschlafen. »Einmal nur, der ist echt verdreht.« – »Und warum willst du den nicht?«, hatte ich gefragt, und Jana hatte gesagt: »Mich kriegt keiner.« Dann lachte sie und verteilte das Ei weiter auf meinem Kopf. »Der ist was für dich. Wirst schon sehen.« Ich liebte das, wenn Jana das sagte, genau wie ich es hasste, wenn meine Mutter das sagte mit fast genau denselben Worten: »Wär' der nicht was für dich?«, über irgendeinen, so als wollte sie mich loswerden. Bei Jana wusste ich, dass sie mir Julius in Gedanken zur Seite stellte, und sie blieb auf der anderen Seite stehen. Unverrückbar.

Der Waldboden unter unseren Füßen war weich und verschluckte unsere Schritte. Ab und zu kam ein Auto von hinten oder ein Moped, und manchmal hupten sie und schrien im Vorbeifahren. Oder wir sollten mitfahren und zierten uns. »Das wird ein Fest«, sagte Jana und sah ihnen nach. Das hatte ich auch zu meiner erstaunten Mutter gesagt auf die Frage, wohin wir denn gehen würden und wo wir übernachteten. »Ein Sommerfest bei Freunden.« Keine Fete oder Party, kein Geburtstag. Ein Sommerfest. Die Tasche mit dem Schlafsack schnitt mir hart in die Schulter und zerknitterte den Stoff meines Kleides. Ich wollte wenigstens in normalen Klamotten bei Julius und seiner Mutter ankommen. »Wir können uns doch dann immer noch umziehen.« – »Kommt nicht in Frage. Du ziehst dein Kleid an. Das wird ein Auftritt. Die ganze Künstlerboheme aus Berlin wird da sein. Wir werden uns nicht verstecken vor den Bouletten«, sagte Jana, als wüsste sie was, und ein bisschen wusste sie ja tatsächlich.

Von Neubrandenburg waren wir Richtung Anklam gefahren und schon am ersten Halt ausgestiegen. »Dieses Haus liegt im absoluten Nichts«, hatte

Jana gesagt. »Das nächste Dorf ist ewig weit weg, und direkt vor der Tür ist ein See. Man fällt praktisch hinein.«

Zwei Kilometer waren es vom Bahnhof aus zu laufen. Und dann war man erst in Giebenow. Kleine schiefe Häuser, die sich an einer Straße im Spalier gegenüberstanden. Hohläugig und reglos. Das ganze Dorf war menschenleer. Ein Hund bellte, als wir über die Kopfsteinpflasterstraße liefen, und ein Trecker dröhnte vorbei, der Fahrer winkte uns vergnügt über die Schulter zu, so als würde er uns kennen.

»Das ist also sein Schulweg jeden Morgen«, sagte ich, und Jana sah mich an. Sie trug die Sonnenbrille ihrer Großmutter, deren Gläser fast lila waren, und einen winzigen schwarzen Hut mit einem Netz vor dem Gesicht. »Na ja. Arbeitsweg. Der macht ja Beruf mit Abitur im BAZ in der Oststadt. Wasserwirtschaft. Der muss früher raus als wir, meine Süße. Aber nur noch ein paar Wochen. Dann hat er sein Abi in der Tasche.«

Wir gingen seit fast einem Jahr auf die EOS in Neubrandenburg, und in wenigen Wochen waren Sommerferien. Jana hatte am ersten Tag im Klassenzimmer gesessen, rückwärts auf dem Stuhl mit der Lehne nach vorn. Sie sah mich durch den Raum an und grinste. So als würden wir uns kennen. Dabei kannte ich niemanden. Ich stand an der Wand allein. Zehn Jahre war ich auf dieselbe Schule gegangen, und nun noch zwei Jahre Abitur auf der Penne, wie alle die EOS nannten. Jana grinste so lange, bis ich wie aufgezogen auf sie zuging und vor ihr stehen

7

blieb. Sie sah zu mir hoch und sagte: »Was haben wir beide hier verloren?«

Wir gingen an einem Gerstenfeld entlang auf den Wald zu, in dem das Haus liegen sollte. Ich strich mit der Hand über die langen Haare der Ähren, lachte und sagte: »Nimm diese Kompottschale ab, du hast schon 'ne ganz rote Birne.« Jana blies das Netz ein Stück von ihrem Gesicht weg und sagte: »So weit kommt es noch.«

Ein altes Forsthaus sei das, wo die wohnen. Der Urgroßvater von Julius sei da tatsächlich noch Förster gewesen. Jetzt gehöre es Katharina. Sie nannte Julius' Mutter immer Katharina, so als wäre sie eine gute Freundin. Aus Berlin seien sie gekommen. Dort sei sie Künstlerin, aber Julius habe keinen Abiturplatz bekommen. Nur den bei der Wasserwirtschaft in Neubrandenburg. Und auch das nur durch eine Eingabe bei der Ministerin. Er habe einen Durchschnitt von 1,1 gehabt. »Ach, brillant ist der.« Als die Ausbildung losging vor drei Jahren, seien sie eben in das Haus gezogen, in dem sie sonst nur die Sommer verbracht hätten.

»Die haben natürlich ihre Wohnung in Berlin behalten«, sagte Jana, und die Kühle des Waldes tat ihrer Gesichtsfarbe gut. »Wenn du mich fragst, dann wohnt Katharina da auch nur pro forma. Julius ist dauernd allein dort. Ist schon unnormal. Einfach so und mitten im Wald. Der hat überhaupt keine Angst. Ich hatte sogar mit ihm Angst in der Nacht. Das ist da so scheißdunkel, und ein Käuzchen hat geschrien immerzu.« Sie schüttelte sich und hakte mich unter.

Man sah das Haus zuerst von hinten. Es war nicht besonders groß, ocker mit einem hohen mattroten Dach. Der Weg führte aus dem Wald über eine wilde kleine Wiese, und da stand es beschienen von der Nachmittagssonne, die über dem See hing. Der war klein und rund mit einem grünen Schilfgürtel. Vor dem Haus standen zwei Kastanien, dazwischen ein Ferkel auf einem Spieß, das von einem knatternden Motor langsam gedreht wurde. Es roch gleichermaßen nach Fleisch und Benzin. Zwei Männer in Unterhemden standen davor und sahen uns an. Als wir vorbeigingen, hoben sie wortlos die Bierflaschen.

Im Garten, der sich zaunlos an das Haus anschloss und der voller alter Bäume und blühendem Flieder war, und auch vor dem Haus saßen Leute in der Sonne auf Handtüchern und in Liegestühlen. Nackt, in Badesachen oder komplett angezogen. Es gab einen Stall aus rotem Backstein, und davor war eine kleine Bühne aufgebaut, hinten links ein Schlagzeug, an dem ein Saxophon lehnte, und ein paar Gitarren standen herum.

»Das ist Katharinas Atelier«, sagte Jana, und dann deutete sie mit dem Kopf Richtung See: »Und das ist Katharina.« Ein Ruderboot war kurz davor, am Steg vor dem Haus anzulegen. Ein dicker Mann mit einem Vollbart und einer Zigarre im Mund saß an den Rudern. Am Heck des Schiffes sah man einen völlig schwarz gekleideten Jungen in unserem Alter mit einem kahlen Schädel und einer Nickelbrille. Und vorne im Boot stand wie eine Galionsfigur eine schmale Frau, Mitte vierzig. Sie hatte lackschwarze

Haare und trug ein weißes Kleid mit Mohnblumen darauf. Ihr Gesicht war durch einen wagenradgroßen Strohhut verdeckt. Sie angelte mit dem Fuß nach dem Steg, erreichte ihn, und dann blieb das Boot stehen und trieb ein bisschen zurück. Ich bin mir nicht sicher, ob das ein Versehen war oder ob der Vollbart am Ruder das extra tat. Katharina wurde auseinandergezogen, wie im Spagat. »Eh, Mensch!«, rief sie, und dann rutschte der Fuß ab und sie landete kopfüber im See. Der Hut schwamm für einen Moment auf der Wasseroberfläche, und Katharina tauchte prustend wieder auf und schrie: »Ach, Scheiße!«

Klatschnass stieg sie aus dem Wasser. Das Kleid klebte an ihrem Körper, und die Mohnblumen waren dunkelrot und faltig. Sie drehte sich zum Boot um: »Du bist wirklich ein Idiot, Werner«, und dann lief sie zum Haus und schrie lachend: »Jetzt hört auf zu lachen, verdammt noch mal.«

Jana und ich gingen ihr nach. Die Küche war groß und dunkel. Zwei kleine Fenster, die auf den See gerichtet waren, ließen nur spärliches Licht hinein. Ein schöner alter Bauernschrank stand an der Wand, bemalt mit roten und grünen Ranken. Die Spüle war aus weißem abgewetztem Stein, und in der Mitte stand ein großer dunkelbrauner Tisch mit gedrechselten Beinen. Wir kramten in unseren Rucksäcken, und ich stellte die Flasche Murfatlar, die ich aus dem Keller meiner Eltern geklaut hatte, auf den Tisch. Der war voll mit Brot, Salaten, Obst und Käse. Jemand tauchte plötzlich neben mir auf, es war der schwarz gekleidete Junge aus dem Ruderboot.

Er sah mich nicht an, griff nach dem Murfatlar und sagte: »Mhmm, rumänische Kopfschmerzen in der Flasche«, und verschwand wieder. Jana verdrehte die Augen und fummelte immer noch in ihrem Rucksack herum. »Oh, lecker, der Bohnensalat ist aufgegangen, und mein ganzer Schlafsack ist voll.« Sie stellte die Schale mit den grünen Bohnen auf den Tisch. Es roch scharf nach Essig und Zwiebeln. »Na ja, aber wir sind ja nicht zum Schlafen hergekommen. Oder? Jedenfalls nicht in unseren Schlafsäcken.«

Julius war lange Zeit gar nicht zu sehen, und als er dann erschien, war sein Interesse an Jana doch noch größer als von ihr behauptet. So schien es mir. Er war groß und hatte seine Haare hinterm Kopf zu einem winzigen Zopf gebunden. Sie waren nicht unbedingt frisch gewaschen, und ich musste an die Prozedur mit dem Ei denken und wie es mir über den Kopf gelaufen war. Noch einmal bekam ich eine Gänsehaut. Julius' Fleischerhemd war weit aufgeknöpft, er trug eine abgeschnittene Jeans und war barfuß. »Mann, da bist du ja«, sagte er, nahm Jana in den Arm und hob sie ein wenig hoch. »Du bist gut. Wir sind schon zwei Stunden hier und stehen uns die Beine in den Bauch. Müssen dauernd irgendwelche wilden Tiere und notgeile Berliner abwehren. Du warst leider nicht zu sehen.«

Er lachte und sagte: »Ich musste noch Wein holen und Gäste vom Zug.« – »Das ist Assi«, sagte Jana, »also Astrid. Astrid Wolter, meine beste Freundin.« Und Julius sah mich an, ohne Jana loszulassen, und irgendwie erwartete ich, dass er auf mich zutreten und mir die Zähne auseinanderbiegen würde, wie einem Pferd, das man kaufen will. Aber vielleicht täuschte das alles auch, und ich war einfach nur empfindlich und doch schon gefangengenommen von seinen grünbraunen Augen und einer mattbraunen Haut, die aussah, als würde er sie täglich eincremen.

Julius führte uns zum Schwein, das er gemeinsam mit seiner Mutter unter Applaus anschnitt. Jana und ich nahmen unsere Teller und lehnten uns mit den Rücken an eine der Kastanien und sahen der Sonne dabei zu, wie sie sich langsam der Seeoberfläche näherte. Wir hatten eine Flasche algerischen Cabernet Sauvignon aus der Küche entführt, und den tranken wir zum Schwein. Ich zu wenig, wie Jana meinte: »Tüter dir mal ein bisschen einen an, dann knutscht sich das nachher besser.« Ich lachte und trank trotzdem wenig.

Die beiden Männer in den Unterhemden, die sich um das Schwein gekümmert hatten, kamen auf uns zu: »Wir fragen uns schon die ganze Zeit, ob ihr beiden Hübschen nicht mal mit uns rudern wollt oder baden?« Die waren mindestens 30. »Nee, danke«, sagte Jana, »wir sitzen hier sehr gut.« Offensichtlich waren sie nicht interessant für uns. Ich fühlte mich wie in einem Theaterstück, aber in einem, in dem nur ich den Text nicht kannte. Und das sagte ich Jana auch.

»Ach Assi«, sagte sie und erzählte mir, soviel sie wusste über einen, der Regisseur war in Anklam, aber dort eigentlich nur in so einer Art Verbannung lebte, weil er in Berlin nicht mehr inszenieren durfte. Und dass nun das Publikum seinetwegen aus

Berlin nach Anklam fuhr. Über zwei, die in einer Punkband spielten, die eigentlich verboten war. Die hatten die Haare tatsächlich mit Zuckerwasser oder was auch immer wie Stachel aufgestellt, und der Kleinere von beiden hatte eine Sicherheitsnadel durch die Backe gestochen. Beide trugen trotz der Hitze schwarze schwere Schnürstiefel. Und dass Katharina Ausstellungsverbot hatte in der ganzen DDR, sagte Jana, und jetzt für verschiedene Theater die Bühnenbilder machte.

Wir gingen Arm in Arm vor zum See und mit den Füßen in das flache Wasser neben dem Steg. »Julius' Vater wohnt ja in Hamburg. Der ist abgehauen, als Julius ein Jahr alt war. Durch die Donau geschwommen von Rumänien nach Jugoslawien.« – »Ach«, sagte ich und griff nun doch die Flasche, die neben Janas Beinen baumelte, und nahm einen Schluck. »Und seitdem hat er den nicht mehr gesehen? Oder wie?«

»Doch, doch, den sieht er jedes Jahr. Schwierige Kiste, wenn du mich fragst, und Katharina fragst du besser gar nicht nach dem Erzeuger, dann geht die nämlich direkt die Wand hoch.« Jana lachte und schüttelte eine Hand in Halshöhe. »Aber es gibt noch einen Bruder, also Halbbruder. Sascha, zwei Jahre jünger als Julius. Den trifft er immer bei der Oma in Wittenberge.« Sie deutete auf das Haus und sagte: »Der hat hier wohl auch Hausverbot. Hat den falschen Vater. Oder die falsche Mutter. Wie man's nimmt. Sippenhaft, würde ich mal sagen.«

Wir standen dann alle vor der Bühne, und hinter uns hing die Sonne, die zur Hälfte schon in den See getaucht war. Neben mir stand ein junges blondes Mädchen, das gerade schwimmen gewesen war. Sie trug noch ihr hellblaues Bikinioberteil und ein langes Handtuch um die Hüfte, ihre Achseln waren rasiert, und sie war noch tropfnass und sah so schön aus, dass ich sie anstaunte wie eine Statue. Julius hatte die Gitarre umgeschnallt, ein Punk stand am Bass, und der andere saß hinterm Schlagzeug, und auf einem kleinen Podest aus vier Bierkästen und ein paar Brettern stand Katharina. Sie trug jetzt ein schwarzes knielanges Kleid mit einem breiten roten Gürtel und wieder den Strohhut, der offensichtlich getrocknet war. »Diese jungen Herren hier sind so freundlich, mich zu begleiten«, sagte sie. »Wie ihr ja wisst, darf ich nicht mehr ausstellen, und immer nur Pappwände zu bemalen im Theater ist mir auch zu langweilig, und deshalb habe ich ein paar Texte geschrieben und singe jetzt. Natürlich leider eher für mich, weil ich ja auch nicht auftreten darf, aber heute Abend doch für euch. Fühlt euch geehrt.«

Es war absolut ruppige Musik, und Katharina stand nicht lange auf den Bierkisten, sondern rannte über die Bühne. Sie schrie und stöhnte in das Mikrofon, und die beiden Punks bearbeiteten ihre Instrumente, als ob es Holzstücke wären. Nur Julius stand etwas abseits und spielte fast bewegungslos die Melodie, hinter der alle herrasten.

Wir sind hier
Und wir bleiben hier
Und ich kann nicht mehr und geh weiter

Wir sind hier
Und wir bleiben hier
Und ich fühl mich taub und bleib heiter
Monotonie, Monotonie, Monotonie

schrie Katharina in das quietschende Mikrofon. Die
Sonne war inzwischen ganz versunken, und trotzdem stand noch ein Streifen Licht über dem See. Ein
paar Jungs begannen zu pogen vor der Bühne. Ich
hasste das, weil man dann immer etwas in die Rippen
bekam, einen Ellenbogen oder eine Stiefelspitze, und
manchmal dachte ich, dass die das nur machen, um
überhaupt die Mädchen zu berühren.

»Julius sieht mich nicht mal an«, sagte ich später
zu Jana, als wir nach dem Konzert an einer langen
Tafel im Garten saßen. Dichtgedrängt nebeneinander. Alle tranken Bier und Wein und Schnäpse. Wie
verrückt. »Rühr dich nicht, sag ich dir. Der kommt
schon noch«, flüsterte Jana mir zu und strich mir eine
Haarsträhne hinter das Ohr. Dann wandte sie sich
wieder dem Jungen mit dem kahlen Schädel und der
Nickelbrille zu, der mir vorhin erklärt hatte, dass er
Gedichte schreibe, um Gottfried Benn nah zu sein
und um Mädchen ins Bett zu bekommen. Katharinas
Texte fand er grauenhaft. »GRAUENHAFT«, sagte
er noch einmal laut, und dabei sah er mich schon
nicht mehr an. Jetzt war sein Gesicht ganz nah vor
Janas, und er blies ihr beim Reden den Rauch seiner
Zigarette ins Gesicht.

Wir waren eingequetscht zwischen den Thea-
terleuten aus Anklam, und die Hand des verbann-

ten Regisseurs lag schon geraume Zeit auf meinem Hintern, obwohl er nicht mal mit mir redete. Mir gegenüber saßen zwei ältere Frauen, die mir schon bei ihrem Erscheinen aufgefallen waren. Die eine hatte ein rundes Gesicht und raspelkurze Haare, von denen einige grau waren, und die andere war groß und stämmig und trug ein rotes Tuch wie ein Pirat. Katharina hatte sie umarmt bei der Begrüßung, und sie waren im Kreis umhergesprungen und hatten gekreischt wie Kinder.

Julius stand auf am anderen Ende der Tafel, ging zur Bühne und schaltete den Verstärker an. Er hockte sich auf die Bierkästen und spielte vor sich hin. Tom Waits, Bob Dylan, die Stones, und ich wusste das nur, weil es ab und zu jemand am Tisch erwähnte. Aber es gefiel mir, wie er da saß im Halbdunkeln, die Sterne über sich, und spielte. Julius gefiel mir immer mehr, und mein Herz begann schneller zu schlagen jedes Mal, wenn ich Richtung Bühne blickte.

Die Nacht verging, es wurde getanzt, und ich hatte mir irgendwann meine Jeans und einen Pullover aus dem Rucksack geholt und übergezogen wie eine Rüstung. Jana tippte sich mit dem Finger an die Stirn, bevor sie mit dem Dichter Richtung Wald verschwand. Der eine Punk, der kleine mit der Sicherheitsnadel in der Backe, kam auf mich zu gewankt. Seine Haare waren in sich zusammengefallen, und er versuchte sie mit ein paar Handbewegungen wieder nach oben zu bringen. Er sah mich an und sagte: »Willst du ficken, ich könnte mir vorstellen, du könntest es auch brauchen.« Wie ein kleines

Mädchen lief ich vor ihm weg, ich schämte mich richtig dafür. Viel lieber hätte ich ihm irgendetwas Passendes geantwortet. Etwas Rotziges, so wie Jana das gemacht hätte.

Ich lief den beiden Frauen in die Arme, die mir gegenübergesessen hatten. Sie hakten mich unter, und eine sagte: »Nun mal langsam mit den jungen Pferden.« Die Kleinere mit den kurzen Haaren sagte: »Ein schönes Kleid hattest du an vorhin.«

»Ja, das ist von meiner Oma. Ich habe es umgenäht«, antwortete ich, und beinah hätte ich angefangen zu heulen. Wir setzten uns unter eine der Kastanien. Die beiden erzählten mir, dass sie mit Katharina studiert hätten, aber jetzt nur noch sie Kunst machen würde. »Hannah ist bei der Zeitung, und ich bin Lehrerin geworden«, sagte die Größere. »Und Piratin bin ich auch nur hier.«

Sie fragten mich ein bisschen aus nach meinen Eltern und Jana und wie ich hierher gekommen wäre. Und ich fragte nach Julius' Vater, und Hannah sagte: »Das war einer, dem du dein Herz gibst, und du weißt, da macht der Hackfleisch draus, und du gibst es ihm trotzdem.« Sie sah dabei über den See, so als hätte sie ihm ihr Herz auch gegeben, ohne zu zögern.

Es wurde schon wieder hell, und die beiden gingen schlafen. Ich wusste ja gar nicht, wo ich schlafen sollte, und ich wollte auch noch nicht, dass dieses Sommerfest vorüber war. Weder Jana noch Julius waren zu sehen. Es waren nur noch wenige der Gäste wach. Ich setzte mich vorne auf den Steg und hielt die Füße in das kalte Wasser.

Eine Weile saß ich da, und dann kam Julius mit Jana im Arm. Sie sah völlig verheult aus und trug diesen albernen Hut in der Hand. »Das ist ein Idiot, Jana«, sagte Julius. »Der war gerade beim Poetenseminar in Schwerin, und jetzt glaubt er, er wäre Heiner Müller.« Sie setzten sich neben mich. Jeder auf eine Seite. Es wurde langsam heller, und die Vögel sangen wie verrückt. Jana stand plötzlich auf, küsste mich auf die Wange und rannte dann Richtung Haus. Julius sah ihr nach, und ich legte ihm die Hand auf den Oberschenkel und sagte: »Lass die mal. Manchmal kann man ihr nicht helfen.«

Die Sonne stieg langsam höher hinter dem Haus. Irgendjemand riss noch einmal die Anlage auf, und »The passenger« erklang zum hundertsten Mal und wurde nach wenigen Takten wieder abgewürgt. Katharina rief: »Jetzt ist dann mal Schluss, Leute. Wenigstens mit der Musike.« Julius und ich sahen auf den kleinen wellenlosen See. Meine Arme und Beine waren komplett von Mücken zerstochen, aber die Morgensonne wärmte uns schon den Rücken, und dann griff er nach meiner Hand.

Hotel Gellért

Astrid erwacht langsam. Sie taucht nicht auf wie aus dem Wasser, wenn es schnell hell wird und die Konturen werden klar. Ihre Augen bleiben zu, und während sie sich langsam spürt, ihren Körper spürt, ihre Beine, dass sie sitzt, denkt sie, dass sie so seit Jahren schon nicht mehr aufgewacht ist. So langsam und zart. Es brummt. Das Auto, der Zug? Nein, ein Flugzeug. Ihre Hände umfassen die Sitzlehnen. Sie ist auf dem Weg nach Budapest, und zum ersten Mal freut sie sich richtig über diesen Urlaub, den ihr Paul geschenkt hat, der neben ihr sitzt, rechts neben ihr. Sie braucht nur die Augen zu öffnen, den Kopf zu drehen, und dann sitzt er da.

Vielleicht liest er, vielleicht guckt er aus dem kleinen runden Fenster oder er hört Musik. Astrid hofft, dass er nicht schläft, mit offenem Mund oder nach vorn gefallenem Kopf. Wer sieht dabei schon vorteilhaft aus? Ob sie selber geschnarcht hat? Sie schiebt den Gedanken beiseite und muss an ihre Freundin Vera denken, die gesagt hatte: »Kein direkt schöner Mann, aber er hat was.« Astrid lächelt und denkt an diesen ersten gemeinsamen Abend in einem französischen Restaurant im Prenzlauer Berg. Paul hat die wenigen Haare kurz geschoren und ein paar Kilo zu viel. Seine Hände sind groß und weich wie die eines Kindes. Er ist nur wenige Zentimeter größer als Astrid.

Sie öffnet die Augen, und Paul sieht sie direkt an. »Du hast gelächelt im Schlaf«, sagt er. Im kleinen runden Fenster neben ihm ist nur das kräftige helle Blau des Himmels zu sehen, und Astrid ist erstaunt, dass Pauls Augen damit konkurrieren können. Sie dreht sich in ihrem Sessel zu ihm, schiebt die Armlehne hoch und legt die Knie auf den freien Sitz zwischen ihnen: »Und du so?« – »Ich würde gern rauchen«, sagt Paul. »Beim Fliegen ist es immer schlimm. Weißt du noch, wie man vor ein paar Jahren in Flugzeugen rauchen durfte? Bis Reihe fünfzehn war Nichtraucher, und dahinter konnte gequarzt werden. Völlig absurde Vorstellung heute.«

»Steck dir doch eine an, mal sehen, was passiert.«

Paul legt seine hohe Stirn in Falten. Seine Ohren liegen sehr eng am Kopf an. »Dann werde ich wahrscheinlich erschossen. Außerdem habe ich natürlich gar keine Zigaretten dabei. Ich bin Nichtraucher, auf ärztlichen Rat nur und gegen meinen Willen, aber ich bin Nichtraucher. Was gibt es denn für Zigaretten in Budapest? Mensch, wie ich das geliebt habe. MS in Italien, Parisienne in der Schweiz, Gitanes in Frankreich. Das war Urlaub für die Lunge.«

An diesem Abend mit Vera und ihrem Mann Oliver hatte Paul kaum geredet, und Astrid war davon überrascht gewesen. Sie saßen sich gegenüber an einem dunklen blanken Holztisch. An den Wänden hingen Fliesen, auf denen verschiedene Fischmotive abgebildet waren. Vera redete gestenreich von ihrer Arbeit als Lehrerin, über die Schule und ihren dämlichen Chef. Sie redete wie aufgezogen, während Paul schwieg. Oliver, dessen volles rotbraunes Haar immer zu einem akkuraten Seitenscheitel gekämmt ist, lächelte Astrid ab und zu an und warf etwas Beschwichtigendes in Veras Redeschwall wie: »Ach komm, du machst es schlimmer, als es ist«, aber diese Sätze wurden weggespült wie Treibholz in einem Fluss. Paul aß sein Bœuf bourguignon. Er war nicht unhöflich still, er hielt sich nur merklich zurück, fragte an den richtigen Stellen nach, und Astrid merkte, während sie das feststellte, wie wichtig ihr Veras Meinung war, wie wichtig es ihr war, dass Vera und auch Oliver ihn mögen, und sie dachte: »Hört das denn nie auf, und ist es nicht einfach genug, wenn er mir gefällt?« Dann griff sie nach seiner großen, weichen linken Hand, die ruhig neben dem Teller gelegen hatte, und hielt sie fest. Er sah sie kurz an und ließ sie gewähren, zog die Hand nicht weg und sagte: »Ich würde das keine Woche überleben an so einer Schule, und nie allein.«

»Das war das Schärfste«, hatte Vera hinterher zu ihr am Telefon gesagt, als sie längst wieder zu Hause war, allein und ohne Paul, weil der am nächsten Morgen Frühdienst hatte. Bei diesem Telefongespräch, bei dem Vera auch Pauls Äußeres bewertet hatte, sagte sie: »Das war das Schärfste, als du einfach seine Hand genommen hast wie so ein Scheißbackfisch, und er guckt dich nur kurz an mit seinen blauen Augen. Mensch, da war ich so neidisch. Das kannst du dir gar nicht vorstellen.« Doch Astrid konnte sich das vorstellen. Sie kannte die Probleme zwischen Vera und Oliver in- und auswendig.

Paul läuft vor ihr und zieht einen kleinen schwarzen Rollkoffer hinter sich her, vorbei an den Wartenden vor dem Gepäckband. In Berlin hatte er ihr vor dem Gate sitzend lang und breit die Vorzüge seines Handkoffers erklärt und wie wichtig es wäre, einen mit vier Rollen zu kaufen, damit man den auch im aufrechten Zustand locker und leicht schieben konnte. Das waren seine Worte gewesen: »locker und leicht«, und Astrid hatte ihm fasziniert dabei zugesehen, wie er aufgesprungen war und vor der großen Scheibe, hinter der das graue Rollfeld von Berlin-Schönefeld lag, seinen kleinen Koffer hin und her schob. Astrid war das alles völlig egal. Ihrer war klein und gräulich, und seine zwei Rollen machten einen irren Lärm. Sie hatte ihn gekauft, als Samuel das erste Mal mit dem Kindergarten in ein Ferienlager fuhr. Das war also mehr als sechs Jahre her. Fasziniert war sie nur davon, wie sich Paul in so etwas scheinbar völlig Unwichtiges hineinsteigern konnte, wie er erst ganz spät merkte, dass sie das überhaupt nicht interessierte, und seinen Vortrag schloss, indem er sich neben sie auf den Sitz fallen ließ und sagte: »Was rede ich denn da eigentlich, Frau Doktor.«

Der Flughafen in Budapest ist klein, und sie durchqueren die Halle schnell. »Wie kommen wir in die Stadt?«, fragt Paul und richtet den Blick eines Kindes auf sie.

»Woher soll ich das wissen?«

»Immerhin warst du schon in Budapest.«

»Jetzt fang nicht wieder damit an. Das ist zwanzig Jahre her! Fünfundzwanzig fast. Da sind wir natürlich mit dem Zug angekommen. Anderthalb Tage hat die Fahrt gedauert. Nicht anderthalb Stunden.« Astrid hat es bisher genossen, ohne Kinder zu reisen, sich nur um sich zu kümmern, und sie will das nicht so schnell aufgeben. Das kleine Taxihäuschen entdeckt sie eher als Paul. »Hotel Gellért«, sagt sie in das Gesicht des jungen Mannes hinter der Scheibe und öffnet das Portemonnaie mit den unbekannten Geldscheinen darin. Sie war seit Jahren in keinem Land ohne Eurowährung mehr gewesen und hatte in heller Vorfreude 100 Euro in einen Haufen Forint umgetauscht. Der junge Mann schiebt ihr einen Zettel zu und sagt lachend über ein schepperndes Mikrofon: »Pay the driver, not me«, und Astrid kommt sich dusselig vor.

»Das ist so typisch für dich«, hatte Vera gesagt, als sie ihr von Paul erzählt hatte noch vor dem gemeinsamen Essen. »Du kennst den gar nicht, aber bei dir landet der im Bett.« – »Wir waren noch gar nicht im Bett.« – »Das ist doch ganz egal. Lange wird es wohl nicht mehr dauern, oder?«

Paul ist im Radio zu hören jeden Morgen, aber Astrid kannte ihn nicht. Seit Jahren hatte sie morgens kein Radio mehr gehört, seit Tobias ausgezogen war vor drei Jahren. Sie mochte keine Musik und keine Gespräche in der halben Stunde Frühstück mit den Kindern. In der halben Stunde, in der sie zu dritt saßen, jeder vor seinem Teller und jeder in seinen Gedanken, und nur Fine, die Kleine, die Achtjährige, manchmal einen Plapperanfall bekam. So nannte Samuel das, und sie grinste ihrem Sohn verstehend zu und versuchte dann, Fines Träumen oder Sorgen mit den Schulfreundinnen zu folgen. Und in den Tagen, wenn die Kinder bei Tobias waren, stand Astrid so auf, dass sie gerade noch duschen konnte, kaufte sich einen Kaffee und ein Croissant in der Bäckerei zwei Häuser weiter und nahm ihr Frühstück in der U-Bahn Richtung Schöneberg. Wie also sollte sie Paul kennen?

»Oliver hört den jeden Morgen, wenn der moderiert«, hatte Vera gesagt. »Der schwärmt richtig für den. ›Das ist keiner von diesen Doppelidioten, die sich zu zweit durch den Morgen blödeln und sich nur die Bälle zuwerfen.‹ Paul Schneider, meint mein Mann, sagt die Zeit an, knurrt den Musiktitel, und dann nimmt er irgendeinen Politiker in die Mangel, bis der anfängt zu stottern.«

Das Taxi fährt Richtung Innenstadt über eine Autobahn. Im wuchernden Gras daneben stehen Werbetafeln. OBI, Aldi, Rossmann. Sie sind alle schon da, und es ist eine Illusion, zu glauben, in der Fremde zu sein. Immerhin ist das Geld hier noch ein anderes als der schwächelnde Euro, den Astrid erst verflucht hatte ob seiner Gleichmacherei und dann mit großer Selbstverständlichkeit aus Geldautomaten zog in Wien oder Neapel. Ohne weiter darüber nachzudenken. Pauls Hand liegt auf ihrem Oberschenkel, und er hängt seinen Gedanken nach, blickt aus dem anderen Autofenster. Sie denkt an das Gellért Hotel und daran, dass es lange Zeit für sie der Inbegriff von einem Luxushotel war. Mit Blick auf die Donau und mit einem Thermalbad wie aus dem Märchen. So hatte sie sich damals dort gefühlt, wie eine Prinzessin, im Sommer 1987. »Das Thermalbad war öffentlich, da konnte jeder rein«, hatte sie Paul erklärt, und der zeigte auf seinen Reiseführer und sagte: »Das ist immer noch so.« Astrid erzählte nichts von der halben Nacht, die sie damals im Zimmer 310 verbracht hatte mit Julius. Das ist lange her.

Als sie Paul dann das erste Mal im Radio hörte, versuchte sie ihn sich vorzustellen in einem Studio, vor einem Mikrofon und mit Kopfhörern auf den Ohren. Sie kannte gar kein Radiostudio, hatte nur welche im Fernsehen gesehen, aber sahen Studios tatsächlich so aus wie in diesen Filmen? Paul hatte ihr erzählt, dass er früher, während ein Musiktitel lief, oft rausgegangen ist auf die Toilette, um eine Zigarette zu rauchen. »Bevor du mir das verboten hast.«

»Ich habe dir gar nichts verboten. Ich will deine Liebe sein und nicht deine Ärztin, du darfst tun, was du für richtig hältst«, hatte sie gesagt und dann doch hinterhergeschoben: »Für deine Kranzgefäße ist es allerdings sicher empfehlenswert.« Darüber hatte sie sich noch geärgert, dass sie das hinzufügen musste, wie unter Zwang.

Sie hörte also Pauls Stimme aus dem Radio in der Küche, zog sich einen Stuhl vor das Gerät und glaubte die Müdigkeit zu hören, mit der Paul seine Hörer begrüßte. »Es ist fünf Uhr sechs, sechs Minuten nach fünf.« Astrid zog die Füße auf die Sitzfläche des Stuhles, umschlang ihre Knie, legte den Kopf darauf und versuchte sich sein Gesicht vorzustellen, sein Grübchen in der linken Wange und sein schmales Kinn, aber es wollte ihr nicht gelingen. Sie hatte sich extra einen Wecker auf fünf Uhr gestellt, und es war fast gespenstisch um diese Zeit allein in ihrer Wohnung. Die Kinder waren bei Tobias, und wie immer, wenn das so war, hörte sie die Leere aus ihren Zimmern wie einen feinen hohen Ton. Sie ging, während die Red Hot Chili Peppers sangen, durch die Wohnung, schaltete kurz das Licht an und betrachtete das Durcheinander in Samuels Zimmer. Ein auseinandergebauter Laptop stand auf seinem Schreibtisch, der inzwischen zu klein war für einen Zwölfjährigen. Drähte, Schaltkreise und Teile des Gehäuses waren über den grünen Teppich verteilt. Bei Fine standen die Puppen und Kuscheltiere in Reih und Glied. Immer bevor sie zu ihrem Vater ging, sortierte sie die und wählte dann zwei aus, die sie begleiten sollten.

Sie zog den Stecker des Radios aus der Dose und ging mit dem Gerät unter dem Arm ins Schlafzimmer. »Ich nehme dich mit ins Bett, Süßer«, sagte sie und hörte dann der Sendung im Liegen zu, und irgendwann kurz nach sechs, nachdem der Umweltminister von Niedersachsen konsequent allen Fragen nach einer Endlagersuche für Atommüll ausgewichen war, schlief sie wieder ein. Das war ihr peinlich und wirkte wie ein Verrat, und noch schlimmer empfand sie es, den Wecker auf halb sieben gestellt zu haben, so als habe sie dieses Einschlafen erwartet.

»Was machen wir denn als Erstes?«, fragt Paul, während sie an herrschaftlichen Fassaden vorbeifahren. Inzwischen war Astrid in Wien gewesen und erkennt eine Ähnlichkeit, auch wenn sie dieses Grau, das die Budapester Häuser noch reichlich tragen, in die Zeit zurückversetzt, als Wien noch ein ferner Traum war. Sie will nicht in diese Zeit zurückversetzt werden. »Was schlägst du denn vor? Essen, schlafen, vögeln?«, fragt sie zurück. Paul sieht auf den Hinterkopf des Fahrers, der bisher keine Anstalten gemacht hat, mit ihnen zu reden auf Deutsch oder auf Englisch, und lächelt. »Essen ist noch ein bisschen früh. Vielleicht vögeln im Mineralbad?«

Astrid drückt die Schenkel tiefer in das braune Polster des Wagens. Sie mag es, wenn Paul so mit ihr redet. Dass der Osten freizügiger gewesen sein soll und ungezwungener, hält sie immer noch für einen Witz. In ihrer Familie jedenfalls nicht. Aber wenn Paul irgendwo in einem Restaurant, während er ihr in den Mantel half, ihr sanft und wie nebenbei über den Busen strich und sagte: »Jetzt aber schnell nach Hause«, das machte sie auf eine jugendliche Art verlegen und verrückt zugleich.

Das Taxi fährt über eine grüne metallene Brücke, und sie sieht durch die vorbeifliegenden Streben auf die Donau, die tief unten liegt, ruhig und breit wie eine Straße und tatsächlich tiefblau. Dann erkennt sie den Schriftzug »Hotel Gellért« auf einem riesigen Kasten am anderen Ufer des Flusses. Wie eine Burg sieht das Hotel aus. Astrid erinnert sich an nichts, nicht an die Brücke, nicht an die Drehtüren vor der Lobby, nur die Donau ist ihr im Gedächtnis geblieben, dieser breite gerade Fluss. »Die fließt auch durch Wien«, hatte sie damals gedacht.

Auch in der Lobby erinnert sie nichts mehr an das Jahr 1987, obwohl der dunkle Teppichboden und das abgegriffene Holz des Rezeptionstresens nicht so aussehen, als wären sie seit damals ausgewechselt worden. »Do you speak English or German?«, fragt Paul in seinem feinen Englisch, das er während eines einjährigen Schulaufenthalts in Liverpool gelernt hatte. »I speak Hungarian actually«, antwortet der Mann in der dunkelblauen Hoteluniform mit einem Grinsen. Astrid muss sich beherrschen, um Paul nicht in den Rücken zu schubsen und zu sagen: »Siehste, genau so ist der Osten. Die sind es einfach nicht gewöhnt, höflich zu sein. Die haben einfach nie gelernt, wie man sich in so einem Hotel wie diesem benehmen sollte. Man fühlt sich immer so, als wäre man der Bittsteller, egal wie viel wir hier pro Nacht für ihre Flohbude bezahlen.«

Auch wenn Paul sie eingeladen hat, weiß Astrid, was ein Zimmer im Gellért kostet mit Donaublick oder Blick auf den Gellértberg. Mit Grausen hatte sie die Einträge in verschiedenen Internetforen gelesen. »Ich weiß wirklich nicht, warum ich immer wieder in diesen alten Kasten fahre. Kein Service, die Zimmer heruntergekommen, das Frühstück wie in einer Jugendherberge, nur der Preis ist hochherrschaftlich«, schrieb eine Uli aus Gütersloh. Paul war ihr mit seinem missionarischen Eifer auf die Nerven gegangen. »Warum denn Budapest«, hatte sie gemault, als er ihr die Reise zum Geburtstag geschenkt hatte. »Ich möchte so gern mal mit dir in den Osten reisen«, hatte er gesagt. »Du kennst dich doch dort aus und sprichst auch Russisch, und wird es nicht mal wieder Zeit, die alten Freunde zu besuchen?«

»Wenn du mit den Ungarn Russisch sprichst, dann gibt es was auf die Mütze«, antwortete sie und war doch froh, dass er nicht Baku gebucht hatte oder Kiew.

Astrid lässt nichts Gemeines über den Portier fallen, als sie in dem kleinen Fahrstuhl nach oben fahren, erwähnt nicht sein demonstratives Desinteresse an Paul. Sie sagt nichts über das Grau im langen Flur der vierten Etage. Auch den leicht muffigen Geruch im Zimmer lässt sie so unkommentiert wie die Sepiatöne, in die hier alles gehalten ist. Sie geht hinaus auf den Balkon und sieht auf die Donau, die sich wie eine Markierungslinie durch die Stadt zieht. Der Straßenlärm einer großen Kreuzung schlägt ihr entgegen. Die Fassade der Balkonbrüstung ist an mehreren Stellen abgebröckelt. Paul stellt sich hinter sie und umarmt ihren Bauch. »Bis ins 18. Jahrhundert gab es keine Brücken zwischen Buda und Pest. Dann starb hier der König, und sein Sohn konnte drei Tage nicht über die Donau setzen, weil es Winter war und der Eisgang das nicht zuließ. Da hat er geschworen, eine Brücke zu bauen, und hat Wort gehalten. Siehst du dort, die übernächste, das ist die Kettenbrücke, die älteste der Stadt.« Er legt sein Kinn auf ihre Schulter, und sie weiß, wie er jetzt aussieht, wie sein Blick zufrieden über die Stadt geht.

»Wo sind wir?«, fragt sie.

»Wie, wo sind wir?«

»In Buda oder in Pest?«

»Na in Buda, sieh, da hinter dem Berg müsste die Burg sein, und da drüben ist das Parlament, meine Güte, du hast ja wirklich überhaupt keine Ahnung.«

»Das habe ich dir doch gesagt. Aber du willst mir ja nicht glauben. Ich konnte mir das nie merken, wo jetzt Buda ist und wo Pest«, antwortet sie und geht wieder hinein. So ein Zimmer muss das gewesen sein, aber nichts erinnert sie an diese Nacht damals. Nicht der abgewetzte braune Teppich oder die Holztüren des in die Wand eingebauten Schrankes oder die gelblichen Fliesen im Bad. »Ich habe extra ein unrenoviertes Zimmer genommen«, sagt Paul zufrieden. »Das ist wenigstens immer noch ordentlich ostig.«

»Ich habe dich nicht darum gebeten«, sagt sie. Paul deutet mit der Hand auf ein scheußliches Blumenbild an der vergilbten Tapetenwand und auf die Rüschengardine vor der Balkontür: »Wenn dich hier irgendwas stört, ich häng es ab. Wir können sicher ein bisschen umdekorieren.«

Astrid registriert zufrieden, dass auf dem breiten Bett eine durchgehende Matratze liegt und dass diese auch die nötige Festigkeit aufweist. Nicht zwei weiche, durchgelegene Dinger, wie sie vermutet hatte. Mit einer Ritze in der Mitte. Sie sieht den Himmel mit fein gewobenen Wolken über der Donau unter dem Fenster, die natürlich vom Bett aus nicht zu sehen ist. Paul ist ins Bad gegangen, und sie spürt ihn noch in sich, wie er auf ihr liegt und sein Schwanz langsam kleiner wird in ihr. Sie kann seinen Körper noch riechen. Die Dusche wird aufgedreht, und sie ruft laut:

»Na, ist das Wasser warm, oder müssen wir das erst beim freundlichen Portier bestellen gegen ein bisschen Trinkgeld?«

»Alles bestens, Prinzessin. Wirst schon sehen, das wird dir gefallen hier in Hungaria.«

»Na, ich weiß noch nicht. Ins Mineralbad werden wir es jetzt nicht mehr schaffen. Weil das ja um Punkt 19.30 Uhr schließt und die Bademeister nach Hause müssen. Wäre natürlich auch zu schön, wenn die Gäste hier baden könnten, solange sie wollen.«

»Ach, komm schon, hör auf zu nörgeln. Ich lade dich jetzt zum Essen ein. Schön Pörkölt irgendwo, mit Klößen.«

»Das hätten wir auch in Wien essen können. Außerdem weiß ich erst durch dich, dass das Gulasch heißt.«

Sie fahren in den ersten Stock und machen sich auf die Suche nach dem Hotelrestaurant. Mehrere Räume stehen zur Auswahl, und ein blau gekleideter Kellner erklärt ihnen: »Hier sitzt eine Reisegruppe aus Moskau, und dort drüben ist unser Restaurant, in dem Sie auch à la carte essen können.« Er sagt das mit diesem schönen knödelnden ungarischen Akzent, und Astrid lacht, als er schnell weiter seines Weges geht. Sie greift nach Pauls Arm, drückt sich an ihn und sagt: »Möchte ich gern zu russisch Reisegrupp. Vielleicht wir finden dort Brieffreundin für dich!«

Paul zieht sie weiter Richtung Restaurant, und sie bleiben in der Eingangstür stehen. Ein großer Raum mit weiß gedeckten Tischen. Hohe Säulen trennen Separees ab, und ein Kellner, im gleichen Anzug wie der eben, läuft übertrieben schnell zwischen den wenigen besetzten Tischen hin und her. Astrid sieht eine Ameisenstraße neben dem Türrahmen und deutet wortlos darauf. Um ein Klavier lungern fünf Gestalten in schlechtsitzenden Anzügen. Die Instrumente zu ihren Füßen. Geige, Gitarre, Posaune und ein Cello. »Die sehen aus wie aus einem Kusturica-Film«, hört sie Paul begeistert sagen, und das ist das Letzte, was sie hört, denn dann sieht sie Julius in einer der Nischen am Fenster sitzen. Julius und auch seinen Bruder Sascha. Der hat kaum noch Haare, sein Kopf ist rasiert und glänzt im Licht des Kronleuchters. Aber Julius sieht aus wie immer, ganz gleich, nur älter. Ein Geist in einem hellgrauen Hemd, und Astrid denkt: »Nein, nicht hier. Das kann nicht sein.« Dieser Gedanke und das Fortziehen von Paul sind fast eins. Sie zieht ihn Richtung Treppe, und fast läuft sie dabei. Sie hat das Gefühl, als hätte ihr jemand mit der flachen Hand auf den Solarplexus geschlagen. Während sie die Treppen hinunterläuft, hört sie auch Paul wieder, wie er sagt, fast schreit: »Himmel, was ist denn?!« Sie bleibt stehen, atmet schwer: »Ich kann da nicht essen.«

»Wegen der paar Ameisen oder warum? Magst du keine Zigeunermusik, oder was ist jetzt dein Problem? Ist das nicht alles ein wenig übertrieben?«

Astrid küsst ihn flüchtig und zieht ihn Richtung Ausgang.

»Ich muss hier raus. Ich brauche frische Luft.«

Tee an der Elbe

Der Wagen schnurrte nicht, er brummte die letzten Kilometer von Perleberg nach Wittenberge wie eine dicke Fliege. »Meine Mutter liebt diese Karre, obwohl sie fünfundzwanzig Jahre alt ist und dauernd kaputt«, hatte Julius beim Einsteigen gesagt und dabei das Blech gestreichelt. Ein 311er Wartburg sei das einzige Ostauto, das ihre Augen nicht beleidige. Das Dach und die obere Hälfte der Türen waren tiefblau, und unten herum war der Wagen weiß. Wir saßen meinetwegen in diesem Wartburg, der tatsächlich elegant aussah mit geschwungenen Kotflügeln wie breite Flossen. Allein wäre Julius mit dem Motorrad gefahren, und ich fühlte immer noch das warme Gefühl des Stolzes in mir. Jetzt fuhr er wortlos, in sich versunken, und blickte nur manchmal zu mir rüber, ohne dass sich dabei seine Miene änderte.

Er wollte nicht, dass ich mitkomme nach Wittenberge, um seinen Bruder kennenzulernen und seine Oma. »Wozu das?« – »Um zu wissen, wie sie sind, und um bei dir zu sein«, hatte ich geantwortet und noch gedacht: »Und weil du in drei Monaten zur Fahne musst und ich dich dann überhaupt nicht mehr sehe. Nur noch alle zehn Wochen oder so, wenn du das überhaupt willst.«

Wir lagen auf der Wiese vor dem Forsthaus in der Sonne. Katharina lief unschlüssig mit einer Super 8-Kamera durch den Garten. Sie trug einen Jeansrock und ein hellrotes verwaschenes T-Shirt, und ihre Haare waren verstrubbelt vom Baden. Sie wollte uns filmen, mich und Julius, aber der hatte das barsch abgelehnt, bevor ich auch nur verstand, worum es überhaupt ging. »Ich bin kein Zirkuspferd, Katharina, echt. Such dir irgendwen anders.«

»Ach, komm schon«, sagte sie und zeigte auf den Wald um uns herum. »Wen soll ich mir hier sonst suchen? Ihr seid so schön, ihr beide. Wirklich, wie junge Pferde seht ihr aus.«

»Lass gut sein, Katharina. Geh in dein Atelier und mal oder trommel oder film Vögel oder was auch immer, aber lass uns in Ruhe.« Zumindest hatte er »uns« gesagt. Katharina war abgerauscht und rumorte tatsächlich in ihrem Atelier herum.

Julius stand auf und sah auf mich herunter. Ich musste die Augen zusammenkneifen, weil die Sonne direkt neben seinem Kopf stand. »Ich sehe meinen Bruder einmal im Jahr. Für eine Woche. Wir haben da Dinge zu bereden, und außerdem ist es auch saueng bei Oma, und was sollen wir denn da machen?«

»Du nimmst mich mit und sagst, dass ich deine Freundin bin, und was wolltet ihr denn ohne mich machen?«

»Was weiß ich? Baden, Fahrrad fahren, angeln.«

»Na, das kann ich auch. Und beim Angeln bin ich ganz still, damit die Fische beißen.«

Er lachte zumindest, aber sagte dann doch: »Nee, ich weiß nicht. Ist doch nur eine Woche. Dann bin ich wieder hier.« Er drehte sich um, sah auf den

See, und bevor er losgehen konnte, setzte ich mich auf seinen rechten Fuß und umklammerte sein Bein. Es war warm, und die sandbraunen Haare kitzelten meine Wange. Julius sah unschlüssig an mir herunter wie auf etwas, in das er aus Versehen hineingetreten war, und dann ging er einfach Richtung See mit mir auf seinem Fuß. Ich lachte auf, hielt mich fest, und er stapfte so in das Wasser hinein. Irgendwann musste ich ihn loslassen, weil ich keine Luft mehr bekam, und beim Auftauchen sah ich Katharina am Ufer stehen mit der Kamera. »Wunderbar. Könnt ihr das vielleicht noch einmal machen?« Julius stand im hüfttiefen Wasser, zeigte mit dem Finger auf die Kamera und sagte: »Wenn ich das in irgendeiner Ausstellung sehe, dann rede ich kein Wort mehr mit dir.« – »Da brauchste ja keine Angst zu haben. Ich hab Ausstellungsverbot, mein Großer. Das weißt du doch.«

Die Fahrt dauerte ewig. Über Neustrelitz, Malchow und Pritzwalk. Wir hatten die Fenster heruntergedreht, und Julius' offene Haare wehten im Wind. Noch nie hatte ich neben einem Jungen vorne im Auto gesessen. Selbst im Auto meiner Eltern saß ich nur vorn, wenn ich mit meiner Mutter allein unterwegs war. »Warum hast du eigentlich schon einen Führerschein? Hast du Beziehungen gehabt oder was?«, fragte ich Julius. Normalerweise musste man Jahre warten, um die Fahrschule besuchen zu dürfen. Umständlich kramte ich die Schachtel »Club« aus meinem kleinen Rucksack, die Jana mir vor der Abfahrt geschenkt hatte. Ich rauchte nur selten, wenn ich unsicher war und etwas zum Festhalten brauchte. Julius sah verächtlich auf die »Club« und zog seine »Alten Juwel« aus der Hosentasche, die kleiner waren als meine und ganz verknittert. Er warf sie mir rüber. »Machste mir eine davon an?« Vor uns fuhr ein dicker alter knatternder Bus, den Julius nicht überholen konnte, und zwei kleine Jungs, die auf der Rückbank knieten, schnitten uns Grimassen durch das ovale Rückfenster. Ich zündete erst Julius' Zigarette an und dann meine und achtete darauf, dass mir der Rauch nicht in die Augen stieg wie meistens. Aber es gelang, und ich steckte Julius die Zigarette zwischen die Lippen und streichelte seine Wange. Er sagte: »Die Fleppen hat mein Vater bezahlt über Genex. Ich musste gar nicht warten. Konnte direkt anfangen nach meinem 18. Geburtstag. Du kriegst fast alles über Genex. Es ist eigentlich ein Wunder, dass er mir den Abiturplatz nicht mit Westgeld bezahlen konnte. Er wollte mir auch ein Auto schenken, einen Lada. Wollte Katharina aber nicht. Ich hätte das gar nicht so schlecht gefunden, dann könnte man zum Beispiel Busse überholen.«

Es gab verschiedene Arten, wie Julius auf meine Fragen antwortete. Manchmal antwortete er gar nicht und oft nur mit ein, zwei Sätzen, aber ich hatte so viele Fragen. »Und wieso kann dein Vater eigentlich in die DDR kommen, wenn er doch abgehauen ist? Hat der gar keine Angst, dass sie ihn hier einsperren?« – »Mein Vater ist 1967 abgehauen, aber es gab eine Amnestie. Alle, die vor 1973 weg sind, dürfen wieder in unser kleines Paradies kommen. Die danach die Biege gemacht haben, müssen draußen bleiben.« 1967 war Julius ein Jahr alt. Er hatte seinen Vater also erst nach 1973 kennengelernt. Wenn überhaupt. Da war er sechs Jahre alt. Danach fragte ich vorsichtshalber nicht auch noch, sondern warf die Kippe aus dem Fenster, zog meine Unterlider mit den Händen hinunter, verdrehte meine Augen und streckte den beiden Kindern im Bus die Zunge raus. Sie lachten und verschwanden für einen Moment.

Als wir das Auto in Wittenberge abstellten zwischen den Wohnblocks, wo Julius' Großmutter wohnte, sah er zu mir rüber und sagte: »Zwei Tage, und dann haust du wieder ab, ohne jede Diskussion.« Ich umfasste seinen Nacken, küsste ihn und sagte: »Pionierehrenwort.« Es roch merkwürdig in Wittenberge. Schwer und schwefelig, und es kam mir vor, als ob die Luft dichter war als zu Hause. Wie zusammengepresst. Wir gingen den letzten Aufgang des zweiten Wohnblocks hoch. Ich mochte diese Neubautreppenhäuser, die immer wirkten, als wenn sie zu klein geraten wären für die klotzigen Häuser. Bei Janas Eltern am Datzeberg in Neubrandenburg gab es einen wackeligen Fahrstuhl, aber dafür waren diese Blocks hier mit ihren fünf Stockwerken zu klein. Julius sprang vor mir die Treppen hoch, und ich lief hinterher.

Auch die Oma war klein, ich überragte sie um einen halben Kopf, und das passierte mir nicht oft. Sie machte die Tür auf und schob ihre große braune Brille zurecht. »Da seid ihr ja«, sagte sie freundlich.

»Das ist Assi, Herminchen. Kannste ›du‹ sagen«, sagte Julius und schob mich in einen Flur, der vielleicht zwei Meter lang war. Drei Türen gingen von ihm ab, und an der Wand hing eine hölzerne Garderobe mit einem eingefassten geschliffenen Spiegel. Ich sah mich darin neben dieser kleinen alten Frau stehen, unter deren grüner Schürze die Ränder eines hautfarbenen BH zu sehen waren. Nichts an Julius und seiner Umgebung war bisher normal gewesen, aber diese Großmutter sah aus wie meine Omas.

Ich ging ins Bad, das hinter einer Tür mit geriffelter Milchglasscheibe lag. Der Toilettendeckel war hellblau umhäkelt, genau wie der kleine Teppich vor der Badewanne. Vor dem Fenster hing eine weiße bestickte Gardine, die die Scheibe zur Hälfte verdeckte, und auf der Wiese zwischen uns und dem nächsten Block lag ein Kinderspielplatz, auf dem nicht ein Kind zu sehen war. »Na, Alter«, hörte ich eine fremde Stimme vor der Tür sagen, »hast du dir ja ganz schön Zeit gelassen«, und ich fragte mich, ob Julius die Augen verdrehte und auf die Klotür zeigte oder was er sagte, aber ich konnte im Bad nichts mehr verstehen.

Als ich in den kleinen Flur trat, sah ich von Julius' Bruder nichts außer seinen Rücken in einem orangen T-Shirt. Die Großmutter kam auf mich zu, als hätte sie auf mich gewartet, und nahm mich am Arm. »Dann wollen wir mal Kaffee kochen.« Ich folgte ihr die paar Meter in die Küche, die nur ein schmaler Schlauch war. Es gab keinen Tisch, nicht mal Stühle, der Raum war so eng, dass man in ihm nicht sitzen konnte. Man konnte nicht einmal aneinander vorbeigehen, ohne sich zu berühren. »Die beiden sehen sich ja kaum«, sagte die alte Frau und schob ihre Hornbrille höher, und ich wusste nicht, ob sie damit meinte, dass ich eigentlich stören würde, oder es einfach nur erklärend sagte. Sie öffnete einen Schrank, in dem fünf Kaffeepäckchen *Jacobs Krönung* nebeneinanderstanden, nahm ein offenes heraus, und dann schaufelte sie das Pulver mit einem kleinen Portionslöffel in die weiße Filtertüte. Die Kaffeemaschine begann augenblicklich zu blubbern und zu zischen, und »Herminchen«, wie Julius sie genannt hatte, sah mich an und lächelte durch mich hindurch. Sie strich sich unaufhörlich über ihre Schürze, und ich drehte mich zum Fenster. Es war der gleiche Ausblick wie aus dem Badezimmer, und immer noch lagen die Spielgeräte verwaist. Kein Mensch zu sehen. Ich hörte die Oma in den Schränken rumoren, lehnte den Kopf für einen Moment an die Fensterscheibe und schloss die Augen. Durch meinen Pony spürte ich die Kühle des Glases und fragte mich, worüber die beiden Brüder sprechen würden. In meiner Vorstellung sah Sascha aus wie Julius, nur kleiner. »Nun komm mal, Kindchen«, hörte ich die alte Frau sagen, »und bring die Kaffeekanne mit.«

Ich schälte schmale Streifen von meiner Eierschecke, stach sie behutsam mit der Kuchengabel auf, aß sie und begann wieder von vorn. Das half mir, nicht pausenlos Sascha anzustarren und dann rüber zu Julius zu sehen und Vergleiche anzustellen. Ihre

Nasen waren gleich, schmal und an den Spitzen leicht nach oben gebogen. Keine Himmelfahrtsnasen, aber von der Seite sah man so einen Schwung. Sascha war kaum kleiner als sein Bruder, und auch seine Haare waren lang, aber glatt. Fast rhythmisch warf er den Kopf zur Seite und damit die Haare aus dem Gesicht. Seine Augen waren grünbraun, nicht blau wie die von Julius. Er war zwei Jahre jünger als sein Bruder, also siebzehn, so wie ich. Jedes Jahr komme er hierher, um sich mit Julius zu treffen, hatte er mir erzählt. Seit er sieben Jahre alt war. Sein Vater habe ihn anfangs über die Grenze gebracht und sei dann wieder zurückgefahren, und Herminchen hatte ihn dann eben hier abgeholt. »Alles ganz easy.«

Der gelbe Streifen Kuchen zitterte leicht auf meiner Gabel, und es bestand die Gefahr, dass er hinunterfällt, aber das war es wert. Er musste so dünn wie möglich sein und durfte nicht zerbrechen, bevor ich ihn in den Mund schob. Keiner sagte etwas, und alle außer mir schienen sich wohlzufühlen. Veilchenmuster auf den Tellern und den kleinen Tassen. Wir saßen tief in den alten Sesseln einer anderen Zeit, die die Oma hier irgendwann in diese kleine Zweiraumwohnung geschafft hatte, und schwiegen. Nur das Rascheln von Herminchens rauen Händen auf dem Kittelstoff war zu hören.

»Lass uns noch ein bisschen an die Elbe fahren.« Es war Julius, der das sagte. Am liebsten wäre ich aufgesprungen und jubelnd rausgelaufen. »Ja, lass uns auf das Wasser gucken mit Tee und Plätzchen«, sagte Sascha und grinste mich an. »Warte nicht mit dem Abendessen, Herminchen«, rief Julius, bevor er die Tür zuzog.

Im Auto saß ich wieder hinten, ganz selbstverständlich hatte ich mich dorthin gesetzt und ärgerte mich darüber, während ich die Kopfformen der beiden Brüder verglich. Sascha eher rund und Julius eher eierig. Ich sagte nein, als mir Sascha eine Zigarette nach hinten reichen wollte, und war sauer, ohne dass es irgendjemand merkte oder störte.

Wir verließen Wittenberge wieder und hielten nach ein paar Kilometern an einem Elbdeich, liefen hinauf und legten uns auf der Flussseite ins Gras. Die Elbe lag breit und ruhig vor uns. Nur ein paar Enten quakten, und die Strömung bildete kleine Längswellen, die sich schnell wieder auflösten. Sascha holte mit einem lauten »Tataa« einen Teebeutel aus der vorderen Tasche seiner Jeansjacke und legte ihn auf die Keksdose, die während der Fahrt auf seinen Knien gestanden und ihm als Trommel gedient hatte. »Teekenner Pfefferminze« las er vom Etikett des Teebeutels ab. »Aber wir haben doch gar kein kochend Wasser«, sagte ich. »Brauchen wir auch nicht, Assi«, sagte Julius, und sie lachten beide. Sascha fummelte ein kleines Loch in den Teebeutel: »Zwei Wochen Ferienarbeit letzten Winter bei ›Teekenner‹ in Bergedorf. Sechs Mark die Stunde. Nur deinetwegen, Bruderherz.« Er hielt den Beutel noch einmal am kleinen Band hoch: »Exakt 2,5 Gramm. Streng nach Vorschrift. Perfekt. Ich habe mir gleich mehrere Spezialbeutel gemacht. Dann kann ich auch mal ein paar mitnehmen nach Italien oder Mallorca oder so.

Völlig gefahrlos, oder? Kommt kein Mensch drauf. Und im Zug hierher hatten die sogar Hunde. Aber eure Köter sind ja eher auf Menschenfleisch dressiert als auf Gras.«

Er streute ein bisschen von dem grünen Inhalt aus dem Teebeutel auf ein Stück Papier, gab Tabak dazu und drehte eine Zigarette daraus. Vorne formte er sie zu einer Spitze, leckte seinen Finger an und fuhr einmal herum. »Na, habt ihr so was Schönes schon mal gesehen?«

»Was macht ihr?«, fragte ich, und Julius sah mich an: »Wir kiffen.«

»Yeah, Bruder«, sagte Sascha und lachte.

»Sascha hat so viel davon erzählt das letzte Mal, und ich wollte das auch mal probieren. Ich hätte ja auch damit gewartet, bist du weg gewesen wärst, aber mein kleiner Bruder ist so ungeduldig.«

Sascha öffnete die Dose, und wir sahen alle hinein. Es lagen tatsächlich Schokokekse darin. »Habe ich selbst gebacken. Doktor Oetker Backmischung mit was drin, aber damit müsst ihr vorsichtiger sein. Das wirkt ganz anders. Viel intensiver.« Er lachte und zog dabei den Rotz hoch.

Ich versuchte die Bilder von ausgemergelten Heroinsüchtigen, die ich im Fernsehen gesehen hatte, wegzuschieben und dachte an Jana. Die würde hier keine Sekunde zögern. Julius beäugte mich unsicher, so als würde ich jeden Moment aufspringen und nach der Polizei rufen. Ich spürte, wie sich die Härchen an meinen Armen trotz der Wärme aufstellten. Sascha zündete diese dicke Zigarette an. »Du kannst gar nicht abwarten, bis ich wieder verschwunden bin, Julius Herne, wa?«, sagte ich, griff mir einen Keks und biss hinein. Er schmeckte süß und nach Schokolade.

Mir war nach einer Weile, als könnte ich alle Geräusche um mich herum voneinander getrennt hören und doch zusammen. Ich lag im Gras und hatte die Augen geschlossen. Zweimal hatte ich noch an der Zigarette gezogen. Der Fluss roch moderig und nach Fisch. Ein langer Lastkahn tuckerte die Elbe hinunter. Den hatte ich vorhin noch in einiger Entfernung gesehen. Der Motor stampfte laut und metallen und zog an uns vorbei. »Bald wird der in Hamburg sein bei Sascha, aber der ist ja hier.« Ich musste grinsen bei dem Gedanken und hatte das Gefühl, dass sich mein Gesicht wie von allein verzieht, wie in Zeitlupe, und dann so bleibt. Ich hörte die Jungs wiederkommen, die zum Wasser hinuntergelaufen waren, der Deckel der Dose klapperte, und Sascha sagte: »Mensch, nicht noch einen, Julius, das ist schon der vierte.« – »Das wirkt überhaupt nicht, das Zeug«, hörte ich Julius sagen, und Sascha lachte auf: »Nee, das sehe ich.« Ich wollte die Augen öffnen und ihnen zuwinken, aber etwas in mir wollte das nicht und ließ mich weiter lächeln. »Biste noch da, Assi?«, fragte Julius ganz nah über mir, und er küsste mich, und ich küsste ihn zurück. »Mhm.«

Ich schlief nicht wirklich ein, aber es war so, als würde ich durch meine Träume spazieren. Ich sah einen großen Setzkasten, in dem viele einzelne Menschen saßen, und mein Blick konnte nah und fern sein, dass ich sie allein betrachten konnte oder alle zusammen. Eine Frau, die auf einer Waschmaschine saß und ihre baumelnden Beine so schnell bewegte, dass ich nur einen Fächer sah. Zwei Männer spielten Tischtennis. Die Platte füllte fast den gesamten Raum aus, und ich hörte den Ball. Klack, klack. Dann spürte ich eine Hand an meiner Schulter. Mein Mund war ganz trocken. »Assi, wir müssen uns um den da kümmern«, sagte wer, und ich hörte mich wie von weitem: »Sag doch Astrid bitte, ja?«

»Das kann ich machen, aber mach du doch mal die Augen auf.«

Es war viel zu hell. Das Licht brannte, und ich schloss die Augen gleich wieder. Im letzten Moment hatte ich Julius gesehen, der auf einem großen Stein hockte und etwas umfasste wie ein Lenkrad, und ich hörte ihn rufen. »Kommt, steigt ein. Das geht ab. Die volle Geschwindigkeit. Es geht los, es geht los.«

Ich sprang auf und fühlte mich merkwürdig weich in den Knien. »Was sollen wir tun. Ich meine, was machen wir. O Gott, hat der jetzt 'ne Überdosis oder was?« Ich lief auf Julius zu und wollte ihn umarmen, aber er hielt das imaginierte Lenkrad fest und machte Motorengeräusche: »Brrrrrrrrrrrrrrrr, Wosch.« Er lachte mit verzerrtem Gesicht. »Steig ein, Assi, die volle Geschwindigkeit.«

Neben mir ging Sascha in die Hocke und sah mich an. »Was machen wir denn jetzt?«, fragte ich. »Du willst doch Ärztin werden«, sagte er, und ich antwortete: »Ja, aber das bin ich noch nicht. Ich habe bloß ein Praktikum gemacht auf einer Kinderstation.«

»Na ja, Kinderstation passt doch«, sagte er und zeigte auf Julius, der weiter auf seinem Stein durch den Weltraum raste. Ich musste lachen, und Sascha ließ sich auf die Seite fallen, hielt sich den Bauch und stieß nur immer wieder »Kin-der-sta-tion« hervor. Plötzlich sagte eine tiefe Stimme hinter mir: »Was ist denn mit euch los?«

Ich drehte mich um, und hinter uns standen zwei Männer. Einer war groß und massig. Er trug ein offenes rotkariertes Hemd mit einem Feinrippunterhemd darunter, und an den Füßen hatte er grobe Holzpantinen. Sein Kopf war rund, er hatte kaum Haare und seine Wangen waren von geplatzten Äderchen durchzogen.

»Ist der bekloppt oder was?«, fragte er und deutete auf Julius, der unverändert auf seinem Stein saß und niemanden zu bemerken schien. Sascha hatte sich aufgesetzt, lachte aber immer noch. Der zweite Mann war ganz klein und dünn und trug einen abgewetzten Lederhut, Turnschuhe, ein hellgelbes T-Shirt und eine verwaschene Jeans. Seine Nase sah aus wie breitgehauen. Jetzt sah ich unten am Deich auch ihre Fahrräder liegen, an die Angeln gebunden waren, und ein weißer Eimer baumelte am Lenker.

»Die sind blau, die beiden«, sagte ich. »Haben zu viel getrunken.«

»Die Jugend von heute ist schon am späten Nachmittag besoffen.« Der Kleine drehte sich um und sagte: »Ist das euer Auto?«

»Das von meinem Vater«, sagte ich. »Der ist nur im Wald. Pilze sammeln.«

»Pilze sammeln? Bei dem Wetter?« Er drehte sich um, sah auf das Auto und dann wieder mich an. »Habt ihr denn noch was zu trinken?«

»Nee, ist alles alle. Und die Flaschen haben wir in die Elbe geworfen, als Flaschenpost.«

Als ich das Wort »Flaschenpost« sagte, fiel Sascha wieder um, strampelte mit den Beinen und presste mehrmals unter Juchzen das Wort »Fla-schen-post« heraus.

»Wollen Sie hier angeln?«, fragte ich. Der Größere griff nach der Keksdose und öffnete sie. Er gab seinem Freund wortlos einen der Kekse. »Du bist nicht von hier, 'ne? Da fängst du keinen Stint mehr drin in der Brühe. Und wenn du doch noch einen fängst, dann leuchtet der. Verstehste? Wir angeln immer am Kiessee. Der liegt hinter dem Wald. Vielleicht begegnen wir ja deinem Vater«, sagte er grinsend und griff noch mal in die Dose. »Schade, dass ihr nichts mehr zu trinken habt, und eure Kekse sind nun leider auch alle.« Er warf die Dose ins Gras, wo sie scheppernd aufschlug, und dann gingen sie grußlos den Deich hinunter zu ihren Fahrrädern. Ich sah ihnen nach und hörte dann hinter mir ein Würgen. Julius kniete neben seinem Stein und erbrach sich. Ich strich ihm über den Kopf, und er fragte: »Was waren das für Vögel?«

»Keine Ahnung, aber die werden ziemlich bald fliegen lernen«, sagte Sascha und sah den beiden nach, wie sie umständlich auf ihre Fahrräder stiegen und davonfuhren.

Die Elbe lag spiegelglatt wie ein See, und die Oberfläche reflektierte das Rot des Sonnenuntergangs und die rosa gefärbten Wolken. Die Wiesen und der Deich auf der anderen Seite waren immer noch Osten, aber für einen Moment konnte ich mir vorstellen, dass dort Westen wäre. Julius wollte ein Stück alleine laufen, um wieder zu sich zu kommen, und ich saß neben Sascha und guckte aufs Wasser. »Baden wäre schön jetzt«, sagte er. »Aber das geht hier ja nicht. Bei uns in Hamburg natürlich auch nicht. Ist ja das gleiche Wasser.«

»Warum trefft ihr euch hier in diesem trostlosen Wittenberge?« Mir kam die Stadt vor wie im Stillgestanden. Alles war gerade und geharkt, klein und spießig. Vom Geruch ganz zu schweigen. »Na wegen Herminchen. Ich beantrage immer eine Reise hierher. Julius und ich haben uns auch schon in Budapest getroffen oder in Prag, aber dann mit unserem Vater.« Er machte eine kurze Pause, sah mich an und deutete auf den Fluss.

»Als Kinder waren wir hier glücklich. Ich glaube, mein Vater vermisst diesen stinkenden Ort immer noch. Wie oft der mir schon erzählt hat, wie sie hier gelömert haben. Wenn die Elbe über die Ufer getreten war und sich nach einer Weile wieder zurückzog, dann konnte man in den verbleibenden Wasserlachen Fische mit der Hand fangen. Solche Dinger«, sagte er und riss die Arme auseinander. »Und dass wir in Hamburg in Blankenese wohnen mit Blick auf die Elbe, das hat auch mit diesem Nest zu tun. Herminchen hat ihr Leben lang in der Zellwolle gearbeitet, und du hast ja gesehen, wie sie wohnt. Wenn die bei uns in Hamburg ist, hast du trotzdem den Eindruck, die kann gar nicht abwarten, wieder nach Wittenberge zu kommen.«

Julius kam zurück und setzte sich neben mich. »Seht ihr auch diesen Sonnenuntergang, oder seh nur ich den?«, fragte er und legte seinen Kopf in meinen Schoß. »Ist es weg?«, fragte ich. »Also, bist du wieder klar?« Julius zog die Schultern hoch und sagte: »Ich weiß nicht mehr, wie es vorher war.«

Bei der Rückfahrt saß ich wieder vorn. Ich war einfach schneller als Sascha. Die Häuser lagen dunkel und still, ein paar Mal flackerte bläuliches Fernsehlicht hinter zugezogenen Gardinen. Der ganze Ort war wie ausgestorben. »Mensch, dagegen ist Neubrandenburg ja gold«, sagte ich. Julius starrte auf die leere Straße vor uns und sagte: »Ich bin froh, wenn ich in Herminchens kleiner Höhle bin. Kann man denn schlafen mit dem Zeug?«

»Eigentlich schon, aber ich habe noch nie so viel genommen wie du«, sagte Sascha, und seine Stimme klang merkwürdig weit weg.

Es war kein Licht mehr zu sehen in Herminchens Wohnung, aber sie war noch wach. Saß wie ein Gespenst in einem Sessel neben der Balkontür. Bekleidet mit einem weißen, knöchellangen Nachthemd, ihre Hornbrille auf der Nase. »Ist ja so heiß«, sagte sie. »Warum setzt du dich denn nicht auf den Balkon?«, fragte Julius, und ich bemerkte, dass auf dem kleinen Balkon gar keine Möbel standen. Kein

Tisch, kein Stuhl oder sonst irgendwas. Nur graue brusthohe Betonwände. »Ach lass man«, sagte sie. »Ich muss morgen früh raus zum Fleischer. Da gibt es Schweinefilet. Aber wenn du dich nicht um sechs anstellst, denn kriegt man keins mehr ab. Und ihr braucht doch Kraft, ihr jungen Kerle.« Sie zeigte auf mich: »Die Kleine schläft bei mir im Bett, Julius auf dem Sofa, und für Sascha müsst ihr noch die Luftmatratze aufblasen. Und morgen sollt ihr euch ins Hausbuch eintragen. Der Neumann aus dem 1. Stock ist eben schon da gewesen.«

Später standen wir auf dem Balkon. Nur Julius und ich. Rücken an Bauch, und er hatte seine Hände unter meinem T-Shirt. Strich sanft über meine Brüste, und ich lehnte mich an ihn. Sein Schwanz war hart, und ich wippte ein paar Mal mit dem Hintern dagegen. Unter uns auf einem der Balkone klirrten Flaschen, und jemand sagte: »Das kannste halten wie ein Dachdecker. Nur nicht so hoch.« Wir guckten in die Sterne über uns. »Schön eigentlich hier«, sagte Julius. Ich fragte mich, ob Herminchens Hand auch im Schlaf über die Bettdecke streichen würde, und dann sagte ich: »Mit dir ist es überall schön.«

Glückstreffer

Der Raum ist absolut dunkel. Vor der Flügeltür aus
Holz, deren Scheiben von bröckligem Kitt gehalten werden, hängen schwere weinrote Samtvorhän-
ge und lassen kein Licht hindurch. Der Mond hatte rund und fast voll über der Donau gestanden, als
sie vor dem Ins-Bett-Gehen noch ein paar Minuten
auf dem Balkon waren. Schweigend hatte Paul Astrid im Arm gehalten und da das Gefühl gehabt, angekommen zu sein mit ihr. Zumindest in Budapest.
Sie waren ins Café Central gegangen, ein Wiener
Kaffeehaus auf der Pester Seite. Astrid hatte sich
bei ihm eingehakt, und noch auf der Freiheitsbrücke meinte Paul, sie würde ihn ziehen, als wäre ihre
Schrittfrequenz doppelt so hoch wie normal. Sie sagte nichts. Nur die Hacken ihrer Schuhe klackten im
Takt. Paul fragte nichts. Seit sie auf der Treppe des
Gellért Hotels gesagt hatte, dass sie frische Luft brauche, waren sie wortlos gelaufen, fast geflohen, und
Paul wusste, dass es besser war, jetzt nichts zu fragen
und nichts zu sagen. Zufällig gingen sie direkt auf
das Café Central zu, dessen ausladende Kronleuchter von weitem leuchteten. Es saß kaum jemand auf
den mit rotem Leder bezogenen Sesseln und Bänken.
Astrid ließ sich darauf fallen, als wäre sie aus Seenot
gerettet worden, und zog sich im Sitzen langsam den
Mantel aus. Als der Kellner kam und ihr die Speise-

karte reichte, lächelte sie ihm höflich zu und sagte: »Guten Abend.« Der Kellner antwortete selbstverständlich auf Deutsch. Astrid hätte das normalerweise nie getan, hätte nie in einem fremden Land »Guten Abend« gesagt, sondern wenigstens Englisch gesprochen. Sie bestellte Wiener Schnitzel und ein Glas Zweigelt, und mit jedem Bissen, den sie nahm, und mit jedem Schluck, den sie trank, schien sie sich zu beruhigen. Paul hatte natürlich Pörkölt bestellt und natürlich einen ungarischen Rotwein dazu, der ziemlich fad schmeckte, aber das sagte er nicht. Er sagte immer noch überhaupt nichts, sondern freute sich, dass die Kalbfleischstücke so mürbe waren, dass er sie mit der Gabel zerteilen konnte, und die Klöße diese Zwischenstufe zwischen Brot und Kartoffeln hatten, die er schon als Kind gemocht hatte. Sie aßen und tauschten Banalitäten aus. Astrid hatte ihren kleinen Auftritt nicht noch einmal erwähnt, und dann waren sie wieder zum Hotel geschlendert, noch ein Stück an der Donau entlanggegangen und schließlich ins Bett. Astrid schlief sofort ein, so wie sie immer und überall sofort einschlief.

Paul liegt wach, und das, wie ihm die Uhr auf seinem Handy sagt, seit anderthalb Stunden. Es ist kurz vor ein Uhr.

Muffig riecht das Zimmer, auf eine Art vertraut, aber auch fremd. Nach Mottenkugeln oder einem ungarischen Scheuermittel. Langsam setzt Paul sich auf. Er überlegt, ein Bad einzulassen und sich im warmen Wasser einen runterzuholen, aber das Brennen in seiner Luftröhre, das Gefühl, Durst zu haben, aber eben nicht nach etwas Flüssigem, sondern nach Rauch, hat ihn komplett gefangengenommen. Auch der Gedanke an Sex oder Ersatzsex lässt dieses Ziehen hinter dem Brustbein nicht verschwinden. Es ist, als ob die Luftröhre plötzlich hart wird, wie aus Metall, und man den Speichel nur noch mühsam herunterschlucken kann. Paul fühlt dort ein kaltes Brennen. Früher hätte er noch im Dunkeln eine Schachtel Zigaretten aus der Innentasche seines Jacketts gefummelt, wäre leise auf den Balkon gegangen und hätte eine Zigarette geraucht, den Stummel auf die Straße geschnipst und sich dann sofort noch eine angesteckt. Es gibt Orte, die für das Rauchen gemacht sind, und dieser bröckelnde Balkon des Hotel Gellért hoch über der Donau gehört dazu. Schiffe sind gut, der Strand oder Bahnhöfe, die Fremde überhaupt.

Astrid seufzt leise. Sie dreht sich im Schlaf. Paul vermutet, dass sie sich auf den Rücken gedreht hat. Leise beginnt sie zu schnarchen. Er lächelt und weiß, dass sie nun auf dem Rücken liegt. Mit entspannten Gesichtszügen und leicht geöffnetem Mund. Vor dem Hotelrestaurant, neben dieser Ameisenstraße am Türrahmen, hatte sie ausgesehen, als wäre ihr ein Geist erschienen. »Bin ich denn kompliziert?«, hat sie ihn einmal in Berlin gefragt, und er hatte gewusst, dass diese Frage kommen würde, denn Astrid hatte ihm einmal erzählt, ihr Mann habe ihr das am Ende vorgeworfen. »Bei dir ist immer alles kompliziert. Bei dir geht nichts normal. Man muss sich immer schon vorher überlegen, was du willst, und dann ist

es doch ganz anders. Wie bei einer Dreijährigen.«
Paul hatte Astrids Empörung gespürt, ihre Wut darüber, obwohl diese Sätze vor über drei Jahren gesagt
wurden. Aber schon da hatte er gewusst, dass Astrid
ihn das fragen würde: »Bin ich kompliziert?«, und so
hatte er genug Zeit gehabt, darüber nachzudenken.
Astrid wollte in Ruhe gelassen werden und wünschte
sich trotzdem, dass er den Moment erkannte, wenn
sie seine ganze Aufmerksamkeit brauchte. Sie wollte
nicht, dass man sich um sie kümmert. Als er an ihrem
ersten gemeinsamen Sonntag aufstand und fragte,
was sie vom Bäcker wolle, sagte sie: »Gar nichts.
Es ist noch Schwarzbrot da, und ich esse morgens
sowieso kaum etwas.« Paul stand da, mit seinem
halb übergezogenen T-Shirt. Die Vorstellung, nur
für sich Brötchen und Croissants zu holen, war absolut trostlos, und er hatte noch nie eine Frau kennengelernt, die es nicht mochte, wenn er morgens zum
Bäcker ging. Umso erstaunter war er, als er einmal
bei ihr übernachtete und Astrid am nächsten Morgen
zur Arbeit musste. Hastig hatte sie sich angezogen
und war im Bad verschwunden. Er begleitete sie
zur U-Bahn und schob dabei das Fahrrad neben ihr
her. Sie sprang plötzlich in einen Bäckerladen und
kam mit einem Croissant und einem Kaffee wieder
heraus. Vermutlich hatte er erstaunt geguckt, denn
sie sagte entschuldigend: »Das mache ich immer so,
wenn die Kinder nicht da sind. Ach du Armer, willst
du auch etwas? Hätte ich dir was mitbringen sollen?«
    »Du magst also Croissants?«
    »Ja, schon, auf dem Weg zur Arbeit in der U-Bahn

oder in Paris.« Sie hatte ihm mit ihrem Kaffee zugeprostet.

Paul lacht im Bett neben der schlafenden Astrid und sieht das ideale Frühstück vor sich. Frische Brötchen von einem richtigen Bäcker, nicht von einem, der nur Rohlinge warm macht, eine Zeitung, einen Kaffee und ja, danach eine Zigarette. Die erste, die man im ganzen Körper spürt. Schrecklich und großartig zugleich. Seit einem halben Jahr hat er keine Zigarette mehr nach dem Frühstück geraucht.

»Ich geh runter in die Bar«, denkt Paul. Vorsichtig steht er auf und tastet sich am Rand des Bettes entlang. Er angelt nach seiner Hose, und dabei stößt er mit dem linken Schienbein gegen die offene Badezimmertür. Der Schmerz ist heftig, stechend, und Paul entfährt ein Schrei. Er hört, wie Astrid hochfährt. »Was ist, Finchen, hast du ...?« Auf einem Bein hüpfend, den Mund jetzt lautlos weit aufgerissen, umfasst Paul den schmerzenden Unterschenkel: »Astrid, alles gut, wir sind in Budapest. Fine ist gar nicht da.« Er hört, wie sie zurück auf das Kissen fällt.

»Oh, was machst du denn da? Ich hab mich so erschrocken.«

»Ich hab mich gestoßen. An der Klotür. Es ist so scheißdunkel.«

»Warum schläfst du denn nicht? Komm ins Bett, ja«, sagt Astrid, und Paul hört kurz darauf an ihrem gleichmäßigen Atem, dass sie schon wieder schläft. Er steht immer noch da mit seinem Schienbein in der Hand.

Langsam humpelt er ins Bad und betätigt den Schalter, und für einen Moment ist er geblendet von dem hellen gelblichen Licht, dann sieht er ein dünnes Rinnsal Blut an seinem Schienbein hinunterlaufen. Paul lässt sich auf die Klobrille fallen, reißt Papier von der Rolle und drückt es auf sein Schienbein.

»Bin ich kompliziert?«

»Ja, aber in deiner Kompliziertheit bist du einfach«, hatte Paul damals geantwortet, und es war an Astrids Gesicht nicht zu erkennen gewesen, ob sie damit zufrieden war. Er war stolz gewesen auf diesen Satz. Wenn er für sie gekocht hatte in seiner kleinen Wohnung im Wedding, dann konnte er sicher sein, dass sie nicht direkt zu ihm an den Tisch kam. Dass sie entweder erst duschen musste oder noch einmal runterlaufen zur Bude, weil sie Lust auf ein Bier hatte und er kein Bier im Haus. Auch dass sie irgendeine Zutat nicht mochte. Artischocken gar nicht, Schmorgurken konnte sie schon als Kind nicht ausstehen, und lustig fand er auch, dass sie als Ärztin keine Knochen mochte. Ein ganzes Lammkarree mit Kräuterknoblauchkruste musste er wieder vom Tisch nehmen und dann vom Knochen schälen, weil Astrid fand, das sehe aus wie ein Kinderrücken. Gegessen hat sie es dann aber doch, und zwar mit großem Appetit. Beim Sex hatte er das Gefühl, dass sie sich gern treiben ließ und er manchmal nicht wusste, wo sie eigentlich gerade war. Aber kompliziert war etwas anderes.

Paul ist fünfundvierzig Jahre alt, und die meisten Frauen, mit denen er zusammen war, hatten sich von ihm getrennt. Alle eigentlich. Nach vier Jahren oder schon nach drei Monaten. Immer hatte er sie am Ende dazu gebracht, dass sie ihn verließen. So hatte es ihm die Psychologin erklärt, zu der er seit einem Jahr ging. Paul lag dabei nicht auf einer Couch, sondern sie saßen sich an einem kleinen runden Tisch gegenüber. Jeder mit einem Tee vor sich. Wie in einem Café. »Wie haben Sie das denn immer wieder geschafft, dass sich alle Frauen von Ihnen trennen wollten?«, hatte Frau Jeschonek gefragt und dabei freundlich gelächelt. So als hätte er sie alle mutwillig dazu gebracht, ihn zu verlassen. Erst hatte er dagegen protestiert und später dann tagelang darüber nach-gedacht.

»Und keine wollte ein Kind mit dir?«, hatte Astrid ihn gefragt. Paul hatte den Kopf geschüttelt. »Nicht direkt, nein.«

»Was heißt nicht direkt?« Da saßen sie auf seinem kleinen Balkon in Berlin über der Panke, und wenn er das Rinnsal verglich mit diesem Highway von Fluss in Budapest, dann war das wirklich Äpfel mit Birnen vergleichen. Oder eher Äpfel mit Melonen. Dieses schmale Flüsschen, komplett gebändigt von der Stadt. Trotzdem mochte er die Panke sehr, zog sie der Spree im Berliner Zentrum vor, die etwas für Touristen war oder für Idioten. Der kleinen Panke fühlte er sich verwandt, auch wenn er nicht so genau wissen wollte, was da alles im flachen Wasser mitschwamm. Er liebte die Bewegungen der grünen Wasserfarne, die sich in Fließrichtung unter der Oberfläche bogen, und die Graffiti an der Uferbefestigung aus Beton.

Die selten etwas bedeuten wollten und oft nur Farbe und Form waren.

Astrid hatte ihre Füße in das florale Metallgitter des Balkons gestellt. Ihre Fußnägel waren hellblau lackiert. Mit beiden Händen umschloss sie ihr Rotweinglas. Sie trank immer Rotwein, auch bei dreißig Grad im Schatten. »Was heißt nicht direkt?«, fragte sie noch einmal und sah ihn nicht an dabei, sondern hinunter auf die Panke. »Auch als du älter wurdest, nicht? Die Mädels sind doch auch älter geworden, oder? Als ihr so auf die vierzig zu seid, da hat keine gesagt, dass sie ein Kind will? Ich meine, manche suchen doch in dem Alter irgendwen, nur damit es mit einem Baby klappt. Hat dir keine die Pistole auf die Brust gesetzt?«

Paul hatte sein Kinn auf die Brüstung des Balkons gelegt. »Mit einer habe ich mir das vier Jahre lang überlegt. Mit Sandra. Nee, vier Jahre lang waren wir zusammen, aber zwei Jahre haben wir bestimmt über das Kinderthema geredet.«

»Hattet ihr Sex in diesen vier Jahren?«

»Sehr witzig, aber sie hat immer verhütet, von wegen Pistole, und dann hat sie sich von mir getrennt und mir einen fünfzehn Seiten langen Brief geschrieben. Heute hat sie zwei Kinder mit einem anderen.«

»Und was stand drin in diesen fünfzehn Seiten?«

»Dass das mit uns nicht funktioniert.«

»Dafür hat sie fünfzehn Seiten gebraucht?«

»Du kannst die gerne lesen.«

Da hatte Astrid ihn dann doch angesehen und an seine Schulter geboxt.

»Ich will das nicht lesen, ich will, dass du mir das erzählst.«

»Die ganzen fünfzehn Seiten?«

»Du weißt genau, was ich meine!«

»Na bindungsunfähig, verantwortungslos, völlig in sich gekehrt. Das ganze Programm.«

»Was heißt das?«

»Das heißt, dass ich mir jetzt noch ein Glas Wein hole. Möchtest du auch eins?«

Paul nimmt das Klopapier von seinem Schienbein und tupft den schnell hervorquellenden dunkelroten Tropfen Blut ab. Er humpelt zum Waschbecken, daneben hängt Astrids Kulturtasche an einem Haken. Es ist eher ein Kulturfächer, der aus mehreren Taschen besteht. Er ist sich sicher, dass er zwischen ihren Tuben, Cremes und Tabletten auch Pflaster findet, und schon im ersten Fach wird er fündig. Er verklebt den Riss am Schienbein und öffnet dann vorsichtig die Tür zum Zimmer. Ein schmaler Streifen Licht fällt so dort hinein und beleuchtet den Sessel, auf dem seine Sachen liegen, die er nun mühelos greifen und anziehen kann. Das fahle Licht beleuchtet auch Astrids Gesicht. Bis zum Kinn hat sie die Bettdecke hochgezogen und im Schlaf ihre gefalteten Hände unter ihre Wange geschoben. »Wie ein Mädchen sieht sie aus«, denkt Paul und muss unweigerlich daran denken, wie er sie das erste Mal sah.

Vorbei an einer spanischen Wand konnte er sie sehen. Die hatte die Krankenschwester extra zwischen die beiden Betten gestellt, aber das hatte sie nicht besonders gut gemacht, denn Paul brauchte sich nur ein wenig zu strecken, und dann konnte er das Nachbarbett sehen und Astrid auch. Sie hielt die geladenen Elektroden eines Defibrilators in den Händen und redete auf einen Patienten ein.

Mit dem Krankenwagen hatten sie Paul in die Klinik gebracht. Direkt nach seiner Frühsendung im Radio. Er hatte Schmerzen im Arm gehabt, ihm war schwindelig und er spürte einen Druck hinter dem Brustbein. Er stand mit Siggi, seinem Chefredakteur, rauchend in dessen Büro. Als ihm plötzlich die Beine wegsackten. »Paul«, war das Letzte, was er hörte, und auch das nur grotesk verzerrt: »Paoouull.« Er kam ein paar Minuten später wieder zu sich und lag auf Siggis Sofa, und Jessi, die Sekretärin, die er seit fünfzehn Jahren kannte, saß neben ihm und hielt seine Hand. »Wird schon wieder«, sagte sie, und er sah ihre kleinen Augen hinter der dicken Nana-Mouskouri-Brille. Paul wollte sich aufrichten, doch es zog erbärmlich in seiner Brust, und er sackte wieder auf das Sofa zurück. Kalter Schweiß stand auf seiner Stirn. Siggi kam wieder ins Büro gelaufen. Paul mochte den untersetzten kleinen Kerl, mit dem er seit vielen Jahren zusammenarbeitete. »Na, Paul, wie sieht es aus? Besser? Hab 'nen Krankenwagen bestellt«, und bevor er antworten konnte, sagte Siggi: »Ich weiß, brauchst du nicht! Aber ich habe ihn trotzdem bestellt. Nimm es als Dienstanweisung.«

Nach ein paar Untersuchungen wurde er auf die Invasive Kardiologie gebracht. Man wolle sich seine Herzkranzgefäße genauer ansehen. Da sah er

Astrid das erste Mal. Mit einem Defibrilator. Sie erklärte dem Mann im Nachbarbett, dass sie ihn jetzt narkotisieren werde. Und dann werde er einen Elektroschock bekommen, wegen seiner Herzrhythmusstörungen. »Wir wollen sehen, was das Herz dann macht. Wir starten es praktisch neu.« Der Kerl guckte wie ein Auto. Astrid spritzte ihm das Narkosemittel und wartete einige Minuten. Dann setzte sie die Elektroden des Defibrilators auf die Brust des Ohnmächtigen, und ein gewaltiger Ruck ging durch den ganzen Mann. Wie ein Sandsack, der von einem Riesen geschlagen wurde. Paul rutschte hinter der spanischen Wand tief in seinem Bett zusammen und dachte: »Meine Herren!«

Wenige Minuten später stand sie vor ihm. Sie trug diese Klinikuniform. Blaue Hose und ein ebenso blaues weites Shirt mit V-Ausschnitt. Gummilatschen an den Füßen. »Herr Schneider, Ihr Herz will nicht so, wie Sie wollen, und wir wollen uns mal ansehen, warum das so ist. Haben Sie schon mal so eine Herzkatheteruntersuchung gehabt?« Sie sah ihn freundlich an, aber auch so, als würde sie ihm jetzt kurz erklären, wie eine Waschmaschine funktioniert. Paul hatte bisher noch gar nichts gesagt außer »Guten Tag«. Er lag im Bett, und ihr Pferdeschwanz fiel ihm auf, der nur knapp bis zum Halsansatz reichte und bei jeder Bewegung ihres Kopfes mitwippte. Ihm fielen ihre kleinen Ohrläppchen auf, und dass sie keinen Schmuck trug, aber vielleicht war das in der Klinik ja auch verboten. »Ich werde durch Ihre Arteria femoralis reingehen, am Oberschenkel, und dann schieben wir den Katheter hoch. Das ist völlig ungefährlich. Ich sehe mir die Gefäße an, und wenn es irgendwo eine Verengung gibt, dann bekommen Sie auch gleich einen Stent gelegt. Wie alt sind Sie?«

»Vierundvierzig«, sagte Paul und wurde das Gefühl nicht los, eine Prüfung bestehen zu müssen.

»Raucher?«

»Ja.«

»Nicht gut«, sagte Astrid, deutete unbestimmt auf Paul und sagte: »Sie haben ein paar Kilo zu viel. Auch nicht gut.« Bei den letzten Worten war sie dann schon wieder aus dem Raum gegangen.

Bald darauf lag er in einer Art Operationssaal. Astrid ließ sich von der Schwester eine sterile Schürze über die schwere Bleiweste binden und Handschuhe anziehen. Paul lag auf dem Tisch, den Blick auf einen mobilen Röntgenschirm über sich geheftet. Paul Schneider, vierundvierzig, stand dort, als gäbe es nicht mehr zu sagen. Astrid fummelte in Oberschenkelhöhe an ihm herum, und er sah den schmalen Draht über den Bildschirm ziehen und dann die Umrisse seines Herzens, das sogar er in diesem Grau in Grau erkennen konnte. Es pumpte unaufhörlich. »Ich spritze Ihnen jetzt ein Kontrastmittel. Haben Sie so was schon einmal bekommen?«

»Nein«, sagte Paul mit trockenem Mund.

»Na, einmal ist immer das erste Mal. Es wird Ihnen dabei ein bisschen warm werden, aber das kommt nur durch das Kontrastmittel. Das ist nicht weiter schlimm.«

In diesem Moment fragte Paul sich, was wohl aus Sicht dieser Ärztin schlimm wäre. Ein Herzinfarkt mit gleichzeitigem Schlaganfall oder im Zentrum einer Atombombenexplosion zu stehen? Dann sah er ein schwarzes Netz auf der Oberfläche seines Herzens. Es verschwand gleich wieder und erschien im Rhythmus seines Herzschlags. Immer wenn ein neuer Blutschwall hineingepumpt wurde, waren die Gefäße zu sehen und verschwanden dann wieder kurz, um von neuem zu erscheinen. »Wenn ich nun in sie verknallt wäre, ob sie das denn sehen könnte auf ihrem Bildschirm da?«, dachte Paul, und im selben Moment sagte Astrid: »Da ist die Verengung. Können Sie das sehen? Dort an diesem Abzweig. Dadurch werden die folgenden kleinen Gefäße nicht mit Blut gefüllt, und das Herzgewebe wird nicht versorgt. Das hätte auch ein Infarkt werden können. Ich setz Ihnen da jetzt einen Stent rein, der das wieder weitet, und dann melden Sie sich nächste Woche in meiner Praxis.«

Paul zieht leise die Hotelzimmertür hinter sich zu. Er sieht auf den Schlüssel mit dem großen Messingring dran, auf dem Hotel Gellért steht. Was wird Astrid denken, wenn sie plötzlich aufwacht, und er ist nicht da? »Dass ich in die Bar gegangen bin, weil ich nicht schlafen kann«, sagt Paul halblaut vor sich hin und geht Richtung Fahrstuhl.

Er ist eine Woche später in ihre Praxis gegangen. Da trug sie ein oranges T-Shirt und eine helle Jeans unter dem Kittel. Während sie ihm den Rücken abhorchte, fragte er sie, ob sie mit ihm essen gehen wolle. Das kam ihm vor wie vom Fünfmeterbrett zu springen. Er konnte ihr Gesicht nicht sehen, aber sie antwortete, ohne zu zögern: »Ich gehe nie mit Patienten aus.«

»Werden Sie denn öfter eingeladen?«

»Hin und wieder«, antwortete sie. »Atmen Sie mal tief ein. Luft anhalten und weiteratmen.« Sie erklärte ihm sehr ausführlich die Gefahren, die Rauchen, Fett und Alkohol für seine Herzkranzgefäße hätten. »Sie sollten Sport treiben. Dann ist die Wahrscheinlichkeit, dass die Koronaren Kollateralen bilden, also neue Verbindungsgefäße, um eine Verstopfung zu umgehen, größer. Sie sind noch ein bisschen jung für einen Herzinfarkt. Aber auch ein Schlaganfall ist möglich. Wir haben nur diese eine Verengung gefunden, die an einer sehr ungünstigen Stelle lag, und dadurch war ein großes Stück des Herzgewebes betroffen. Wir wissen allerdings nicht, ob es noch mehr solche Verengungen gibt. Im Bein, im Kopf? Es ist unwahrscheinlich, dass dies die einzige Stenose war.« Sie setzte sich hinter ihren Schreibtisch, dessen Glasplatte erstaunlich aufgeräumt war, fast leer, schlug die Beine übereinander und sah ihn an. »Haben Sie mich verstanden, oder gibt es noch etwas zu erklären?«

Pauls Herz schlug jetzt so schnell, dass er sicher war, Astrid könnte das auf dem Monitor sehen, wenn er noch angeschlossen wäre. Oder hören durch das Stethoskop. Er war nach diesem Gespräch zur Sprechstundenhilfe am Empfang gegangen und hatte darum gebeten, bei einem der drei männlichen

Kollegen von Astrid behandelt zu werden. »Ich fühl mich bei einem Mann wohler«, hatte er gesagt, und die junge Frau mit einem Nasenpiercing, die hinter dem Empfangstisch saß, hatte ihn kurz angesehen und »Ach ja?« gesagt, als ob er etwas Anzügliches gesagt hätte. »Da werde ich mit Frau Doktor reden müssen, aber das sollte kein Problem sein.« Paul schrieb Astrid darauf einen Brief an die Praxisadresse und lud sie noch einmal in ein Restaurant ein. Sie ignorierte ihn, rief ihn aber nach dem zweiten Brief zurück und ging mit ihm essen.

Langsam geht Paul durch das Foyer des Gellért Hotels. Die beiden Kronleuchter in der Mitte des Raumes sind ausgeschaltet. Nur die Kerzen nachempfundenen kleinen Leuchten an den Wänden geben dem ganzen Raum ein spärliches Licht. Die Bar ist ein kleiner, vom Foyer abgetrennter schmaler Raum. Sie hat nichts Anziehendes und wirkt eher wie ein Imbiss, nicht wie eine Bar. Ein paar Hocker vor dem Tresen, und an der Seite, die zur Straße zeigt, gibt es eine kleine Sitzecke. Dort sitzen zwei Männer stumm vor ihrem Bier. Paul begrüßt den Barkeeper, einen grauhaarigen Mann mit einer randlosen Brille, der mit einem Handtuch die Zapfhähne poliert. Der antwortet auf seinen englischen Gruß mit einem akzentfreien »Was darf ich Ihnen servieren?«.

»Ein Bier. Was haben Sie aus der Flasche? Beck's, ja, Beck's ist in Ordnung.«

Paul umfasst die kalte grüne Flasche und kann sich nicht entscheiden, sich auf einen der Hocker zu setzen. Einer der beiden Männer in der Ecke steht auf. Sein Schädel ist rasiert, und er trägt eine Pilotensonnenbrille auf dem haarlosen Kopf. Er klopft eine Schachtel Lucky Strike auf den Tresen. »Los, komm«, sagt er zu dem anderen, der sich umständlich eine Jacke überzieht. »Lucky Strike« hatte Paul geraucht, seit er siebzehn war. Alle in seiner Klasse in Westfalen rauchten damals Marlboro, und deshalb entschied er sich für die weiße Schachtel mit dem roten Kreis.

Als die Männer auf seiner Höhe sind, dreht er sich zu ihnen um und sagt: »Könnte ich wohl eine Zigarette haben, bitte?« Der mit der Glatze sagt: »Klar, musste aber mit rauskommen. Hier drinnen ist verboten. Wie bei uns.«

Sie stellen sich vor das Gucklochfenster der Bar. Paul sieht auf den absurden kleinen Tempel vor dem Hotel, dessen Sinn ihm immer noch nicht aufgegangen ist. Ein Häuschen aus geschwungenen Steinbögen. »Machst du Urlaub hier?«, fragt der mit dem rasierten Kopf und zieht die Zigaretten aus der Schachtel. »Ja, meine Freundin ist aus Ostdeutschland, und ich wollte mit ihr mal nach Osteuropa fahren.« Was für ein bescheuerter Satz, denkt Paul.

»Er ist auch aus dem Osten«, sagt der Mann und deutet auf sein Gegenüber. Paul zieht die Kippe aus der hingehaltenen Schachtel. »Wir sind Brüder. Kommen jedes Jahr hierher und gucken uns Kunst an. So zwischen Arbeit und Vergnügen.«

Paul zündet sich die Zigarette an und atmet den ersten Rauch ein. Dieser erste Zug lässt das Gefühl des Durstes in seiner Brust verschwinden. Er hört nach Innen auf sein Herz, aber das verrichtet seine Arbeit, ohne zu stolpern.

»Und wo aus dem Osten seid ihr her?«, fragt er.

Der andere, der mit der Jacke, der einen Seitenscheitel und ein feineres Gesicht hat als sein Bruder, sagt: »Ich bin damals in Ostberlin aufgewachsen und Sascha in Hamburg. Wir haben nur einen gemeinsamen Vater.«

»Das ist ja ein Ding«, sagt Paul und zieht wieder an seiner Zigarette.

Auf dem Gang, zweite Klasse

Es roch absolut köstlich in der Küche, und zum ersten Mal seit Tagen verspürte ich wieder so etwas wie Appetit. Jana stand am Herd und rührte vorsichtig mit einer Gabel in der schwarzen gusseisernen Pfanne, die meine Mutter nur benutzte, um zähe Schnitzel zu braten. Sie konnte einfach nicht kochen, nur Milchreis oder Stampfkartoffeln gelangen ihr, aber so wie es jetzt in unserer Küche roch, so roch es normalerweise nie.

Ich hatte nicht mit Jana gerechnet, weil sie ja eigentlich in der Schule sein sollte. Doch als es klingelte und ich die Tür öffnete und sie dort stehen sah, beschienen von einer schon warmen Märzsonne, da fing ich sofort an zu heulen. Jana nahm mich wortlos in den Arm. Sie hatte ihre rote Bluse unter der Brust zusammengeknotet, und ihre Haut war schon leicht gebräunt.

Barfuß stand sie vor dem Herd meiner Eltern in einer verwaschenen grünen Jeans, die sie vor ein paar Wochen im Jugendexquisit gekauft hatte. Ihr schmaler Rücken ging in eine breite Hüfte über, und ich musste daran denken, dass sie manchmal sagte: »Ich hab nun mal 'nen fetten Hintern, da kann ich noch so viel hungern.« Dabei schlug sie sich auf die Hüften, als gehörten die einem Pferd, und vielleicht störte es sie tatsächlich nicht.

Mit einem Schwung stellte Jana die Pfanne auf den Tisch, und die Rühreier mit Speck sahen wirklich hervorragend aus. Sie schmierte Butter auf eine warme Toastbrotscheibe, streute Salz drauf und reichte sie mir. »So, meine Süße, dann erzähl doch mal, warum du dich hier seit Tagen verkriechst?« Ich versuchte zu lächeln, aber ich begann sofort wieder zu heulen, nahm meine Gabel und begann mir das Rührei auf die Stulle zu schaufeln. »Herrje, so schlimm?«

»Warum bist du eigentlich nicht in der Schule?«, fragte ich, und aus Schule wurde dabei tatsächlich Schuhule.

Jana beugte sich vor, hielt sich den Bauch und jammerte: »Herr Sprenger, ich kriege meine Regel heute, und es tut so weh, wissen Sie. Es ist ganz fürchterlich, die Gebärmutter krampft richtig. Morgen ist es sicher schon besser. Aber heute, ich kann mich gar nicht konzentrieren.« Sie richtete sich wieder auf und grinste zufrieden: »Er ist rot angelaufen bis hoch zur Glatze, hat mir ein bisschen auf die Titten geguckt und mich gehen lassen. Ein ganz fairer Tausch, wie ich finde.«

»Und hast du wirklich deine Tage?«, fragte ich und wischte mir die Wangen ab. »Ist das nicht scheißegal, Assi, glaubst du wirklich, ich bin hierher gekommen ins Vögelviertel, um mit dir über meine Monatsbeschwerden zu reden?«

Jana sagte immer Vögelviertel, und ich musste immer darüber lachen, auch jetzt, was sie mit einem zufriedenen Nicken zur Kenntnis nahm. Natürlich hieß es Vogelviertel und lag unterhalb der Oststadt, eines der großen Neubauviertel. Die Straßen trugen hier Vogelnamen. Der Rotkehlchenweg führte zur Taubenstraße, und die Amselallee kreuzte unsere Schwalbenstraße. Jana mochte das Einfamilienhaus meiner Eltern, sie kam gern mit dem Fahrrad vom Datzeberg runter, fuhr durch das Friedländer Tor und dann durch die kleine Altstadt, die von einer mittelalterlichen Stadtmauer umgeben war, und dann zum Neuen Tor wieder raus, bis hierher. Neubrandendorf oder Fraggeltown, wie Jana unsere Heimatstadt nannte, war in den siebziger Jahren mit großen Neubaugebieten zu einer DDR-Bezirkstadt aufgeblasen worden. »Stadt der vier Tore«, schrieb Jana immer auf ihre Briefe und vergaß nie, in Klammern dahinter zu setzen: (Wenn es mal nur vier wären!)

»Julius hat Schluss gemacht«, sagte ich, und die Tränen tropften mir auf das Toastbrot. »Wie das?«, fragte Jana.

»Mit einem Brief. Der ist Sonnabend gekommen.« Ich stand auf, ging in mein Zimmer und holte die eine Seite, beschrieben mit Julius' schöner, geschwungener Handschrift. »Meine liebe Astrid«, schrieb er da, und »meine Astrid« hatte er noch nie geschrieben. Seit einem halben Jahr war er bei der Bereitschaftspolizei in Schwerin, und er war sich sicher, dass sie ihn dorthin eingezogen hatten, um seiner Mutter eins auszuwischen. »Wenn die mich in der grünen Bullenuniform sieht, kriegt die Anfälle«, hat er zu mir bei seinem ersten Besuch gesagt. Er wollte nicht, dass ich zu seiner Vereidigung nach Schwerin fahre, und er durfte in diesem halben Jahr nur zweimal auf Urlaub fahren. Weihnachten war er bei seiner Mutter in Berlin, aber vor zwei Wochen wollte er mich im Forsthaus treffen und sagte dann doch kurz vorher ab. Nüchtern klang seine Stimme am Telefon. Ich sah ihn vor mir an irgendeinem Münzfernsprecher im schmalen Gang einer Kaserne. Er sagte, seiner Großmutter in Wittenberge gehe es schlecht, und er müsse da hin und für mich sei einfach keine Zeit. »Du musst das verstehen, Assi.« Ich verstand gar nichts.

Jana las den Brief, in dem Julius sich erklärte, vielmehr so tat, als würde er sich meinetwegen trennen. Weil er mir nicht zumuten könne, anderthalb Jahre auf ihn zu warten. Ich sei doch ein junges hübsches Mädchen. »Was für ein Quatsch. Der schreibt wie ein Großvater«, sagte Jana und sah mich an. »Lass den sausen, Assi. Noch ein paar Monate, dann bist du im Vorpraktikum, und da kannst du dich ein Jahr um die jungen Assistenzärzte kümmern oder die sich um dich, und später in Rostock lernst du Hunderte Männer kennen. In deinem Medizinstudium und wer weiß wo.«

»Ich will aber den.«

Jana wischte mit dem letzten Rest Toastbrot die Pfanne sauber und seufzte gespielt. »Dann musst du nach Schwerin. Sonntags ist da immer Besuchszeit. Ein Kumpel von mir aus Stralsund war da auch, letztes Jahr, und hat mich immer genervt mit seinen Briefen, dass ich ihn doch mal besuchen soll. Fahr hin und stell ihn zur Rede, was das soll und so.«

»Der will ja nicht, dass ich ihn besuche. Dann sei das da noch schwerer. Hat er gesagt.«

»Na und. Bla-bla.«

»Kommst du mit? Bitte Jana, bitte, bitte, komm mit!«

»Ich weiß nicht, ob das deinem Julius so wahnsinnig viel hilft, wenn eine Ausreisewillige ihn bei der Asche besucht.«

Janas Vater hatte die Ausreise beantragt. Wir waren gerade ein paar Wochen in der zwölften Klasse, als Jana mir das erzählte. Allein standen wir beide auf dem Schulhof, sie rauchte zwei Zigaretten nacheinander und sagte dann, während sie die Kippe austrat: »Bald platzt hier die Bombe.« Sie zitterte, als ob sie frieren würde.

»Warum?«

»Mein Alter hat die Ausreise beantragt, gestern. Für uns alle. Ich bin ja erst siebzehn. Aber was soll's, da hat dieser Idiot vielleicht endlich mal was Gutes gemacht.«

»Scheiße, Jana, das kannst du doch nicht machen. Was wird dann aus mir?« Ich hängte mich in ihren Arm und drückte mein Gesicht an ihre Schulter, auch weil mir die Tränen in die Augen geschossen waren.

»Du kommst mich dann besuchen, wenn du sechzig bist. Dann gehen wir ins Café Kranzler. Torte essen«, sagte sie lachend, aber auch ihr lief eine Träne über die Wange.

Janas Vater war ein großer schmaler Mann mit breiten Wangenknochen, die seine kleine runde Brille tief in die Augenhöhlen drückten. Seine buschigen Koteletten rahmten das Gesicht wie Hecken einen

Garten. Er arbeitete als Bauingenieur, und Janas Verhältnis zu ihm war gelinde gesagt schlecht. Als Kind hatte er sie oft verprügelt, und auch wenn er das inzwischen sein ließ, weil sich Jana irgendwann mit Händen und Füßen gegen ihn gewehrt hatte, sprachen die beiden kaum miteinander. Sondern zischten, spuckten und schrien einander an. Ich war nicht gern bei Jana zu Hause, auch weil ich spürte, dass sie das nicht mochte. Noch nie hatte sie etwas begrüßt, was ihr Vater tat. »Ich werde offiziell einen auf gute Tochter machen, die nicht ohne ihre Eltern leben kann. Aber wenn wir hier raus sind, dann haben die beiden Alten mich gesehen. Hoffentlich dauert das nicht so lange.«

Janas Vater hatte Ärger auf der Arbeit gehabt, und sie meinte, danach sei er total durchgedreht. Ihre Mutter, die sonst immer zu allem »ja und amen« sagen würde, habe sogar versucht, ihm das auszureden. Aber nichts zu machen. Sie zog die Schultern hoch. »Was soll's, Assi, ich will hier raus. Pharmazie will ich sowieso nicht studieren. Werde ich jetzt wohl auch kaum noch kriegen. Wenn ich im Westen bin, dann klappere ich die Schauspielschulen ab. Eine nach der anderen. Bis mich eine nimmt. Und dann kann mir mein Alter das nicht mehr verbieten«, hatte sie zu mir gesagt.

Alles stand kopf für ein paar Wochen. Jana musste immer wieder zum Direktor, der Kreisschulrat wurde eingeschaltet, und angeblich wurde auch der Bezirk befragt. Aber sie ließen sie auf der Schule. Seitdem hatte sie es schwer an der Penne. Sie war durch ihr vorlautes Wesen und diese auffällige Art, sich zu kleiden, schon vorher nicht gerade beliebt gewesen bei den Lehrern, aber jetzt ließen einige alle Hemmungen fallen.

Ein paar Wochen später hatten wir sie gemeinschaftlich aus der FDJ ausgeschlossen. Ich hatte mich krankmelden wollen für diesen Tag, aber Jana bat mich zu kommen. »Assi, was soll das? Ich fühl mich wohler, wenn du dabei bist. Ich bin froh, wenn ich aus diesem Idiotenverein raus bin. Also heb schön deinen Arm, und gut ist es.«

»Warum trittst du dann nicht einfach aus?«

»Ach, die sollen mich mal schön rausschmeißen. Ich bin ja ganz froh, wenn sie mich mein Abi machen lassen. Vielleicht kann ich das noch brauchen im Westen. Also lassen wir ihnen das Vergnügen, mich wenigstens aus der FDJ rauszuschmeißen.«

Es war ein absurder Nachmittag. Thomas Gütschow eröffnete die Versammlung. Ein schlaksiger Junge mit mattblonden Haaren, dessen Augenbrauen geschwungen waren wie Schwibbögen. Wir saßen in unseren Schulbänken, und der Direktor, ein dicklicher Mittvierziger in einem fliederfarbenen Hemd mit dunklen Schweißflecken unter den Achseln saß in der letzten Reihe und spielte klappernd mit seinem Schlüsselbund. Thomas nannte Jana immerzu die Jugendfreundin Fritsche. Er hatte seinen Vortrag vorher aufgeschrieben und las ihn nun wortwörtlich ab. In den Hofpausen der vorangegangenen Tage hatte es Diskussionen gegeben, wie man sich verhalten sollte. Alle wollten für den Ausschluss stimmen.

Einige fühlten sich unwohl dabei. Aber nicht alle. »Ich werde mir wegen Janas Extrawürsten nicht mein Leben versauen«, sagte die kleine Kathleen und pulte an ihrem Nagellack herum.

In der Versammlung saß Jana ganz vorn und sah aus, als würde sie Thomas' Stottervortrag folgen. Der wollte auch Medizin studieren, wie ich, hatte sich drei Jahre für die Armee verpflichtet und war sogar seit einem halben Jahr Kandidat der SED. Er wolle dieses Land gestalten, hatte er gesagt, und das könne er mit der Partei am besten. Da könne man auch Kritik üben an der richtigen Stelle. Mit ihm gab es drei weitere Kandidaten in der Klasse. Keiner von ihnen hatte gesagt, dass das einfach gut für einen Studienplatz sei.

Die Jugendfreundin Fritsche hätte unsere Republik verraten und würde mit dem Klassenfeind gemeinsame Sache machen, sagte Gütschow. Jana starrte ihn die ganze Zeit über an, so als wollte sie ihn durch ihren Blick aus dem Konzept bringen. »Gibt es Meinungsäußerungen?«, fragte Thomas in die Runde, und dann horchten wir alle in die Stille, die sich ausbreitete. Durch die Reihen versuchte ich, Kontakt zu Jana aufzubauen, doch die ließ ihren Blick über die gesenkten Köpfe schweifen und sah an mir vorbei. »Warum lassen wir Jana nicht einfach gehen? Was hat unser Land davon, sie hier zu halten?«, fragte ich halbherzig, obwohl ich die Antwort kannte.

Bohnert, der Direktor, der von allen Bohne genannt wurde, obwohl er das Gegenteil von lang und dünn war, sprang hinten auf und durchquerte den Raum wie ein Dampfer. Er baute sich vor mir auf, sah mich kurz an, sprach dann aber zur ganzen Klasse. Er bekam am Hals rote Flecken, wie immer, wenn er sich aufregte. »Von einer zukünftigen Ärztin unserer Republik hätte ich so eine Frage nicht erwartet. Nicht nur, dass Fräulein Fritsche unsere Ideale verrät und sich mit einer hervorragenden Ausbildung, die die Arbeiter unseres Staates ihr finanziert haben, aus dem Staub machen will. Nicht nur, dass sie uns und unsere Hoffnungen in sie enttäuscht. Das vielleicht Wichtigste ist ja, dass sie sich entscheidet, einen Schritt zurück in der Geschichte zu machen. Dass sie in dieses auf Ausbeutung des Menschen durch den Menschen begründete System zurückkriechen will. Wir haben hier in der Deutschen Demokratischen Republik den Sozialismus aufgebaut und sind stolz darauf, und Jana Fritsche glaubt, wegen ein paar Nietenhosen die Bürger unserer Republik verraten zu müssen. Das können wir nicht zulassen. Nicht so einfach mir nichts, dir nichts.«

Es war still nach diese Rede. Bohne setzte sich wieder nach hinten. Thomas Gütschow sagte noch monotoner als vorher: »Vielen Dank für diesen Redebeitrag, Genosse Bohnert. Gibt es weitere Meldungen? Dies ist nicht der Fall. Dann kommen wir jetzt zur Abstimmung. Als Sekretär der Klasse 12b der Erweiterten Oberschule Johann Wolfgang Goethe beantrage ich aus den genannten Gründen den Ausschluss der Jugendfreundin Jana Fritsche aus der Freien Deutschen Jugend. Wer dem Antrag

zustimmt, den bitte ich jetzt um das Handzeichen.«
Alle Arme gingen nach oben, auch meiner, und Jana
sah in die Runde, so als wollte sie sich dieses Bild
merken. Sie versuchte ein Lächeln, aber das misslang.

Wir hatten fast den ganzen Waggon für uns, als
wir am Sonntag Richtung Schwerin aufbrachen.
Jana hatte ihren kleinen Annett-Rekorder aus dem
Rucksack gezogen, und nun sang Suzanne Vega
durch den Waggon, in dem außer uns nur ein alter
Mann mit einem grünen Filzhut neben der Tür saß
und schlief. Der Regen lief die Scheibe hinunter, und
wir zuckelten los, und während die letzten Häuser
von Neubrandenburg verschwanden, sagte Jana:
»Mensch, wann kommt der große Arsch, der dieses
Drecknest einfach zuscheißt. Dreieinhalb Stunden
bis nach Schwerin. Für hundertfünfzig Kilometer.
Das ist so demütigend.« Wir hatten die Füße auf
die weinroten Kunstledersitze gelegt, und aus Janas
einer olivgrünen Socke guckte der große Zeh hervor.
»Marlene on the wall«, sangen wir aus vollem Hals.
    Die Felder lagen still und dunstig. Durch die re-
gennassen Scheiben war kaum ein Mensch zu sehen.
Der Zug beschleunigte, um nach einigen Minuten
seine Höchstgeschwindigkeit zu erreichen und diese
dann lange quietschend wieder abzubremsen und
an einem fast leeren Bahnhof zu halten. Reuterstadt
Stavenhagen, Malchin, Teterow. »Du hast diesen
Knaller seit einem halben Jahr nicht mehr gesehen,
und wir zuckeln hier durch die Gegend. Seit einem
halben Jahr hast du nicht mehr mit dem geknöpert,

geschweige denn mit einem anderen. Mensch, hätte ich das gewusst, ich hätte dich nicht mit in das Forsthaus genommen.«

»Du hast gesagt, der wäre was für mich.«

»Ja, für den Sommer. Nicht für das ganze beschissene Leben. Ein halbes Jahr, wie so eine Kriegerwitwe. Und am liebsten würdest du noch ein Jahr warten.«

»Ich habe ihn ja gesehen, das heißt eigentlich nur gehört«, sagte ich und biss mir auf die Haarspitzen.

»Sie sprechen in Rätseln, junge Frau. Ist er dir im Traum erschienen oder was?«

Nur mühsam rückte ich mit der Sprache raus, weil es mir peinlich war, selbst vor Jana. Wie ich zwischen den Jahren nach Berlin gefahren bin und dann mit der U-Bahn bis in den Prenzlauer Berg. Wie ich die Schliemannstraße gesucht habe auf dem Stadtplan, auf dem Westberlin als graue Fläche eingezeichnet war. Ein paar Halbstarke warfen Silvesterknaller nach mir, während ich durch die graue breite Dimitroffstraße lief, und dann fand ich den Namen Herne mit einem Pinsel auf die Tür gemalt im zweiten Stock des Vorderhauses der Schliemannstraße Nummer 16. Mein Herz schlug bis zum Hals. Ich stand vor der Tür und suchte nach einer Klingel, aber da war nur ein metallener Griff, und während ich noch überlegte, ob das nun die Klingel war oder ob man klopfen sollte, hörte ich Julius' Stimme in der Wohnung. »Während einer Übung«, sagte er, und dann »nee, keine Ahnung.« Und beim zweiten Satz kam seine Stimme näher, und ich hörte, wie er hinter der Tür vorbeiging. Langsam lief ich eine

Treppe runter und blieb dort sitzen. Niemand kam die Treppe hoch oder runter, niemand fragte mich, was ich hier suchte oder zu wem ich wollte. »Wir feiern Silvester zusammen«, hatte Julius gesagt am Telefon, noch Wochen zuvor, und mir dann eine Weihnachtskarte geschrieben, dass das nicht ginge, weil er seinen Bruder treffen wollte. In Berlin. »Der lebt jetzt in Berlin«, schrieb er, und ich wusste natürlich, dass er Westberlin meint, und fragte mich, ob das für Julius als Mitglied der bewaffneten Organe überhaupt erlaubt war, jemanden aus dem Westen zu treffen. Oder ob das nur eine Ausrede für seine doofe, gutgläubige kleine Freundin vom Dorf war.

Jana lachte an dieser Stelle und sagte: »Vermutlich war es das. Du Schaf.«

»Dann bin ich wieder nach Hause gefahren. Ohne ihn zu sehen. Und ich kann dir auch genau sagen, wovor ich so eine Angst hatte. Dass er die Tür aufmacht, mich sieht und sagt: ›Was willst du denn hier? Fahr mal lieber wieder nach Neubrandenburg. Ich habe zu tun.‹ Bescheuert, ne?«

Julius freute sich über meinen Besuch in der Schweriner Kaserne. Jana und ich waren mit einem Bus vom Bahnhof in die Gartenstadt gefahren. Dort standen zwei relativ kleine mehrstöckige Häuser, die von einem Zaun umgeben waren. Ich hatte mir das alles viel größer vorgestellt. Jana ließ mich tatsächlich allein. »Keine zehn Pferde kriegen mich da rein. Noch nicht mal ohne meinen Antrag würde ich da reingehen!«, sagte sie und ging hinunter zum gegenüberliegenden See. Der da still lag, umgeben von kleinen Mehrfamilienhäusern. »Ich füttere die Enten. Lass dir Zeit bei deinem Schäferstündchen. Kannst ihm ja unter dem Tisch einen blasen«, sagte sie. »Womit willst du die Enten füttern?«, fragte ich, und sie sah mich an, als hätte ich etwas ganz Erstaunliches gesagt, und antwortete: »Mir wird schon etwas einfallen.«

Ich musste an der Wache meinen Ausweis vorzeigen und sagen, wen ich besuchen wollte, und dann wurde mir der Weg zum Besucherzimmer gewiesen. Ich hatte noch nie vorher jemanden bei der Armee besucht. Der Raum war groß und neonhell, bestückt mit quadratischen Tischen, auf denen vergilbte Tischdecken lagen und jeweils ein Aschenbecher stand. An der Wand hing ein Bild von Erich Honecker, das Bild, das überall hing. Auf dem er in Anzug, Schlips und Kragen seitlich aus dem Bild herausguckte ins Irgendwohin. Nicht in die Augen des Betrachters.

Ich setzte mich an einen leeren Tisch. Es roch dumpf nach Schweiß, Zigaretten und nach Zwiebeln. Neben mir saßen ganze Familien um einen Soldaten herum und einzelne Mädchen, die Händchen mit den Jungen in hellgrüner Uniform hielten. Es standen Kuchen auf den Tischen, Teller mit Broten und kalten Bouletten. Ich hatte ihm drei Schachteln Alte Juwel und eine Tafel Schogetten aus dem »Delikat« mitgebracht. Die stapelte ich vor mir auf. Julius öffnete die Tür zu diesem Wartesaal und trat ohne zu zögern ein. Ich erkannte ihn sofort. Seine Haare waren ganz kurz, und er trug diese grüne runde Polizeimütze auf dem Kopf. Auch er hatte mich gesehen und kam auf mich zu, umarmte mich, ohne mich zu küssen, und setzte sich: »Na, du machst Sachen. Das ist ja eine Überraschung.«

»Freust du dich?«, fragte ich, und meine Stimme klang ganz hoch.

»Ja, klar freue ich mich. Was glaubst du denn? Die Sonntage sind unerträglich hier drin. Wenn man keinen Ausgang hat, und den haben wir ja nicht so oft. Wenn ich den allerdings gehabt hätte heute, dann wärst du ganz umsonst gekommen. Aber ich bin ja da.«

Ich wusste nicht, was ich sagen sollte, und griff nach seiner Hand, so wie ich das bei den Mädchen an den Nachbartischen gesehen hatte.

Und Julius redete ununterbrochen. Dass es jetzt viel besser sei als noch vor ein paar Monaten. Seitdem er in die Küche gewechselt sei, seitdem er vorne in der Essensausgabe stehen würde mit der Kelle in der Hand und diesen Hirnis den Schlag auf den Teller geben würde, und zwar so viel, wie er, Julius, es wolle. Seitdem würden sie ihn in Ruhe lassen und einige von den besonders Doofen seine Nähe sogar suchen, und auch die Entlassungskandidaten würden jetzt von ihm ablassen, und er könne sich darauf konzentrieren, diesen Scheiß hier abzureißen, bis es eben vorbei wäre und er wieder draußen sei und sein Studium beginne in Berlin. Von uns kein Wort.

Ich hielt seine Hand, und er redete fast gestenlos und sah die meiste Zeit rechts an mir vorbei, wie

Honecker aus seinem Bild auch an allen vorbeiguck-
te, und ich wollte fragen, ob er mich liebt und was
das mit dem Brief soll, und erzählte stattdessen von
der Schule und dem schriftlichen Russischabitur im
vergangenen Februar, und dass jetzt bald die anderen drei schriftlichen Prüfungen kommen würden
und mir aber nur vor der in Mathematik bang sei,
ein wenig. »Du schaffst das bestimmt«, sagte Julius.
»Du schaffst das garantiert. So ein schlaues Mädchen wie du.« Und das erinnerte mich an das »hüb-
sche Mädchen« aus dem Brief, und fast musste ich
anfangen zu heulen, und dann sagten wir beide gar
nichts mehr, und Julius öffnete eine der Schachteln
Alte Juwel. Umständlich fummelte er die Packung
auf und reichte mir eine Zigarette, und ich nahm
sie und ließ mir auch Feuer von ihm geben, obwohl ich seit Monaten nicht geraucht hatte. Die
Zigarette schmeckte muffig und kratzte im Hals, und
ich beugte mich vor und küsste Julius, aber nur auf
die Wange, und er lächelte.

Jana hatte gesagt, wenn die Jungs bei der Armee
sind, dann kannst du die alle vergessen, dann sind die
wie weggetreten, selbst wenn die mal ein paar Tage auf
Urlaub sind und wieder ihre normalen Sachen tragen.
Dann stehen die da mit ihrem Landserhaarschnitt
und wissen sich nicht mehr zu benehmen. Als wäre
eine Käseglocke über die gestülpt.

Als ich vor die Kaserne trat, saß Jana tatsächlich noch
auf einer Bank am See. Der Himmel war diesig, und
auch über dem Wasser hing ein nebliger Schleier.

Anderthalb Stunden war ich weg gewesen. Jana fütterte allerdings keine Enten, sondern links und rechts neben ihr saß je ein Bereitschaftspolizist. Als sie mich sah, sprang sie auf und sagte: »Und wann wird geheiratet?« Dann drehte sie sich zu den beiden jungen Männern um, warf ihnen Kusshände zu und rief im Weggehen: »Bewacht uns noch schön«, und dann zog sie mich weg. »Meine Güte, wenn du mich noch länger hättest warten lassen, wäre ich eingeschlafen. Was machen diese Bepos eigentlich? Weißt du das? Sind die nun Armee oder Polizei? Hat Julius dir was erklärt? Diese beiden Dorftrottel da eben konnten kaum einen zusammenhängenden Satz herausbringen.«

»Nein, darüber haben wir nicht geredet«, sagte ich. »Die schikanieren sich untereinander, sagt Julius, aber ihn jetzt wohl nicht mehr.«

»Und sonst? Habt ihr alles wieder eingerenkt?«

Ich zog die Schultern hoch und sagte: »Ich weiß nicht. Er war wie immer. Süß. Ein bisschen verwirrt. Er hat den Brief nicht erwähnt, und ich auch nicht. So als hätte es den gar nicht gegeben.«

»Dafür habe ich mir hier also eine Blasenentzündung auf der Bank mit diesen beiden Hornochsen geholt? Obwohl, vermutlich hätte ich mir mit denen noch viel schlimmere Sachen holen können.«

Sie umarmte mich, und später saßen wir in einem total überfüllten Zug auf dem Gang, zweite Klasse. Studenten, Lehrlinge und Soldaten drängten sich da, und Jana packte ihren Kassettenrekorder noch einmal aus. Sie steckte sich eine Zigarette an, und wir tranken aus der kleinen Flasche Kirschlikör, die sie am Bahnhof in Schwerin gekauft hatte. Mir war warm vom Schnaps, und mein Kopf lehnte an Janas Schulter, und ich spürte plötzlich, wie sie mir fehlen würde, wenn man sie rauslassen würde. Meine beste Freundin. Aber dann sangen wir das nächste Lied mit, das etwas leiernd aus dem Rekorder kam. Erst nur wir beide, aber dann der halbe Waggon, auf dessen Gang der Rauch in blauen Schwaden hing: Mit einem Taxi nach Paris, nur für einen Tag. Mit einem Taxi nach Paris, weil ich Paris nun mal so mag.

Im Schrebergarten

Astrid riecht es sofort. Paul ist im Aufwachen an sie herangerutscht und hat seine Stirn an ihre gelegt. Er umarmt ihre Hüfte und zieht sie an sich, und Astrid riecht den alten, modrigen Rauch aus seinem Mund, begleitet von einer leichten Bierfahne. »Du riechst wie 'ne Kneipe«, sagt sie, und nach einem kurzen Zögern: »Aber gestern hast du doch Rotwein getrunken, und wieso riechst du so nach Rauch?« Paul steht wortlos auf und tappt durch die Dunkelheit. Sie hört ihn im Bad rumoren, und dann surrt seine elektrische Zahnbürste los. Ein paar Minuten später kommt er zurück ins Bett gesprungen, und der Kneipengeruch ist von einem künstlichen frischen Minzegeruch überdeckt. Astrid weiß nicht, was schlimmer ist. Die Vorhänge sind noch zugezogen, und Paul sagt mit diesem Minzeatem in die Dunkelheit: »Ich war noch unten in der Bar.«

»Wie, du warst noch unten in der Bar?«

»Na, heute Nacht. Ich konnte nicht schlafen, und so um halb eins bin ich runter, habe ein paar Bier getrunken und bin wieder hochgekommen.«

»Während ich hier geschlafen habe?«

»Ja, hätte ich dich wecken sollen?«

Astrid kann Pauls Gesicht nicht sehen, so dunkel ist es noch im Zimmer. Aber allein die Vorstellung, dass Paul bei dieser Antwort grinst, genügt ihr, um aus dem Bett zu schießen und die Vorhänge zur Seite zu reißen. Das Licht trifft sie beide wie ein Hieb, und für einen kurzen Moment besteht die Möglichkeit zu lachen. Aber Astrid lacht nicht. Sie will nicht lachen.

»Meine Güte, du bist ja wirklich drauf heute Morgen«, sagt Paul und hält sich mit der linken Hand die Augen zu.

»Du bist da also runter in die Bar und hast ein paar Bier getrunken? Und schön noch ein paar Zigaretten geraucht dazu? Oder was?«

»Ja, Himmel, Frau Doktor, habe ich. Da war so ein Typ, der rauchte Lucky Strike, und da konnte ich nicht widerstehen.«

Astrid nimmt das »Frau Doktor« gerne auf, es befeuert ihre Wut und lässt ihren Mund schneller sein als ihr Hirn. »Paul Schneider, du hattest fast einen Herzinfarkt. Dein Scheißkranzgefäß war so eng, dass ich da kaum den Draht durchgekriegt habe, und nicht nur, dass du an deinen Essgewohnheiten nichts geändert hast und dich eigentlich ausschließlich von Dingen ernährst, die du lieber nicht essen solltest, und auch viel zu viel Alkohol trinkst …«

»Komm wieder runter, ja!«, sagt Paul und hält die Hand jetzt wie einen Sonnenschirm über die Augen, als würde er auf einem Berg stehen und die Aussicht genießen. Das macht Astrid noch wütender. Sie öffnet die Balkontür, aber sie geht nicht hinaus. »Bist du bescheuert, eh, wenn du rauchst, dann zieht es deine Gefäße zu, so«, sie schließt ihre Finger zu einer Faust. »Dann ist es ganz plötzlich stockdunkel da unten in deiner Bar mit deinem Lucky-Luke-Freund.«

Paul verdreht die Augen und geht an ihr vorbei auf den Balkon. Er schubst sie dabei ein bisschen zur Seite, und Astrid geht zurück zum Bett und lässt sich darauf fallen. Sie will nicht so mit ihm reden, aber sie will auch nicht, dass er raucht und sein Leben riskiert. Es ist schön mit ihm.

»Es ist sein Leben verdammt noch mal. Und hör auf, dich wie eine Glucke zu benehmen«, denkt sie, und als Paul zurückkommt vom Balkon und tief einatmet, so als ob er etwas sagen will, da greift ihn Astrid an. Sie zieht ihn zu sich auf das Bett, küsst ihn und zerrt ihm die Unterhose runter. Paul ist überrascht, und ihre Zähne schlagen kurz aneinander. Er fasst nach ihrer Brust, drückt sie leicht, und Astrid küsst ihn in die Halsbeuge. Halb liegt er auf ihr, streicht die Innenseite ihrer Schenkel und zerteilt ihre Schamlippen mit einem Finger. Astrid stöhnt leise, doch ihr kommt das Stöhnen eher vor wie ein Knurren. Schwungvoll wirft sie Paul auf den Rücken, und er fällt erstaunt zwischen die Kissen. Sie setzt sich auf ihn, umschließt seinen Hals mit ihren Händen und drückt leicht zu für einen Moment. Dann will sie seinen Schwanz in sich einführen, obwohl der noch nicht steif genug ist und sie noch nicht wirklich bereit. Sie spürt, wie Paul in ihr härter wird, und drückt den Hintern schnell und mit einem Ruck auf sein Becken. »Was ist eigentlich, wenn ich auf dir krepiere?«, sagt Paul. »Oder besser unter dir?«

»Arschloch«, sagt sie, nimmt sein Gesicht in die Hände und küsst ihn sanft. Langsam bewegt sie sich auf ihm. Paul liegt unter ihr und stöhnt leise. Sein

Kopf ist so weit weg, dass Astrid seinen Atem nicht mehr riechen kann. Sein Becken zuckt leicht, und er möchte sich schneller bewegen, aber sie bremst ihn mit den Schenkeln, zwängt ihn ein und hält ihn.

Aber er hebt sie von sich hoch, und sie hat das erwartet, lässt sich heben und von ihm auf den Bauch drehen. Sie stützt sich auf die Ellenbogen, hebt ihren Hintern, und er dringt in sie ein und schiebt sich langsam in ihr vor. Paul kommt nach wenigen Minuten und liegt auf Astrids Rücken, weich und warm und schwer. Sie wälzt sich unter ihm hervor, keuchend sieht sie ihn an, schlingt ein Bein um seine Hüfte, und dann nimmt sie seinen Atem an und holt Luft im selben Rhythmus.

Unter der Dusche belächelt Astrid den eigenen Wunsch, erst ins Thermalbad zu gehen und dann irgendwo draußen zu frühstücken. »Da könnte Julius genauso sein und im warmen Wasser sitzen. Du sitzt in der Falle, meine Süße«, sagt sie halblaut und lässt sich Wasser über das Gesicht laufen.

»Was hast du gesagt?«, ruft Paul vom Bett her, und Astrid sagt laut: »Ich singe.«

»Was denn? Sing doch mal lauter!« – »Das fehlte noch«, denkt Astrid. »Das alles fehlte mir noch, dass ich hier laut singe unter der Dusche oder Julius Herne im Gellértbad treffe. Mit vierundvierzig Jahren in einem türkisen Bikini.« Zumindest der ist neu und ganz schick. Astrid hat ihn mit ihrer Freundin Vera ausgesucht und sich nach langem Hin und Her für diesen klassischen Zweiteiler entschieden. »Der bringt deinen Hintern gut raus«, hatte Vera gesagt, und Astrid denkt: »Wenn ich Julius sehe, kann ich mich ja schnell umdrehen.« Sie muss lachen, dreht das Wasser eiskalt und beschließt laut prustend, sich jetzt mal zu entspannen und es drauf ankommen zu lassen. Sollte Julius im Frühstücksraum sitzen, gäbe es immer noch die Möglichkeit, dass er sie nicht erkennt. Vierundzwanzig Jahre immerhin sind vergangen.

Im Frühstücksraum sieht es tatsächlich so aus, wie sie sich das Hotel Gellért zu Hause in Berlin ausgemalt hatte. Es gibt ein Buffet, das versucht ein gutes Hotel zu imitieren, aber es gelingt nicht. Die Wurst ist fettig, dem in Scheiben geschnittenen Käse sieht man seine industrielle Herstellung an. Fettige Bratwürste, das Rührei liegt auch schon länger in der chromglänzenden Schüssel und ist am Rand angetrocknet und bräunlich. Nichts sieht irgendwie anders aus als in einem billigen All-inclusive-Hotel auf Mallorca. Neben einem dampfenden Samowar für den Tee stehen Thermoskannen mit Kaffee. Er ist eher grün als schwarz, und Astrid gießt sich so viel Milch hinein, bis er die Farbe von dünnem Kakao annimmt. Sie trägt ihre große Sonnenbrille, und durch deren leicht rötliche Gläser hat sie bereits beim Betreten des Frühstücksraums gesehen, dass Julius und Sascha nicht hier auf den geschmacklosen beigen Bistrostühlen sitzen. Paul lädt sich den Teller voll, obwohl er die Hälfte der Dinge, die da auf seinem Teller landen, in Berlin nicht mal mit der Kneifzange anrühren würde. »Und es natürlich auch nicht sollte«, denkt Astrid, nimmt zwei kleine Schokocroissants und setzt sich zu ihm in eine Nische mit Blick auf die Donau. Sie hat sehr wohl bemerkt, dass Paul, bevor er sich setzte, das Geschirr der Vorgänger schnell zusammengestellt und auf den Nachbartisch verfrachtet hat.

»Was machen wir denn nachher?«, fragt er und beißt in eins der Würstchen.

Sie schiebt die Sonnenbrille hoch und sagt: »Keine Ahnung. Du hast doch sicher schon einen Plan gemacht.«

»Ach, jetzt komm schon, sei nicht so. Was sehen wir uns an? Die Fischerbastei oder die Burg? Du kennst das doch hier alles. Lass mich nicht so hängen.«

»Gut«, denkt Astrid und sagt: »Gut, dann werde ich dir ein bisschen was zeigen aus meiner Vergangenheit, wenn du dir das so wünschst. Dann laufen wir ein bisschen durch die Stadt zum Nyugati pu. Aber auf dem Weg dorthin will ich einen Cappuccino, um dieses Desaster hier zu vergessen.« Sie deutet auf den Frühstückstisch mit seiner beschmierten olivgrünen Decke.

»Was ist der Nyugati pu?«, fragt Paul und grinst »Ich kenn nur Winnie the Pooh.«

Da liebt Astrid ihn wieder, ihren Paul, und sagt: »Das ist der Westbahnhof, wir müssen mal gucken, wie weit das von hier ist. Ob man laufen kann oder ob wir ein Taxi nehmen müssen.«

»Der ist in Ordnung«, hatte ihr Sohn Samuel gesagt, nachdem Paul gegangen war am ersten gemeinsamen Abend mit ihr und den Kindern. Astrid dachte, dass er längst schliefe. Am Küchentisch saß sie noch mit Paul, trank Wein und knutschte ein bisschen. Paul sah sie an und fragte: »Na, habe ich die Prüfung bestanden? Was meinst du?«

»Haste, glaube ich«, sagte Astrid und nahm noch eine Fingerspitze von der Mousse au Chocolat, die nur zur Hälfte aufgegessen auf dem Tisch stand. Nicht, weil sie nicht schmeckte, sondern weil sie riesig war. »Du hast mit unfairen Mitteln gearbeitet«, sagte Astrid. »Medium gebratene Steaks, sahniges Kartoffelgratin, Schokoladenmousse. Alles Dinge, die ihre bekloppte Mutter niemals hinkriegen würde.« Die Kinder hatten sich in ihre Zimmer zurückgezogen, während Paul in der Küche gekocht hatte, und Astrid war mit klopfendem Herzen hin- und hergelaufen zwischen den Dreien. So als könne sie damit die Stimmung etwas lösen. Beim Essen wurde kaum geredet. Paul gab sich Mühe und fragte nach dem Fechttraining von Samuel und nach Fines Lieblingsfächern. Samuel antwortete mit einem Satz, und ihre Tochter sah sie etwas ratlos an, sodass Astrid antwortete an ihrer Stelle. Fine nickte und zeigte ihm später das Fotoalbum von Lukas, das Pferd, auf dem sie seit einem halben Jahr ritt. Sie stellte sich neben Paul, und ihre Schulter berührte dabei sanft seine Schulter. Samuel quetschte ihn später nach seiner Radiolaufbahn aus. Astrid war für einen Moment, als könne sie gehen, und die drei würden es gar nicht bemerken. Drei Jahre waren seit der Trennung von Tobias vergangen, und sie hatte den Kindern in dieser Zeit keinen anderen Mann vorgestellt.

Paul küsste sie immer intensiver in der Küche, und ihre Haare baumelten dabei in der Schokoladenmousse. Seine Hände begannen ihre Bluse aufzuknöpfen, aber sie schob ihn dann irgendwann aus der Wohnung. »Jetzt lass uns mal langsam machen, wo die Kinder da sind. Nächstes Mal kannst du hierbleiben.« Paul ging die Treppen hinunter, und Astrid sah ihm hinterher und danach aus dem Fenster, wie er langsam und mit etwas hochgezogenen Schultern die Straße hinunterging, und sie hoffte, dass er sich noch einmal umdrehen würde, bevor er die U-Bahn-Station erreichte. Was er nicht tat, aber dafür rief Samuel aus seinem Zimmer: »Der ist in Ordnung.« Astrid stellte sich neben ihn an sein Hochbett, das ihr nur bis zur Brust reichte und das Samuel langsam zu klein wurde, so wie ihm sein ganzes Leben irgendwie zu klein wurde mit seinen zwölf Jahren. Sie strich ihm die Haare aus der Stirn und wollte ihn küssen, aber er entzog sich und sagte: »Der kann wiederkommen. Gute Nacht, Mama.«

»Der Kaffee ist tatsächlich gut«, sagt Paul, und Astrid reagiert nicht darauf. Sie steht an eine schmale schäbige Betonsäule gelehnt, und ihr Blick verliert sich in dem Gewühl der Leute, die sich durch die niedrigen Gänge im Untergeschoss des Nyugati pu schieben. Neben ihnen ist ein kleines Schuhgeschäft, und daneben verkauft jemand Zeitungen und Souvenirs. Das Licht ist hart und lässt diese schlauchartigen Gänge unter dem Westbahnhof wirken wie mitten in der Nacht. Der Kaffee ist von McDonald's. Am Eingang des schönen Bahnhofsrestaurants hatten sie gestanden, und ihr Blick war über die typische Plastikwelt der Burgerkette gegangen, die sich in der alten Pracht ausgebreitet hatte. »Ich krieg das Kotzen, immer wieder, wenn ich das sehe«, hatte Paul gesagt.

Astrid hatte mit den Schultern gezuckt und gesagt: »Was soll's. So sieht es aus. Wenn die nicht ihre BSE-Schnitten verkaufen würden, dann würden hier vermutlich drei Alkoholiker sitzen, und die Gardinen vor den Fenstern wären noch aus den achtziger Jahren. Guck dir an, wie voll das hier ist. Wer, bitte schön, geht denn heute noch in ein Bahnhofsrestaurant?« Paul sah sie an, und sie lachte: »Komm schon, du Romantiker, der Kaffee ist ganz gut. Zumindest wenn es ein McCafé gibt wie hier. Die gießen dir nicht den ganzen Becher voll mit Milch und nennen das dann Cappuccino. Und so wie ich die Brüder kenne, bekommt jede Filiale das genau vorgeschrieben, wie viel Milch da reindarf. Weltweit. Das hat auch seine guten Seiten.« Paul wurde trotzdem das Gefühl nicht los, dass sie den Kaffee hier nur kaufte, um ihn zu provozieren.

Aber jetzt stehen sie da im Untergeschoss des Bahnhofs und sehen auf die vielen Menschen, die sich aneinander vorbeischieben. Eine Bettlerin mit einem roten Kopftuch klappert mit ein paar Münzen in einem Becher und setzt erst kurz vor Astrid ein leidendes Gesicht auf. Davor sah sie eigentlich auch aus wie eine langsame Passantin. Ihr rechtes Bein ist stark angeschwollen, unter einer schwarzen Strumpfhose, die sich dünn darüber spannt. Astrid kramt das

Wechselgeld von den Kaffees aus ihrer Manteltasche und lässt es in den Becher fallen.

»Und erinnert dich das hier nun an etwas?«, fragt Paul. Astrid schlingt ihren Arm um seinen Hals, zieht ihn zu sich ran und drückt ihn dann ein wenig nach unten, wie bei einer Rangelei auf dem Schulhof.

»Hier sind wir angekommen. Damals. Mit Tobias, meinem damaligen Freund und heutigem Exmann. Wir kamen nachts an, das weiß ich noch. Oben natürlich, im Bahnhofsgebäude. Es muss so gegen zehn oder elf gewesen sein. Dann sind wir hier runter, weil wir wussten, dass man hier schlafen kann.«

»Hier, ihr habt hier geschlafen? Unter dem Bahnhof? Wo?«

»Es sah so ähnlich aus wie hier. Komischerweise habe ich es sogar ein bisschen sauberer in Erinnerung und nicht so voll, aber das kann auch daran liegen, dass es ja Nacht war. Es gab so eine Reihe Gepäckschließfächer vor der Wand, und da wohnten richtig Leute. Vor allem Ostler.«

»Die wohnten in den Schließfächern?«

»Ja, du Honk, die wohnten in den Schließfächern. Die haben immer ihre Beine angezogen und die Luft angehalten und dann von innen zugeriegelt. ›So, gute Nacht, Budapest‹, jetzt wird geschlafen.«

Paul guckt ratlos, und Astrid mag es, wenn er manchmal so guckt. Er ist so selten ratlos.

»Nein, es gab nicht dieses Neonlicht. Das war gelber. Die hatten hier ihre Klamotten in den Schließfächern, ihre Kraxen und Schuhe und so. Die haben sich am Waschbecken des Klos gewaschen und dann davor in einer langen Reihe auf Isomatten geschlafen. Bestimmt fünfzig Leute. Wie die sieben Zwerge. Also, die fünfzig Zwerge.«

»Ihre Kraxen?«

»Rucksäcke, ostdeutsch für Rucksäcke.«

Paul sieht den schmalen Gang entlang, unter dessen Decke unverkleidete Elektrokabel laufen.

»Und da habt ihr auch geschlafen, du und dein Tobias? Wie hast du den eigentlich kennengelernt?«

»Den habe ich in meinem Vorpraktikum kennengelernt. Im Jahr vor dem Studium, in dem ich auf der Urologie in Neubrandenburg gearbeitet habe. Tobias kam von der Armee zurück und musste auch noch ein paar Monate arbeiten bis zum Studium. Dann haben wir uns verliebt, na ja, und sind hierher gefahren im August.«

»Und habt auf dem Bahnhof geschlafen?«, fragt Paul und wirft seinen Kaffeebecher in einen runden Mülleimer aus Beton, ein paar Meter entfernt. Er trifft.

»Die erste Nacht schon. Wir hatten ja kein Geld damals. Man durfte einmal im Jahr Forint für zwei Wochen umtauschen. Und das war immer noch viel zu wenig. Und dann wollte man das ja auch für andere Sachen ausgeben. Klamotten, Platten und so.«

»Weil ihr einfach zu konsumorientiert gewesen seid«, sagt Paul und fängt Astrids Hand ab, die nach ihm schlägt.

Sie deutet auf den Zeitungskiosk vor ihnen, in dem ein älterer Mann mit grauem Bart und einer schwarzen Weste über dem Hemd hinterm Tresen steht.

»Hier habe ich das nicht ausgehalten. Das habe ich Tobias auch gesagt. Wir hatten kein Schließfach, die wurden richtig verkauft, wenn eines leer war, und mir war das auch unheimlich, so auf dem nackten Boden in einem Bahnhof zu schlafen. Am Morgen um sechs kamen zwei Polizisten mit einer riesigen Eisenstange und ließen die ein paar Mal auf den Fliesenboden knallen. Das hat so gescheppert, da hast du gestanden in deinem Schlafsack.«

Paul guckt vor sich auf den Fußboden. Da sind keine Fliesen, sondern große graue Steinplatten. Astrid folgt seinem Blick und zuckt mit den Schultern. »Ja, ich weiß auch nicht, aber da waren Fliesen, meine ich. So blauweiße. Wir haben die Zähne geputzt in diesem Scheißbahnhofsklo und sind dann raus in den Morgen. Tobias hatte noch einen Plan B. Tobias hatte immer einen Plan.«

Mit einem hellgrünen Vorortzug fahren sie nach Szentendre. Paul sieht diesen schönen renovierten Bahnhof und eine riesige Shoppingmall, die sich daran anschließt, und kann sich die Gänge unter dem Nyugati Pu jetzt schon nicht mehr vorstellen. Er blättert in seinem Reiseführer und liest halblaut *»1926 wurde Szentendre zur Wirkungsstätte einer Künstlerkolonie. Deren Mitglieder arbeiten dort und bieten ihre Werke in den kleinen Galerien dem Publikum an.* Das klingt furchtbar.«

»Ja, das war schon damals furchtbar«, sagt Astrid. »Deshalb steigen wir hier schon aus.« Der Vorortbahnhof ist klein und unauffällig. Weiter hinten ist eine Hochhaussiedlung zu erkennen, die bessere Tage gesehen hat. Astrid bleibt nach einem kurzen Weg vor einem Garten stehen. Er unterscheidet sich nicht von einem im Berliner Umland, aber Paul ist von dem Gartenzwerg auf dem Nachbargrundstück fasziniert. Ein kleiner dicker SA-Mann mit Knollennase und Hakenkreuzbinde am Oberarm. Daneben liegt ein schwarzer Schäferhund aus Gips und fletscht die Zähne. Während Paul überlegt, ob der Besitzer das ernst oder ironisch meint, sagt Astrid: »Dann haben wir hier gewohnt, für 10 Mark die Nacht.«

»Genau hier in dieser Datsche?«, fragt Paul und guckt auf die kleine grüne Holzlaube, von der die Farbe blättert. Sie steht ein paar Meter vom Zaun entfernt, davor und dahinter ist Rasen, und dann kommen an den Rändern ein paar Sträucher. Alte Obstbäume sind über die Wiese verteilt.

»Sag nicht Datsche, das hört sich so scheiße an. Nein, ich weiß nicht, ob es dieser Garten hier war. Aber er sah so aus wie dieser. Neben dem Häuschen standen ein paar Kochplatten mit einer Propangasflasche, und im hinteren Teil zwischen den Bäumen gab es eine Dusche. Die war mit so gelber Wellplaste umgeben. Eine richtige Duschkabine unter freiem Himmel. Man hat unten die Beine der Duschenden gesehen. Und oben drauf stand ein großes Fass, aus dem das Wasser kam. Wenn du abends geduscht hast und nicht gerade einer vor dir war, dann war das Wasser sogar warm von der Sonne den ganzen Tag.«

Paul lehnt sich an den Zaun. »Und kannte dein Tobias den Besitzer?«

»Nein, die Adresse hatte er irgendwoher. Das war ein Rentner, der sich damit ein bisschen Geld verdiente, und der ganze Garten stand voller Zelte. Ich würde mal sagen, so dreißig, vierzig Stück. Dicht an dicht. Das war wirklich schön. Romantisch.«

»Gab es keinen richtigen Zeltplatz damals in Budapest?«

»Doch, es gab einen«, sagt Astrid. »Aber ich weiß nicht, warum wir da nicht hin sind. Vielleicht war der voll oder zu teuer, oder das hier war einfach cooler.«

Sie erinnert sich daran, wie sie damals diesen Weg entlangging vor zum Zug. Staubig war der Weg, und die Sonne stand noch hoch am Himmel. Aufgeregt und froh war sie, dass Tobias ihr die ganze Geschichte mit der ungarischen Freundin geglaubt hatte, die sie sehen wollte. »Die habe ich in einem Ferienlager in Waren (Müritz) kennengelernt, und seitdem schreiben wir uns auf Englisch«, hatte sie gesagt. Das stimmte sogar zur Hälfte, nur dass sie sich nie geschrieben hatten. Schnell hatte sie Tobias davon überzeugt, dass sie Dorka allein sehen müsste. »Wir haben uns so lange nicht gesehen. Vielleicht können wir sie ja dann morgen noch einmal treffen.« Sie sieht Tobias vor sich stehen. Braungebrannt, mit freiem Oberkörper. Er sieht sie an durch seine Nickelbrille, ein bisschen verschlafen und scheu, wie ein Tier. Seine Augen wirkten immer so, als ob sie sich in ihren Höhlen verstecken würden. »Dann kannst du in Ruhe durch die Plattenläden ziehen. Und ich langweile dich nicht.«

»Und wann bist du wieder da?«

Astrid hatte auf die Uhr gesehen und gesagt: »Ach, das wird nicht lange dauern. So gegen zehn Uhr spätestens. So dicke Freundinnen sind wir nun auch wieder nicht. Wenn ich mich langweile, bin ich auch schneller wieder da. Immerhin habe ich sie vor fünf Jahren das letzte Mal gesehen.«

Aber während sie in einem Jeansminirock und einem schwarzen T-Shirt Richtung Haltestelle ging, wusste sie, dass das nicht stimmte. Nicht wenn Julius wirklich im Hotel Gellért sein würde. »Ich warte auf dich da. Jeden Tag von 17 bis 18 Uhr warte ich, ob du kommst oder nicht«, hatte er ein paar Wochen vorher in Neubrandenburg zu ihr gesagt. Dann wollte er sie küssen, und sie hatte ihren Kopf zur Seite gedreht und fast vergessen zu atmen. Aber geküsst hatte sie ihn nicht.

Spätschicht

Von hinten sah Schwester Kerstin genauso aus wie immer. Eine zierliche Gestalt mit blonden, ein bisschen fransigen Haaren, die ihr fast bis zur Schulter reichten. Nur wenn sie sich ins Profil drehte, sah man ihren Babybauch, wie von außen aufgeklebt. Wie eine halbe Melone oder eher wie etwas Federleichtes sah der aus. Ich dagegen hatte schon vier Kilo zugenommen, seit ich als Vorpraktikantin auf der Urologischen Station des Bezirkskrankenhauses Neubrandenburg arbeitete. Ohne schwanger zu sein. Ständig hatte ich Hunger, ging auf Arbeit an den Kühlschrank und nahm mir etwas, das von den Patienten übrig geblieben war. Auch mein Schokoladeverbrauch war eindeutig zu hoch.

Schwester Kerstin ging vor mir, und ich schob den Essenwagen mit den vier großen gummierten Rädern über den Gang. Es quietschte wie von Turnschuhsohlen auf einem Hallenboden. Die Tassen klapperten leise, und auf dem zweistöckigen Wagen standen Körbe mit Brotscheiben, Teller mit Leberwurst, blassem Käse und Bierschinken. Wir hatten auf dem Gang schon das Nachtlicht eingeschaltet, und ich mochte diese Stimmung eigentlich, wenn es still wurde und die Klinik im Dämmerlicht lag. Aber wenn ich an Herrn Neubart in Zimmer 9 dachte, hätte ich am liebsten alle Lampen auf dem Flur wieder angemacht.

Vor mir auf dem Wagen, direkt unter meiner Nase, standen zwei große Emailleeimer, in denen Pfefferminztee und Muckefuck hin und her schwappten. Beides roch ekelhaft, streng, fast schon bitter, aber ich mochte es, die Getränke herzustellen. Kellenweise das Kaffeepulver in den Eimer zu schaufeln und einen Riesentopf kochendes Wasser darüber zu kippen. Oder aus zwei unsterilen Verbandsplatten einen Teebeutel zu knoten, der größer war als meine Faust. Der wackelte wie eine Boje im gelben Eimer, an dem außen eine Aluschöpfkelle hing. Noch zwei Zimmer bis zu Nummer 9.

Kerstin war nur drei Jahre älter als ich, aber das war schon das zweite Kind, das sie bekam. Ich war ein paar Mal nach der Arbeit mit zu ihr nach Hause gegangen. Nach der Frühschicht, die um sechs Uhr begann und um halb drei endete und nach der ich so müde war, dass ich schon im Bus neben Kerstin einschlief. Meine Waden summten richtig vom vielen Gerenne auf Station.

Wir holten dann Robin, den zweijährigen Sohn von Kerstin, aus dem Kindergarten ab. Ich stand gern in dieser Zwergenwelt, im Umkleideraum, wo jedes Kind einen Haken und ein Fach hatte. Robin hatte blonde Haare, die ihm Kerstin vorne kurz und hinten lang geschnitten hatte. Er sah aus wie das Miniformat eines Rocksängers und kam schon beim ersten Mal auf meinen Arm. Ganz weich war der, und seine Haare rochen nach Apfelshampoo. Dann machten wir noch einen Schlenker, wie Kerstin das nannte, in die Kaufhalle. Sie kaufte für die Familie ein, und ich ließ Robin auf meinen Schultern reiten.

Sie hatten eine Zweiraumwohnung in einem der Neubaublocks in der Oststadt, die immer aufgeräumt war. Jedes Mal, wenn ich kam, und wir hatten das meistens vorher nicht abgesprochen. Es gab ein Bett mit einer türkisen Tagesdecke darüber, einen alten Kleiderschrank, und Robins Gitterbettchen stand natürlich auch im Schlafzimmer. Sein Teddy saß immer in derselben Ecke, mit gespreizten Beinen und etwas zurückgelegtem Kopf. Eine Anbauwand und ein Sofa im Wohnzimmer, davor ein Fernseher. »Wir haben einen Antrag auf eine Dreiraumwohnung laufen«, sagte Kerstin. »Aber ob das bis zur Geburt noch klappt? Glaube ich eigentlich eher nicht.« Hinter ihr über dem Sofa hing ein riesiges Poster vom Empire State Building in New York und neben der Zimmertür ein Setzkasten mit Steinen von der Ostsee. Kerstin lief durch die Wohnung und zündete Kerzen an. Eine große auf dem Couchtisch, zwei in der Anbauwand, eine kleine auf dem Setzkasten. Sie kochte Kaffee für uns und legte den Kuchen auf zwei Teller. Robin schleppte sein Spielzeug aus einer Ecke hinterm Kleiderschrank zu mir, und nach dem ersten Schluck Kaffee steckten wir uns eine Zigarette an. »Drei am Tag, die werden dem Wurm schon nicht schaden. Haben Robin auch nicht geschadet«, sagte Kerstin und lachte, und wenn sie lachte, wurden ihre Augen zu schmalen Schlitzen, was auch daran lag, dass sie sich jeden Morgen mit dem Kajal einen Lidstrich zog, weit über den Augenwinkel hinaus.

Ich hatte sie noch nie ohne gesehen. Um sechs kam Olaf, ihr Mann. Der war Autoschlosser und ging immer in seinem Blaumann nach Hause. Er roch nach Öl und Benzin, küsste erst Kerstin und dann Robin und sagte: »Na, mein Großer.« Er gab mir seine raue Hand, lächelte unverbindlich und sagte »Tag«, ohne mich dabei anzusehen. Dann verschwand er im Bad, und ich ging. Mich machte dieses Leben neidisch. Alles war an seinem Platz.

Kerstin schloss die Tür von Zimmer 8 und drehte sich zu mir um. »Jetzt bist du aber mutig in Zimmer 9, meine Kleine. Sonst komm ich nachher nicht mit zu deiner Jana. Der Neubart sollte sich schämen, nicht du«, und dann sah sie mich an und lachte los, und ihre Katzenaugen waren kaum noch zu sehen. Ich lachte mit, mehr über sie als über die Situation, und Kerstin kreuzte die Beine und seufzte: »Ich mach mir schon wieder in die Hosen. Schluss jetzt, wir reißen uns zusammen. Los.« Sie holte tief Luft und fächerte sich mit der Hand Luft zu.

In Zimmer 9 lag Herr Neubart, ein fünfundfünfzigjähriger Abteilungsleiter aus der Molkerei. Er hatte eine Hydrozele am Sack und sollte morgen operiert werde. Am Nachmittag musste ich ihn rasieren. »Mach ihm mal schön die Eier glatt, Astrid. Das haben die in der Frühschicht nicht geschafft.« Ich hasste das. Diese ganze Arbeit auf der Urologie war nicht meine Welt. Männer, die ungeniert mit hinten offenen OP-Hemden herumliefen, zwischen den Beinen baumelte ihr Gemächt, wie Kerstin das nannte, und in der Hand hielten sie einen Urinbeutel wie eine Handtasche. Wann immer ich konnte, versuchte ich mich vor dem Rasieren zu drücken, aber die Schwestern ließen mich das gern machen, weil ich die Vorpraktikantin war und weil ich bald studieren würde. Außerdem gab es keine Männer im Pflegepersonal. »Dann erinnerst du dich vielleicht daran, was wir hier für eine Arbeit machen«, hatte die Stationsschwester zu mir gesagt, als sie mich das erste Mal in das fensterlose Bad schickte, in dessen Mitte es eine große Badewanne gab. Von beiden Seiten zu betreten. An der Wand in der Ecke stand eine Trage auf Rädern, und dort wurden die Patienten rasiert. Die Stationsschwestern wurden Ösen genannt, warum auch immer, und unsere auch noch Sue Ellen, weil sie eine ähnliche Fönfrisur hatte wie die Schauspielerin aus »Dallas« und weil auch sie gerne trank.

Herr Neubart aus Zimmer 9 lief also hinter mir her wie das Schaf zur Schlachtbank, in einem dunkelbraunen Bademantel mit weißen Streifen. Er lächelte freundlich und hielt mir sogar die Tür auf. Ein großer, hagerer Mann, der seine wenigen grauen Haare nach hinten gekämmt trug. Der Nacken war ausrasiert, und auf der rechten Wange hatte er eine kleine Warze, aus der schwarze Haare wuchsen. »Die kannste ja gleich mit abrasieren«, hatte Kerstin lachend gesagt.

Neubart zog sich den Bademantel aus und legte sich auf die Trage. Er verschränkte die Arme hinter dem Kopf und starrte an die Decke. Ich zog mir umständlich ein paar Gummihandschuhe über. Größe sechseinhalb. Das Neonlicht beleuchtete den nackten

Mann gnadenlos. »Brauchen Sie nicht einseifen oder so«, hatte Sue Ellen zu mir gesagt bei der Einführung. »Lassen Sie die Männer baden, und dann ist das weich genug. Die können sich da hinterher gern was draufschmieren, wenn die wollen. Und schneiden Sie ihnen nichts ab!«, hatte sie gesagt. Diese Art von Witzen wurde hier ununterbrochen gemacht.

Neubart roch frisch gebadet. Aber auch irgendwie säuerlich. Ich schraubte eine neue Klinge in den Rasierer und begann oberhalb des Schambeins. Man hörte nur das Kratzen der Klinge, und ab und zu schob ich ein paar abgeschnittene Haare von seinem Bauch. Mit zwei Fingern versuchte ich die Haut des Hodensacks glatt zu ziehen, was fast unmöglich war. Scrotum heißt das Teil auf Latein, und so sah es auch aus. Mühsam fuhr ich mit dem Rasierer in die Falten und griff dann Neubarts Schwanz, um ihn auf die andere Seite zu legen. Als ich ihn in die Hand nahm, wurde er sofort steif. Die Eichel drückte sich wie in Zeitlupe durch die Vorhaut, und das Ding stand etwas schief von Neubarts Körper ab. Er starrte immer noch an die Decke, und ich musste daran denken, wie ich einmal bei einer älteren Schwester zugesehen hatte, und bei ihrem Patienten war das auch passiert. Sie hatte »Na, dann beruhigen Sie sich mal« gesagt, und wir hatten beide den Raum verlassen. Der Patient hatte sich dann allein weiterrasiert. Ich richtete mich auf und sah an die Wand gegenüber, an der ein paar Halterungen mit leeren Enten hingen. Hinter mir tropfte der Wasserhahn in die leere Badewanne. Ein hohles, metallenes Geräusch. »Wollen Sie sich allein weiterrasieren?«, fragte ich, und das Wort »rasieren« hatte ich fast verschluckt. Neubart lag da mit seinem Ständer, guckte an die Decke und sagte: »Sie können gern noch etwas fester zudrücken, es soll Ihr Schaden nicht sein.« Dabei legte er mir die rechte Hand auf den Hintern und drückte mich fest an die Trage. Ich schmiss den Rasierer zu Boden, drehte mich aus seinem Griff und lief aus dem Bad. An den Händen immer noch die Gummihandschuhe.

Kerstin hatte dann Schwester Erna von der Nachbarstation hineingeschickt. Eine fast siebzigjährige Frau mit einer dicken Hornbrille, die immer rosa Söckchen in ihren Gesundheitssandalen trug und von der man sagte, dass sie irgendwann auf der Urologie sterben würde. »Na, dem werde ich«, hatte die gesagt und war losgestürmt, und Kerstin sagte zu mir: »Die rasiert noch mit dem Messer!« Dabei schärfte sie eine unsichtbare Klinge in der Luft und lachte: »Da wird den Jungs ganz anders. Aber ganz anders.«

Neubart hatte sich den Rest des Tages nicht mehr auf dem Flur sehen lassen, trat nun aber zum Abendbrot aus Zimmer 9 an den Wagen, als wäre nichts gewesen. Er trug einen grauen Schlafanzug unter seinem Bademantel und sah mich nicht an, ließ sich von Kerstin einen Teller geben, Brot und Wurst. »Das ist die Henkersmalzeit«, sagte Kerstin. »Morgen früh vor der OP gibt es nichts mehr.« Er nickte, und Kerstin sah ihn direkt an. Durch seine dünnen Haare glänzte die Kopfhaut. »Ich habe gehört, im Bad gab es vorhin einen unschönen Zwischenfall.« Neubart wurde tatsächlich rot, nur leider wurde ich das auch, während ich seinen Zimmergenossen die Tassen mit Tee und Kaffee füllte. »Ach, Schwester. Das war doch nun wirklich nur die Natur. Sie wissen ja, wie das als Mann so ist!« Kerstin schob ihn zurück in sein Zimmer, schloss die Tür mit einem Schwung und sagte dabei. »Nee, das weiß ich nun wirklich nicht, wie das als Mann so ist. Ich glaub, das möchte ich manchmal auch gar nicht wissen.«

Nach der Spätschicht fuhren wir mit dem Bus in die Innenstadt. Das Krankenhaus war die Endstation, und der Bus stand meistens schon da, und man konnte in ihm warten so lange, bis er abfuhr. Der Fahrer hockte in dem kleinen Häuschen an der Haltestelle und rauchte eine Zigarette nach der anderen. Die Luft war mild und der Sommer fast schon zu ahnen. Im Krankenhaus sah man kaum das Tageslicht, weil unsere Arbeitsräume fensterlos im Inneren des Hauses lagen. Ich hätte mich auch gern in die Mailuft gesetzt und eine Zigarette geraucht, aber Kerstin strich sich über ihren Bauch und sagte: »Lass uns noch warten. Wenn wir im Strandhotel sind, erst dann.«

Ich hatte sie überredet, mit zu Janas Geburtstag zu kommen. Die wohnte inzwischen in einer kleinen Einraumwohnung mit Außenklo im Viertel hinter dem Bahnhof. Man hatte sie ihr zugewiesen, nachdem man ihre Eltern in den Westen hatte reisen lassen. Ohne sie. Vier Tage nach Janas achtzehntem Geburtstag und vier Tage nachdem sie den Ausreiseantrag ihrer Eltern nun als Volljährige bestätigt hatte. »Eh, die lassen mich hier schmoren,

Assi«, hatte Jana gesagt. »Das ist doch Methode. Die Alten lassen sie raus, und ich kann hier schön sitzen bleiben.« Sie hockte auf dem Sofa meiner Eltern und wischte sich den Rotz von der Nase. Noch nie hatte ich sie so verloren gesehen. »Das Ding ist ja, ich vermisse die Alten gar nicht. Nikto nje otsutstwujet. Auch unsere Scheißwohnung vermisse ich nicht. Aber wie lange lassen die mich denn jetzt hier warten? Drei Jahre, fünf, acht? Dann bin ich Ende zwanzig. Ne alte Frau bin ich dann, Assi.« Ich nahm sie in den Arm, und sie ließ sich sogar in den Arm nehmen an diesem Tag.

Nach dem Abi wollte sie sofort nach Berlin gehen, aber das wurde ihr untersagt. Zuzugsverbot für die Hauptstadt der DDR. Jana fing als Kellnerin an zu arbeiten im Strandhotel am Ufer des Tollensesees. Dort wohnten schon seit Jahren keine Gäste mehr, aber das Restaurant war beliebt bei den Neubrandenburgern. Und am Sonntagabend war jede Woche Disko in den drei Räumen der Gaststätte, die ineinander übergingen. Jana verdiente dort etwa fünf Mal so viel wie ich im Krankenhaus. Sie hatte einen Freund in Berlin, bei dem sie ihre freien Tage verbrachte. Pit, ein hochaufgeschossener, schrecklich dünner Schauspielschüler, mit dem ich nicht klarkam. Aber Jana konnte auch Tobias nicht leiden, meinen Freund, bei dem ich jede freie Minute verbrachte. Er studierte in Rostock Medizin und hatte ein Praktikum auf der Urologie gemacht, und es hatte nicht lange gedauert, bis aus uns ein Paar wurde. »Sonst wärst du vermutlich auch vor Langeweile gestorben da zwischen deinen Pisspötten«, hatte Jana gesagt und sich dann nach dem ersten Treffen mit mir und Tobias im Strandhotel aber doch schnell festgelegt: »Ein Langweiler, Assi. Zeitverschwendung, wenn du mich fragst.« Ich hatte sie aber nicht gefragt, und so redeten wir nicht über die Kerle, und sonntags ging ich nach der Spätschicht ins Strandhotel, trank Gin Tonic oder Grüne Wiese an der Bar umsonst, tanzte ein bisschen und fuhr dann nach Hause. Meine Eltern schliefen längst und schliefen noch, wenn ich zum Frühdienst musste am nächsten Morgen, oder waren verschwunden, wenn ich erst am Nachmittag mit der Arbeit begann.

Manchmal nahm ich meine Kolleginnen mit ins Strandhotel. Auch Kerstin war schon mitgekommen, aber bevor sie schwanger war. Der Bus fuhr vom Bezirkskrankenhaus runter Richtung Bahnhof. Wir fuhren durch die Oststadt in der Tausende Menschen lebten und trotzdem niemand auf der Straße war. »Die haben alle schön »Tatort« geguckt, und jetzt gehen sie ins Bett.« Neubrandenburg war stillschweigend verkabelt worden vor Jahren. Jeder bekam Westfernsehen, wenn er wollte, und es wollten eigentlich alle. Wir fuhren an Kerstins Haltestelle vorbei, und fast war es mir peinlich, weil ich nicht wusste, wie sie später nach Hause kam. »Vielleicht können wir uns ja ein Schwarztaxi teilen«, hatte ich vorher gesagt, um sie rumzubekommen. »Oder wir kriegen den letzten Bus?« Aber es war nicht sicher, ob es heute Schwarztaxen gab. Ich wollte nicht allein zu Jana ins Strandhotel, weil sicher Pit da war oder irgendwelche anderen Leute aus Berlin dort rumhingen, die ich nicht kannte. Kerstin sah aus dem Fenster, und als wir an ihrem Wohnblock vorbeigefahren waren, der still im leicht violetten Licht der Straßenlaternen lag, sagte sie: »Was will die denn im Westen, die Jana. Was will die denn da machen? Ich könnte das nicht, ich würde hier nicht wegwollen.« Ich verstand sie und gleichzeitig kam sie mir auch klein und doof vor, wie sie dasaß und in diese trostlose Oststadt stierte.

Ich sah Julius sofort. Die Einlasser kannten mich inzwischen dank Jana und winkten mich und Kerstin an der leicht murrenden Schlange vorbei, die draußen vor der Tür stand. Wir gaben unsere Jacken ab und gingen durch den Wintergarten in den großen Speisesaal, wo die Anlage stand und die Bässe wummerten. Es lief »Sweet dreams« von den Eurythmics und ich wusste, dass danach »Tainted love« von Soft Cell kommen würde, und wenn der DJ dann »Don't go« von Yazoo auflegte, dann würden wirklich alle tanzen. Auf der Tanzfläche aus einem abgelaufenen Parkett, die auch heute begrenzt wurde von weiß eingedeckten Restauranttischen. Vielleicht weil so viele tanzten, sah ich Julius sofort am Tresen lehnen, allein, und hinter ihm stand Jana und polierte ein Glas. Beide hatten mich noch nicht gesehen, und für einen kurzen Moment überlegte ich, ob ich einfach wieder gehen sollte. Verschwinden, Kerstin unter den Arm nehmen und rauslaufen. Die würde das verstehen, der könnte ich das draußen erklären. Ich

hatte ihr genug erzählt von Julius in unseren gemeinsamen Schichten.

Aber ich wollte nicht weglaufen vor Julius Herne.
Kerstin stand neben mir und lächelte vergnügt.
Sie beugte sich vor und brüllte mir ins Ohr: »Ich
war schon so lange nicht mehr aus.« Sie roch nach
Desinfektionsmittel. Wofasept, scharf, fast süßlich.
So wie ich vermutlich auch roch. Ich beschloss zu
bleiben, und genau in diesem Moment löste sich aus
der Menge der Tanzenden ein Mädchen und ging auf
Julius zu. Sie trug einen roten Lederrock und ein weißes Shirt, das aus verschiedenen Stoffflicken bestand.
Ihre Haare waren kurz und vorn zu einer Popperlocke
geschnitten. Flüchtig küsste sie Julius und versuchte
ihn auf die Tanzfläche zu ziehen. »Da kannste lange
ziehen«, dachte ich, aber dann löste er sich vom Tresen
und folgte ihr. Janas Blick traf meinen, sie grinste
und stürmte dann auf mich los, so als würde auch sie
befürchten, dass ich gleich wieder gehen könnte.

»Hättest du mir sagen können, dass der da ist«,
sagte ich zu ihr und verschränkte die Arme vor der
Brust. Jana hakte mich ein und sagte: »Wärst du
dann gekommen?« Ich schüttelte den Kopf. »Na
also!« Jana sah zu Kerstin, die in einer verwaschenen
Jeanslatzhose dastand und den Takt der Eurythmics
mitwippte. Jana beugte sich zu mir und sagte: »Haste
wieder 'ne Karbolmaus mitgebracht. Sieht scharf aus
mit ihrem Braten in der Röhre.«

Ich ließ sie stehen und zog Kerstin auf die
Tanzfläche, wo wir wenigstens noch »Tainted love«
erwischten. Ich bugsierte sie in die maximale Ent-

fernung zu Julius, aber er sah mich natürlich irgendwann und kam strahlend auf mich zu. Jede zweite Nacht hatte ich von ihm geträumt seit einem Dreivierteljahr, und jede zweite Nacht ließ er mich irgendwo allein zurück. Im Forsthaus, bei meinen Eltern oder auf meinem alten Schulhof, obwohl wir ja nie zusammen zur Schule gegangen waren.

Er blieb vor mir stehen, so als wäre nicht eine wabernde Menschenmasse um uns herum, er strich mir die Haare hinter das Ohr, beugte sich vor und sagte: »Na, du.« Alison Moyet sang tief und endlos lang »Don't gooooooooo«, und ich dachte »Scheiße« und spürte, wie ich ihn anlächelte.

Er trug ein weißes Leinenhemd, das er drei Knöpfe weit aufgelassen hatte, und vor seiner weichbehaarten Brust baumelte das Lederband, das ich ihm vor ein paar Monaten an der Ostsee umgebunden hatte. Seine nagelneuen weiß-schwarzen Adidasturnschuhe leuchteten im zuckenden Licht fast lila, und die Lichtpunkte der Diskokugel gingen über sein Gesicht. Es sah aus, als würde er sich freuen, mich zu sehen. Kerstin tanzte wackelnd hinter ihm und sah immer links und rechts an seinen Schultern vorbei und mir immer ins Gesicht und gab mir irgendwelche Zeichen. Ich verstand sie nicht und ließ mich von Julius von der Tanzfläche führen, über das abgelaufene Parkett stolperte ich ihm hinterher durch den vollen Wintergarten, vor dessen Fenster man den See liegen sehen konnte. Still und schwarz.

Es war immer noch warm draußen, fast schon Sommer, und Julius legte seinen Arm um mich. Wir mussten an der Straße warten, weil drei Jungs mit ihren Enduros vor dem Strandhotel hin und her fuhren und auf Höhe der Eingangstür die Vorderräder hochrissen, johlend auf den Hinterrädern fuhren und dann scharf bremsend wendeten, um wieder von vorn zu beginnen. Schelfwerder, das kleine Dorf am Ufer des Tollensesees, lag wie ausgestorben, nur die Terrasse des alten Hotels war bevölkert von Jugendlichen, die jeden Sonntag hierher zum Tanzen kamen. Dann, wenn das Wochenende eigentlich vorbei war, und es war die schönste Party, vielleicht gerade weil dann die Woche wieder begann und obwohl man nicht mehr ausschlafen konnte am nächsten Morgen.

Julius schob mich durch eine Lücke der knatternden Mopeds, und wir gingen auf den kleinen künstlich aufgeschütteten Strand zu. Vorbei an einem knutschenden Pärchen. »Haben die kein Zuhause?«, fragte Julius und grinste mich an. Ich drehte mich um und deutete auf das große alte Hotel mit seiner bröckelnden Fassade. »Du hast deine Freundin stehenlassen. Mitten auf der Tanzfläche. Sie wird sauer sein.« – »Ach die«, sagte Julius, setzte sich in den Sand und zog mich zu sich runter. »Hat er das auch über mich gesagt ›Ach die‹?«, dachte ich und versuchte unter meine Achsel zu riechen. Mir kam eine Wolke aus Schweiß und Wofasept entgegen.

»Ach die« war aber auch das Letzte, was Julius sagte. Er saß da, seinen linken Arm um meinen Nacken geschlungen, sodass ich leicht vorgebeugt sitzen musste. Er fummelte mit seiner freien Hand eine Schachtel Alte Juwel aus der Tasche, klopfte am

Knie eine Zigarette raus und zog sie mit dem Mund heraus. Mir bot er auch eine an. Seit zwei Wochen hatte ich keine Zigarette geraucht, aber jetzt brauchte ich etwas zum Festhalten. Julius nahm den Arm von meiner Schulter, riss ein Streichholz an und hielt mir das Feuer hin. Ich sah seine weichen, langen Musikerhände, vom flackernden Licht der kleinen Flamme beleuchtet.

»Und dein Studium?«, fragte ich in die Stille.

»Toll«, sagte er, ohne mich anzusehen. So als ob auf der dunklen Seeoberfläche ein Wahnsinnsspektakel ablief, das nur ich nicht sehen konnte. »Jeden Tag Musik. Mensch, nach diesem Stumpfsinn bei der Asche. Das ist wie das Paradies.«

Dann sagte er nichts mehr. Um uns sirrten die Mücken, der See roch ein wenig brackig und ich nach Wofasept. Meine Schulter schmerzte dort, wo Julius mich in so eine Art zärtlichen Schwitzkasten nahm. Seine andere Hand ruhte auf seinem Knie, und der Rauch stieg kräuselnd auf. Julius sah zufrieden aus, und ich musste reden. Hüpfte dabei wie über ein Minenfeld. Ich erwähnte nicht meinen Freund oder seine Popperlockenfreundin, die jetzt durch das Hotel irrte oder ausgelassen tanzte mit ihren filigranen Armen. Auch Julius' Konzert im vergangenen September auf Rügen, ein paar Monate nach seiner Entlassung von der NVA, umschiffte ich wortreich. Er hatte auf einer kleinen Bühne in Putbus gestanden und fast zwei Stunden lang Gitarre gespielt. Ich hatte vor der Bühne gesessen, im Gras mit einer Handvoll Berliner, und war fast übergelaufen vor Stolz und

Glück. In der Nacht im Zelt, nach ein paar Flaschen Wein und unendlich vielen Zigaretten hatte er zu mir gesagt: »Assi, so geht das nicht weiter. Ich kann nicht so mit dir weitermachen. Das ist unehrlich.« Wir lagen in unseren Schlafsäcken, und ich hatte meine Hand auf seiner Brust liegen. Ich spürte, wie er ruhig ein- und ausatmete. Durch die olivgrüne Haut des Zeltes konnte man den Mond sehen. »Es liegt nicht an dir. Es liegt an mir. Ich würde dich gerne lieben, aber ich kann nicht.« Ich hatte ihn angeschrien und am Ende sogar versucht, ihn zu schlagen, war aus dem Zelt gelaufen an den Strand und hatte dort heulend gesessen. Julius war mir nicht gefolgt.

Jetzt saß er am Ufer des Tollensesees und hörte mir offensichtlich amüsiert zu, wie ich ihm von meinen kleinen Erlebnissen auf der Urologie erzählte. Als ich von Herrn Neubart und seinem schräg abstehenden Schwanz erzählte und dabei immer mehr kicherte, nahm er seinen Arm von meiner schmerzenden Schulter und drehte mein Gesicht zu sich. »Ich kann ihn verstehen«, sagte er lachend und versuchte mich zu küssen, aber ich wich ihm aus, und er stieß mit seiner Nase gegen mein Ohr.

»Du fährst nach Budapest in den Ferien«, sagte er in diese merkwürdige Stille vor uns, während hinter uns die Mopeds röhrten und die Bässe der Anlage wummerten. »Habe ich gehört«, schob Julius nach, »von Jana, meine ich.«

»Ja, Anfang Juli für eine Woche.«

»Ich weiß, vom 4. Juli bis zum 11. Juli. Ich weiß Bescheid. Da bin ich auch dort. Mit meinem Bruder und meinem Vater. Wollen wir uns da nicht treffen? Das wäre doch witzig.«

Ich wollte sagen: »Ich bin mit meinem Freund da, Julius, wie stellst du dir das vor?« Aber das sagte ich nicht, und Julius entwarf mir seinen Plan, dass ich doch vorbeikommen und im Hotel Gellért nach ihm fragen sollte an der Rezeption. »Ich würde mich so freuen, dich da zu sehen.«

»Hast du das etwa meinetwegen so gelegt?«, fragte ich, und Julius antwortete: »Weiß man's?«

Fast gleichzeitig sahen wir seine Freundin vor dem Hotel auf der Terrasse stehen, die Arme in die Hüfte gestützt, und ihr weißes Flickenoberteil leuchtete in der Nacht. Es sah aus, als würde sie nach einem Schiff Ausschau halten. Wir standen auf wie Kinder, die man beim Naschen ertappt hatte. Das Mädchen drehte sich um und verschwand im Hotel. »Die sieht immer aus wie ein junger Hund, so ein bisschen tapsig finde ich, trotz ihrer langen Beine«, sagte Julius. Er hatte mich dabei untergehakt, und mir fiel auf, dass ich nicht einmal ihren Namen wusste.

Keine schlechte Idee

Das Wasser ist warm und das kleine Becken voller Touristen. Nur jeder Zehnte benutzt die Badehaube, die aussieht wie eine Frischhaltefolie und die Astrid und Paul gereicht wurde von einem jungen Mädchen am Übergang zwischen Hotel und Bad mit den Worten: »You have to use that.« Astrid hatte sich darüber aufgeregt, während sie die Wendeltreppen hinunter ins Bad gingen. »Das machen die alles extra. Damit du dich scheiße fühlst. Kannst du mir mal sagen, warum man so eine Haube aufsetzen soll?«

»Früher musste man bei uns im Schwimmbad auch solche Hauben aufsetzen«, hatte Paul geantwortet und versonnen die prachtvolle Eingangshalle des Bades betrachtet.

»Ja, früher, aber früher ist vorbei!«

Paul nahm ihr die Haube aus der Hand, steckte sie in seine Bademanteltasche, küsste Astrid und sagte: »Du brauchst sie nicht aufsetzen. Ich erlaube es dir.«

Jetzt lässt er sich den heißen Wasserstrahl eines speienden steinernen Löwen auf den Nacken laufen. Das Sonnenlicht fällt durch die hohen Dachfenster und gibt den türkisen Kacheln des Bades einen noch helleren Schein. Eine große Jugendstilhalle, die wie eine Kathedrale wirkt und an die sich Astrid tatsächlich und sehr genau erinnern kann. Sie weiß, wie sie damals mit Julius in diesem kleinen Becken am Rand saß und wie sie gar nicht mehr weg wollte von diesem Löwen, unter dem jetzt Paul steht und zu ihr rübergrinst. Sie winkt ihm zu, und er schwimmt an sie heran, umfasst sie so, dass sie seine Beine fühlt und auch seinen Bauch an ihrem. »Ein Ort wie geschaffen für eine Orgie«, sagt er und blickt hoch unter das Dach.

»Na ja, für mich käme dabei ja nur die Rolle der Nutte in Frage«, sagt Astrid. »Oder die der Putzfrau, die hinterher die Kondome wegräumt. Und du? Hättest du Lust darauf, dass hier die Damen mit Bändchen um die Arme herumlaufen? Mit Farben gekennzeichnet, zu welchen Diensten sie bereit sind? Halb so alt wie du? Und deine Chefs dürfen noch ein bisschen eine schärfere Nummer schieben als du?«

»Es stößt mich ab und reizt mich natürlich gleichermaßen. Ich glaube, dass ich das erste Mal überhaupt vom Hotel Gellért gehört habe durch diesen Skandal. Als diese Versicherungsfuzzis hier die Sau rausgelassen haben.«

»Und dann hast du gedacht, das schenk ich der Astrid schön zum Geburtstag? Da fahren wir mal hin, so als Recherchereise.«

»Ach, das ist doch schon längst wieder raus aus den Nachrichten. Ich könnte nicht mal sagen, was aus denen geworden ist.«

Paul greift nach Astrids Knien und hebt sie sanft hoch, sodass sie auf dem Rücken im Wasser schwebt, durch die gewölbte gläserne Decke des Bades fällt Sonnenlicht auf ihr Gesicht.

»Kommst du noch mit in die Sauna?«, fragt Paul.

Astrid öffnet die Augen.

»Die ist doch nach Männlein und Weiblein getrennt. Da muss jeder allein hin. Außerdem bin ich
schon ganz schrumpelig. Ich geh hoch, aber mach du
ruhig deine Saunagänge.«

Langsam geht sie zurück in ihr Zimmer, duscht
sich ab, massiert eine Spülung in die Haare und
cremt sich ein. Sie lässt sich auf das Bett fallen, nimmt
dann ihr Handy aus der Handtasche und geht im
Bademantel auf den Balkon. Die Frühlingssonne ist
warm und hell, und Astrid öffnet die Namensliste.
Vera steht trotz des V weit oben, gleich nach ihren
Kindern. Sie hat extra ein A vor Vera gesetzt. Davor
stehen nur noch: A-Fine und A-Samuel. Ihre Kinder
hat sie noch nicht einmal angerufen oder ihnen wenigstens eine SMS geschickt. Seit sie hier ist, nicht.
»Du bist eine Rabenmutter«, murmelt sie leise vor
sich hin, während eine Straßenbahn vor dem Hotel
quietschend die Kurve nimmt.

»Was bin ich?«, hört sie Vera auf der anderen Seite
fragen.

»Ach nichts, Vera. Vergiss es. Ich bin's: Astrid.«

»Das weiß ich doch, du Nase. Meine Glücksmaus
im zweiten Honeymoon. Na, was ist los? Ödet ihr
euch plötzlich an, oder warum hast du schon am
zweiten Tag Sehnsucht nach mir?«

Astrid sieht ihre Freundin vor sich, wie sie sich im
Erkerzimmer an den runden Tisch gesetzt hat und
jetzt vermutlich mit einer Hand eine Zigarette aus
der Schachtel fummelt. Die Wohnung ist riesig, mit
Blick auf den Zionskirchplatz und einem Mietvertrag

aus den frühen neunziger Jahren. Unfassbar billig. Vera hat hier damals mit drei Freundinnen zusammengewohnt, die nach und nach ausgezogen sind, und ihr Oliver zog ein, als Vera zum ersten Mal schwanger war.

Sie hört das Ratschen eines Feuerzeuges und den ersten tiefen Zug, den Vera nimmt. Darüber hat sie sich bei Vera noch nie aufgeregt, noch nicht ein Mal in fünfzehn Jahren, aber die raucht auch nur drei Zigaretten am Tag und hat keine verengten Herzkranzgefäße.

»Nein, es ist ganz schön hier. Ein bisschen ostig vielleicht, aber gerade waren wir im Mineralbad, das ist schon sehr …«

Astrid sucht nach einem Wort, weil ihr »schön« zu belanglos erscheint.

»Ach, ich möchte auch mal von meinem Mann in so einen Tempel mit feudalem Mineralbad eingeladen werden«, stöhnt Vera am anderen Ende. »Das letzte Mal hat er mich nach Madrid eingeladen, nur dass da zufälligerweise gerade Bayern München spielte und er zufälligerweise Karten dafür hatte. Für 100 Euro das Stück. Eine Sünde. Im Gellértbad warst du doch damals auch mit diesem Julius in der Nacht, als du deinen Exgatten einfach auf dem Zeltplatz gelassen hast. Du durchtriebenes Stück, oder?«

»Ja, genau, und der ist jetzt hier. Im selben Hotel.«

»Tobias?«

»Nein, Julius!«

Es ist jetzt still in Berlin. Astrid hört Vera inhalieren und den Rauch langsam ausstoßen und noch einen Zug nehmen. So lange ist sie sonst nie still, stellt Astrid zufrieden fest.

»Ach du Scheiße«, sagt Vera leise.

Sie haben sich in einem Yogakurs kennengelernt, und Vera war eines dieser schmalen feingliedrigen Mädchen, das die Anweisungen der Yogalehrerin mit einem Gleichmut und ohne jede Anstrengung umsetzte, die Astrid fast aggressiv gemacht hatte. Wie ein Brett ging sie zu Boden, hob ihren schönen Busen zur Kobra und bog sich dann in den herabschauenden Hund, als würde sie das schon ihr ganzes Leben lang machen. Während Astrid neben ihr in derselben Haltung stand mit schief in die Höhe gestrecktem Hintern und angewinkelten Beinen, die nach wenigen Sekunden zu zittern begannen. Astrids Wangen waren nach zehn Minuten rot gefärbt, das konnte sie fühlen, während Vera sich neben ihr schweißlos durch das Vinyasa schlängelte und am Ende aus ihrem schmalen Körper eine perfekte Brücke baute. Wie ein Triumphbogen stand sie da und atmete ein. Tief. Und tief wieder aus.

»Und was hat Julius gesagt?«, fragt Vera und lacht jetzt. »Dass es den wirklich gibt! Oder hat er dir gleich eine runtergehauen?«

»Er hat mich gar nicht gesehen. Glaube ich zumindest. Mensch, Vera, du hättest mich sehen müssen. Ich bin weggelaufen wie ein Hase. Ich habe den armen Paul die Treppe runtergezogen, der wusste gar nicht, wie ihm geschieht.«

»Und was hat der gesagt?«

»Wer?«

»Na, Paul, was hat der zu der ganzen Geschichte gesagt?«

»Ich habe ihm das gar nicht erzählt. Von dem ganzen Kram hab ich ihm noch nichts erzählt. Ich hatte so keine Böcke mehr drauf. Mein Gott, das war vor über zwanzig Jahren. Manchmal glaube ich das kaum noch. Was soll ich ihm das alles erzählen.«

»Du willst nur Sex mit ihm, ich versteh schon. Du missbrauchst ihn. Habt ihr immer noch dauernd Sex?«

»Anderthalb Mal bisher. So mittelmäßig, mit viel Platz nach oben, würde ich mal sagen.«

»Immerhin. Bei meinem Oli frage ich mich manchmal, ob der inzwischen schwul geworden ist. Der guckt nicht mal mehr den jungen Kellnerinnen nach. Von mir ganz zu schweigen. Wobei er mich ganz gern von hinten sieht, aber nur, wenn ich aus der Wohnung gehe.«

»Komm schon, du machst ihn immer schlechter, als er ist. Was soll ich denn nun machen? Das muss doch mal ein Ende haben mit Julius Herne. Das war, als hätte jemand gestern Abend mein Gehirn gelöscht. Die letzten fünfundzwanzig Jahre: einfach weg, und ich wieder siebzehn. Ich sehe ihn da sitzen im Gellért Hotelrestaurant, und es haut mich einfach aus den Socken. Das ist doch lächerlich.«

»Du erzählst das Ganze erst mal deinem neuen Freund, würde ich sagen. Dem Mann mit den himmelblauen Augen. Er wird seine großen Hände dabei gefaltet haben, ganz ruhig, und dir zuhören. Dann gehst du runter zur Rezeption und fragst nach Julius, ob der da überhaupt wohnt. Vielleicht hast du dich ja auch getäuscht.«

»Never ever. Das war er. Und dann? Geh ich vorbei, klopf an die Tür und sag: Tach, Julius, wo wir uns hier gerade so schön treffen. Tut mir leid mit damals, und wie geht es denn so?«

»Also, kein schlechter Plan, wenn du mich fragst.«

Paul liegt ruhig im warmen Wasser auf der Männerseite des Gellértbades. Auch hier sind die Räume hoch, und die türkisen Kacheln geben dem Wasser ein unglaubliches Blau. Die Männer sind nackt und einige zum Glück dicker als er. Die alten Ungarn tragen kleine Schürzen vor dem Schwanz. Weiße Schürzen mit einem schmalen Gürtel um die Hüfte. Hinten offen. So wie sie manchmal von Kellnerinnen über einem schwarzen Rock getragen werden. Diese Schürzen machen ihre Nacktheit noch offensichtlicher und lächerlich.

Paul geht in das Dampfbad, setzt sich auf eine der feuchtwarmen Bänke aus Stein und genießt die Stille und dass durch die aufsteigende Feuchtigkeit alles um ihn herum verschwimmt.

»Warum soll denn diese Frau bleiben?«, hatte seine Psychotherapeutin ihn vor ein paar Wochen in Berlin gefragt, und er hatte nicht gleich geantwortet, hatte an ihr vorbeigesehen in die Blätter der Linde, die vor dem Haus stand. Frau Jeschonek blieb still. Sie fragte ihn kein zweites Mal, und nach einer anfänglichen Verwunderung hatte er begonnen, das zu schätzen. »Warum sollte Astrid bleiben?« Auch bei ihr war es verlaufen wie bisher. Er hatte sich ins Zeug gelegt und Vollgas gegeben, bis er sie hatte. Bis sie mit ihm essen ging, sich von ihm ins Theater führen ließ, mit ihm schlief. Er wollte unbedingt ihre Kinder kennenlernen und sehen, wie sie lebt. Schnell sollte sie Teil seines Lebens werden, nein, eigentlich wollte er Teil ihres Lebens werden.

Das alles lief reibungslos. Wie am Schnürchen. Nur dass dann die Stille kam in ihm, mit der Stimme, die sagte: »Du musst weg. Geh. Das ist nicht echt.« Er war erschrocken, als er dies wieder fühlte wie bei allen anderen. Und erstaunt über die Freude, die er fühlte, als er wenig später mit Astrid in ein Restaurant ging. Die Freude über ihre Nähe. Sie aßen gemeinsam, lachten und redeten fast ununter- brochen. Über alles. Aber sicher war er nur, solange Astrid da war.

Paul hatte Frau Jeschonek angesehen. Er wusste nicht, wie viel Zeit vergangen war. Wie lange sie so vor ihm gesessen und ihn angesehen hatte. Sie lä- chelte und goss ihm etwas Tee nach. »Ich glaube«, begann er und suchte langsam seine Worte, »auch vorher schon wollte ich, dass die anderen Frauen bleiben. Immer schon. Aber ich wollte auch, dass sie gehen. Wenn ich allein war, dann habe ich mich sicherer gefühlt.«

»Einsam, aber sicher«, sagte Frau Jeschonek und wiederholte diesen Satz noch einmal. Er sah sie an, ihr schmales Gesicht mit einer runden, hellgrünen Brille. Sie war vermutlich etwas jünger als er und im- mer sehr unauffällig gekleidet. Er saß hier seit einem

Jahr und breitete sein Innerstes aus. »Ich könnte mir das nicht den ganzen Tag anhören«, dachte er.

Astrid war eifersüchtig, wenn er jeden Dienstag zur Therapiestunde ging, und Paul amüsierte das. Er hatte sie sonst noch nie eifersüchtig erlebt, vielleicht waren sie dafür aber auch noch nicht lange genug zusammen. »Was erzählst du der denn?«, fragte sie mehr als einmal, und Paul lächelte: »So dies und das.«

»Auch von mir?«

»Nein, nur von den anderen Frauen, die ich treffe, wenn ich nicht mit dir zusammen bin.« Sie zog eine Schnute und sagte: »Witzig, witzig.«

Inzwischen ist sein ganzer Körper von Schweiß und Feuchtigkeit bedeckt. Er wischt sich über die Arme und über seinen leicht vorstehenden Bauch. »Sie haben ein paar Kilo zu viel. Das ist nicht gut«, hatte Astrid zu ihm gesagt. Da war sie noch seine Ärztin. Er steht auf, duscht und geht hinauf aufs Zimmer.

Astrid liegt auf der Seite. Paul kann ihr Gesicht nicht sehen und nicht erkennen, ob sie schläft oder ob ihr Blick hinausgeht in den Budapester Frühlingshimmel, der immer noch blau ist. Er schmiegt sich an sie, und sie dreht den Kopf zu ihm und sagt: »Na, du.« Er küsst sie sanft auf die Schulter und umfasst ihre Brüste.

»Hättest du die gerne mal früher gesehen?«, fragt Astrid, und Paul muss lachen.

»Wen? Deine Brüste?«

»Ja, du hast keine Ahnung, wie ich früher ausgesehen habe. Mit dreißig oder früher. Vor den Kindern.

Oder mit sechzehn. Wie schön ich war, und jetzt sag nicht, dass ich immer noch schön bin!« Er bläst ihr erstaunt in den Nacken, sieht auf den hervorstehenden Halswirbel und die feinen weißen Haare darauf. Sie hat sich aus einem der Hotelhandtücher einen Turban gedreht, immer schon mochte er das. Nur Frauen machen so was. Er hat noch nie einen Mann mit so einem Handtuchturban gesehen. »Und hast du ein Fotoalbum davon? Das wäre wirklich erstaunlich und ganz, ganz toll. Guck hier, meine Brüste mit sechzehn noch in Schwarzweiß, und guck mal hier, da haben sie ihren ersten richtigen Bikini bekommen! So eine Art Tittentagebuch. Das wäre großartig. Mit der Idee könntest du reich werden, und wir Männer könnten uns das auch ansehen, wenn ihr nicht da seid!«

»Ja, klar! Sonst noch was?«

Paul antwortet nicht, sondern dreht sie langsam auf den Rücken und öffnet ihren Bademantel. Er streichelt langsam ihre linke Brust. Fährt mit den Fingern vorsichtig über den Nippel. Umkreist die Brust mit zwei Fingern und küsst Astrid dabei. Seine Bartstoppeln kratzen ihre Haut am Hals, sie schließt die Augen und spürt seine Hände an der Innenfläche ihrer Arme. Sie fummelt am Knoten seines Bademantels herum, und Paul hilft ihr, ihn zu öffnen. Er küsst ihre Schenkel, und sie spürt seine Zunge an den Schamlippen, während Astrids Hand über seinen Bauch fährt. Er fühlt sich gut an. Sie berührt Pauls Bauch gern, auch wenn er nicht gut aussieht, fühlt er sich doch weich und warm an. Paul knetet ihre Füße und die Zehen, beginnt sie abzulecken, und Astrid fragt sich, warum er das macht, ob das ihn erregt oder sie erregen soll? Es ist eher lustig als erregend.

Dann legt sie ihn auf den Rücken, befreit ihn und sich von den Bademänteln und setzt sich rücklings auf seinen Brustkorb. Beim Blick über die Schulter sieht sie, dass er die Augen geschlossen hat und die Hände hebt, er beginnt, ihre Flanken zu berühren, ihre Hüften zu streicheln, sie nachzuzeichnen wie die Rundungen eines Instrumentes, eines Cellos vielleicht. Sie fährt mit den Fingerspitzen seinen Schwanz auf und ab, umfasst ihn fest unten am Schaft und nimmt ihn dann langsam in den Mund. Erst die Eichel, fährt mit der Zunge darüber und schiebt die Lippen langsam hinunter, schmeckt den ersten salzigen Tropfen. Paul stöhnt auf, und Astrid schiebt ihm ihre Rückseite entgegen. Er umfasst ihren Hintern und drückt ihre Scham auf sein Gesicht. Seine Zunge findet ihren Kitzler, zu schnell anfangs, aber als sie ihren Rhythmus verlangsamt, passt er sich ihrem an. Auch Astrid stöhnt langsam. »Mit viel Platz nach oben«, denkt sie. Leckt zufrieden und lässt sich zufrieden lecken.

Als sie beide erschöpft und schwer atmend nebeneinanderliegen, später, eine halbe Stunde später, angelt Paul mit dem Fuß nach einer Decke und schmiegt sich wieder an Astrids Hintern. Sie zieht die Decke über die Schulter und legt seine Hand auf ihren Bauch. »Ich habe Hunger«, sagt sie, und Paul antwortet: »Ja, ich liebe dich auch, mein Schatz.« Sie lachen, und Paul schläft nach wenigen Minuten ein. Schnarcht leise, und Astrid legt ihre Hand auf seine, die immer noch ihren Bauch hält.

Paul zieht sich langsam an und guckt auf seine weißen Beine, die jetzt in schwarzen Socken stecken, und denkt, wie lächerlich Männer eigentlich in Unterwäsche aussehen. Astrid ist schon fertig angezogen. Sie trägt den grauen Hosenanzug, den er sehr mag, der die Konturen ihres Körpers betont, die er inzwischen kennt. Auswendig kennt. Sie lacht und telefoniert mit ihren Kindern. Erst hat sie mit Samuel gesprochen. Paul mag den Jungen sehr, und auch Fine, die Kleine, liegt ihm am Herzen. Er ist gern mit ihnen zusammen und kommt sich doch immer noch etwas komisch vor, wenn er mit ihnen gemeinsam an einem Tisch sitzt, so als würde er dazugehören. »Sie wollten nie Kinder?«, hat ihn Frau Jeschonek gefragt, und Paul hatte sehr schnell geantwortet: »Doch, ich wollte immer Kinder.«

»Na, da sind ja jetzt welche«, hatte Frau Jeschonek geantwortet, und Paul wollte sagen: »Ja, aber das ist etwas anderes.« Er sagte es nicht.

Astrid setzt sich auf die Balkonbrüstung und sieht durch die halb zugezogenen Vorhänge in das Zimmer, aber ihr Blick geht nach innen, und er ist sich fast sicher, dass sie ihn da nicht hocken sieht in seinen schwarzen Socken. »Und was macht Papa?«, fragt Astrid, und Paul weiß, dass sie das eigentlich nicht mehr fragen wollte. »Das sollte mir doch langsam mal egal sein«, hatte sie einmal zu Paul gesagt. Tobias wurde von ihr immer als lethargisch und emotionslos beschrieben. Paul hat ihn noch nie gesehen.

Astrid kommt in das Zimmer und steckt ihr Handy in die Handtasche. »Alles gut. Was ist? Bis du fertig oder musst du noch dein Make-up machen?«, fragt sie.

»Na, du hättest mich eben etwas früher wecken sollen«, sagt Paul, zieht sich ein weißes Hemd an und knöpft es zu. »Ich muss mit dir reden«, hat Astrid nach dem Wecken gesagt und dann schnell hinterhergeschoben: »Hat gar nichts mit dir zu tun. Oder eigentlich doch, aber anders, als du denkst.«

»Wieso? Was denke ich denn?«, hatte er gesagt und gedacht: »Das wäre wirklich der Hammer, wenn die mich jetzt einfach abschießt. Hier in Budapest.«

»Wohin gehen wir eigentlich?«, fragt Paul, während er sich die Schuhe bindet.

»Hier in das Zigeunerrestaurant.«

»Bist du dir sicher?«

»Ehrlich gesagt: Nein. Aber ich gehe das Risiko ein, und es könnte überall in der Stadt auch passieren.«

»Was könnte überall in der Stadt auch passieren?«

»Sei doch nicht so neugierig«, sagt Astrid und öffnet die Zimmertür. Sie gehen langsam über den schrecklichen Flur in das schöne Treppenhaus und von dort direkt in das Restaurant. Vorbei an dem Pfeiler, über den noch immer die Ameisen krabbeln, wie Paul feststellt. Ein sich ständig leicht verbeugender Kellner, der aussieht wie ein englischer Komiker, der einen ungarischen Kellner spielt, führt sie zu einem der Tische. Es sind nur wenige Gäste im Restaurant.

Der Kellner bleibt bei seiner umständlichen Comedydarbietung, aber er ist sehr freundlich und gibt sich Mühe. Die Zigeunercombo kommt an den Tisch und fragt nach einem Wunsch. »Autumn in New York«, wünscht sich Paul, und es wird erledigt und abkassiert. »In Berlin würdest du das hassen«, sagt Astrid. »Autumn in New York. Du wärst nicht mal hier reingegangen.«

»Vielleicht, aber du wolltest mir doch was erzählen«, sagt Paul und breitet die Stoffserviette über seinen Beinen aus. Das Paprikahuhn riecht gut und schmeckt leicht scharf.

»Ja«, sagt Astrid, stochert in ihrem Salat, fischt ein Tomatenstück raus und steckt es in den Mund, kaut langsam und guckt dann wieder auf den Salatteller und beginnt. Bei A wie Astrid bis Z wie Zurückgefahren. Paul hört zu, fragt nach, schüttelt den Kopf und guckt wirklich erstaunt. Legt das Besteck zur Seite, greift wieder danach und reißt sich zusammen. Er will warten, bis Astrid fertig ist. Er kann es kaum erwarten zu sagen: »Die waren gestern in der Bar. Ich meine, als ich hier gestern Abend runtergegangen bin, um noch ein Bier zu trinken. Von dem, wie hieß er, Sascha, habe ich mir die Zigarette geschnorrt.«

Astrid zieht die Schultern hoch und sagt: »Das passt ja. Mich wundert das gar nicht mehr. Das waren sie bestimmt. Haben sie denn nichts gesagt? Wie sie heißen, oder habt ihr euch nicht vorgestellt?«

»Nein, oder ich habe es vergessen. Ich weiß nicht.«

Paul wirft die Serviette neben den Teller und bestellt einen Espresso.

»Wie lange sind die denn hier? Und haben sie gesagt, in welchem Zimmer sie wohnen? Bestimmt in einer Suite«, sagt Astrid und sieht aus, als wäre sie weit weg.

Paul zuckt die Schultern.

»Keine Ahnung. Sie haben gesagt, sie wären jedes Jahr hier. Wir haben nicht viel geredet. Über das Fußballspiel gestern Abend. Sie haben das gesehen hier in der Lobby, als wir im Café Central waren. Mehr nicht. Ich weiß eigentlich nichts über die. Nur dass sie Brüder sind. Einer aus dem Osten und einer aus dem Westen. Was willst du jetzt machen?«

»Ich will mit ihm reden. Kommst du mit mir zur Rezeption? Wir fragen, in welchem Zimmer die wohnen, und vielleicht rufe ich an oder hinterlass ihnen eine Nachricht. Was meinst du?«

Geisterfahrt

Jana hatte mich im Schlaf umfasst, blies mir ihren Atem in den Nacken und schnarchte leise. Ich fragte mich im Aufwachen, ob sie so ihre Liebhaber umarmen würde, wenn sie hier mit ihnen lag. Ihr Bauch lag weich an meiner Hüfte und ihr Gesicht an meiner Schulter. Das Tageslicht sickerte durch die roten Alu-Lamellen des Rollos, aber es war nicht zu erkennen, ob die Sonne schien oder der Himmel bedeckt war.

Fast ein ganzes Jahr hatte ich Jana nicht gesehen, und als sie Neubrandenburg verlassen hatte, hatten wir beide nicht gedacht, dass wir uns überhaupt wiedersehen würden. Ich heulte stundenlang, als ich ihren Brief in Rostock im Briefkasten fand. Tobias und ich bewohnten hier eine Dreiraumwohnung in der östlichen Altstadt, die Tobias aufgebrochen und besetzt hatte, lange bevor ich nach Rostock zum Medizinstudium kam. Schon auf der Treppe nach oben heulte ich, obwohl ich den Brief noch gar nicht aufgemacht hatte. Aber ich erkannte Konrad Adenauer, den großen Kopf mit wenig Gesicht, auf der Briefmarke, und Berlin/West hatte Jana mit einem roten Stift auf den Absender geschrieben. Zweieinhalb Jahre hatte sie gewartet, und dann wurde sie innerhalb von vierundzwanzig Stunden aus der DDR rausgeschmissen. Das machten sie gern, das wusste man, aber trotzdem war es dann überraschend für mich. »Liebe Assi, nicht weinen, ja? Ich bin raus. Endlich!«, stand da und: »Wir werden uns wiedersehen. Ich weiß auch noch nicht, wie, aber ich werde dich nicht vergessen.«

Jana drehte sich im Bett von mir weg, klemmte sich die Decke zwischen die Beine und murmelte etwas. Vor dem Fenster im Hinterhof warf jemand eine Flasche in den Glascontainer, und es schepperte gewaltig, höhlenartig von den Wänden des Hinterhofes zurückgeworfen. »Arschloch«, hörte ich jetzt deutlich von Jana, doch sie machte keine Anstalten, wach zu werden. Aber ich wurde richtig wach mit einem Mal, und der gestrige Abend mit Sascha und Julius' Vater machte sich breit in meinem Kopf, klarer, als mir lieb war. »Wir machen es so oder so«, höre ich Julius' Vater sagen. Er hatte kurz aufgesehen von seinem Nachtisch, dieser weißen, köstlichen Creme in einer Erdbeersoße, er hatte mich angesehen und dann mit dem Löffel in die weiche Masse hineingestochen. Das Panna cotta beugte sich ein wenig unter dem Druck des Löffels, aber ließ sich dann teilen, und die Schnittstelle färbte sich rot von der Soße.

Es war erst mein zweiter Abend im Westen. Den ersten hatten Jana und ich bei ihr zu Hause verbracht. Wir haben in der Küche auf dem Fensterbrett gesessen und Büchsenbier von Aldi getrunken. Unsere Füße baumelten wenige Zentimeter über dem Boden aus Beton. »Hinterhof Parterre. Für mehr reicht es noch nicht«, hatte Jana gesagt, aber mir kam das alles ganz wunderbar vor. In der gegenüberliegenden Ecke saß ganz still ein altes Ehepaar aus dem

Libanon auf einem abgeschabten Ledersofa. Er aß die ganze Zeit Sonnenblumenkerne, und hin und wieder rauchte er, und sein Gesicht wurde kurz erleuchtet, wenn er an der Zigarette zog. Sie hatte die Beine ausgestreckt und hielt die Arme verschränkt. Durch das Kopftuch konnte man ihr Gesicht nicht erkennen, und ich fragte mich, ob sie schlafen würde. Die beiden sagten kein Wort. Der Mond stand hoch oben in dem Quadrat, das die vier Häuserwände um den engen Hinterhof bildeten und wir quatschten und lachten so lange, bis Frau Kruppke aus dem dritten Stock herunter rief: »Schnauze da unten, sonst hol ich die Bullen.«

»Selber Schnauze, du Schlampe«, brüllte Jana zurück, aber wir gingen dann doch ins Bett, weil ich völlig erledigt war von diesem ersten Tag.

Ich hatte Jana vom Bahnhof Zoo aus angerufen, nachdem ich dort ausgestiegen war und meine Mutter alleine weiterreiste nach Darmstadt. Sie fuhr zum achtzigsten Geburtstag von Tante Inge. Das war die Schwester meiner Großmutter, und zu unserer Überraschung hatten die Behörden nicht nur meine Mutter rausgelassen, sondern auch ich durfte zum ersten Mal mitreisen. Ich hatte genau wie meine Mutter jedes Jahr einen Antrag gestellt, doch während ihrer jedes Jahr genehmigt wurde, wurde meiner jedes Jahr abgelehnt. Aber nun zum achtzigsten Geburtstag von Tante Inge hatte man sich das offensichtlich anders überlegt. Ich durfte ausreisen, ohne ein Pfand in der DDR zu lassen, ein Kind oder irgendeine Form von Besitz.

Meine Mutter war noch in der Grillbar am Alex, in der wir den Abschied feierten, in Tränen ausgebrochen, noch während des Essens, über einem Schweinesteak mit Kräuterbutter und Kartoffelkroketten, obwohl ich ihr mehrfach gesagt hatte, dass ich wiederkommen würde, so wie sie. Wenn die zwei Wochen genehmigter Urlaub vorbei waren, würde ich wieder in den Zug am Bahnhof Zoo einsteigen, und wir würden gemeinsam zurück in den Osten fahren. »Versprochen, Mutti, wirklich. Ich bleib nur die zwei Wochen hier bei Jana. Grüß Tante Inge von mir, wenn sie sich noch erinnert.« Meine Mutter lächelte über ihr verheultes Gesicht. Tante Inge war seit Jahren dement und erinnerte sich schon an sie nicht mehr, geschweige denn an mich. Die Einladung an uns wurde jedes Jahr von ihrer Tochter erledigt. »Mach das, mein Kind«, sagte meine Mutter und wischte sich den Rotz mit dem Handrücken ab. »Und verdenken kann ich dir nichts. Du musst wissen, was du machst. Verdenken kann ich dir nichts.« Ich schob sie später sanft die Treppen des Zuges hoch und sagte: »Ich werde da sein. Du wirst sehen.«

Ich sah den beiden runden roten Lichtern ihres Zuges nach, wie sie die dunkle Halle des Bahnhofs verließen, die stählern auf einem Viadukt hockte wie in der Friedrichstraße. Dort waren wir von einem speziellen Gleis losgefahren, abgetrennt durch eine Wand von dem normalen Bahnsteig, der für die Ostberliner war. Ein paar Stationen später waren wir am Bahnhof Zoo. In einer anderen Welt. »Eine Allianz fürs Leben« stand über der Ausfahrt, durch die der Zug verschwand. Tauben segelten unter dem Bahnhofsdach, und mir wurde erst jetzt bewusst: Wenn der Zug meiner Mutter wieder einfahren würde, hier in den Bahnhof Zoo, dann ist mein Ausflug in die Freiheit vorbei, und die vierzehn Tage surrten plötzlich zusammen wie ein Wollfaden, an den man ein Streichholz hält. Ich schulterte meine Kraxe und machte mich auf den Weg, ein Telefon zu suchen.

Steil führte die Treppe runter in die Bahnhofshalle. Ich hatte das Gefühl, dass alle mich ansehen und sofort erkennen würden, dass ich aus dem Osten komme. An meinen Schuhen, meiner Jacke, meiner Frisur. In der Bahnhofshalle warf ich ein paar Westmünzen, die mir meine Mutter zusammen mit drei Zehnmarkscheinen als eiserne Ration gegeben hatte, in einen Münzfernsprecher und rief Jana an. Es tutete tiefer als bei uns. »Wo stehst du denn?«, sagte Jana, und sie kreischte fast.

»Schräg gegenüber ist das Klo«, sagte ich und sah einem alten Mann nach, der die Haare fettig zurückgekämmt trug und in seinem mindestens zwei Nummern zu großen schwarzen Mantel fast versank.

»Zielsicher an der falschen Stelle. Geh da weg, da hängen nur Junkies, Penner und Nutten rum. Geh zur U-Bahn. Ja? Linie U1. Bevor es da runtergeht, da ist ein Bratwurststand. Stell dich da hin, ich hol dich ab. Da passiert dir nichts.«

Ich musste lachen: »Ich will keine Bratwurst, und was soll mir denn passieren?«

»Mach, was ich dir sage«, sagte Jana, und eine halbe Stunde später kam sie aus dem gelb gekachelten

Gang, der zur U-Bahn führte und durch den sich die Menschen eng aneinandergedrängt schoben. Sie trug eine knallenge Jeans und ein rotes Top, ihre Haare waren ein Meer aus Locken, durchzogen von feinen Strähnchen, und sie blieb, als sie mich entdeckte, für eine Sekunde stehen. Dann rannte sie auf mich zu, umarmte mich, und wir fingen beide an zu heulen. Janas Mascara verlief in Schlangenlinien Richtung Oberlippe, und ich schluchzte und sagte: »Ach Mensch, eh. Wie schön.« Nahm ihr Gesicht in die Hände, küsste ihre nasse Wange und sagte: »Und ich will so Locken, genau so Locken will ich auch.« Jana schnäuzte sich: »Kriegste, ich kenn da eine, die macht die dir für'n paar Mark.« Dann schulterte sie mit Schwung meine Kraxe, strich mir über meine glatten Haare wie einem Kind und sagte: »Los, komm.«

Wir fuhren mit der U1 Richtung Kreuzberg. Vorher waren es von Friedrichstraße bis zum Bahnhof Zoo nur drei Stationen gewesen, aber jetzt fuhr die U-Bahn ewig durch Westberlin, am Nollendorfplatz raus ans Tageslicht und weiter oben auf einem Viadukt. Es war ein kühler Sommertag, aber mir kam es vor, als schiene die Sonne. Ich hielt Jana im Arm, wir kicherten, und es roch nach fremden Waschmitteln, Shampoos und Parfüms. Der ganze Waggon roch wie ein Westpaket. Einer mit langen Haaren und einer grünen Latzhose sang zur Gitarre »Bridge over Troubled Water«, und hinter ihm ging ein Mädchen mit verfilzten dunkelroten Haaren, ohne Schuhe mit dreckigen Füßen und sammelte das Geld ein in einer aufgeschnittenen Bierdose. Sie lächelte mich an, obwohl ich ihr kein Geld gab, und ihrem linken Schneidezahn fehlte eine Ecke.

Wir stiegen zweimal um und landeten in der Karl-Marx-Straße in Neukölln. Ich zeigte auf das blaue Schild der U-Bahn, mit seinem Namen, und Jana lachte und sagte: »Ja, der verfolgt mich. Mohr und die Raben von London, wohl eher Jana und die Ratten von Neukölln.«

Ich setzte den Wasserkessel auf den Gasherd und hörte, wie Jana den Flur entlang vom Schlafzimmer zur Küche kam. Die lag ganz vorn am Eingang. Daneben ein kleines Klo mit Dusche und dahinter dann zwei Zimmer mit Kachelöfen. Vor dem Küchenfenster stand ein kleiner runder Holztisch, und dort setzte ich mich hin und sah in den dunklen Hof. Jana erschien im Türrahmen. Sie trug ein T-Shirt von den New York Yankees über ihrer schwarzen Unterhose, streckte sich und ging dann seufzend zum Wasserhahn und trank einen großen Zug. »Diese edlen Tropfen gestern machen aber genauso Kopfschmerzen wie das Büchsenbier von vorgestern. Scheint denn die Sonne?« Sie öffnete das Fenster, was ich vermieden hatte, weil ich dann das Gefühl hatte, der Hof würde in die Wohnung kriechen. Jana beugte sich hinaus und hob das Gesicht Richtung Himmel. »Immerhin, feinster Sonnenschein, und hier drin ist es kalt wie im Winter.«

Sie schaufelte Kaffee in die Glaskanne, goss das dampfende Wasser darauf und setzte das Sieb auf die dicke schwarze Schicht, die sich oben in der Kanne bildete. Ich hatte schon gelernt, dass man den Kaffee noch nicht runterdrücken durfte, erst nachdem er ein paar Minuten gezogen hatte, und ich wollte auch so eine Drückkaffeekanne für zu Hause, für Tobias und mich. Jana stellte zwei rote Tassen, auf denen mit weißer Schrift Eduscho stand, vor uns auf den Tisch, steckte sich eine Zigarette an der Gasflamme des Herdes an und setzte sich zu mir. Sie legte ihre Füße auf den Tisch und sah auf den Hinterhof. »Wenn wir zusammenziehen, dann könnten wir uns auch was in Kreuzberg leisten, und mit dir würde ich wirklich gern zusammenwohnen, Süße. Oder willst du dann gleich mit Julius eine Wohnung haben? Und ob ihr überhaupt in Berlin bleibt?«

»Jana, ich bleib nicht hier«, sagte ich und drückte langsam die dicke Kaffeeschicht runter. Das gab mir ein merkwürdiges Gefühl von Zufriedenheit. Ich stand auf, holte ein Tetrapack Milch aus dem Kühlschrank und goss mir einen Schluck in den Kaffee. »Es ist ausgeschlossen, Jana. Ich will nicht hierbleiben. Dann kann ich nie wieder zurück in die DDR. Dann sehe ich meine Eltern vielleicht nie wieder oder erst, wenn die Rentner sind. Und meine Mutter dürfte nicht mehr raus, nicht mal diese kleine Fahrt zu Tante Inge würde ihr noch erlaubt werden. Was wird dann aus meinem Medizinstudienplatz? Die werden doch hier auch nicht verschenkt. Und außerdem bin ich mit Tobias zusammen und nicht mit Julius. Der lebt mit dieser Karin, wenn ich dich erinnern darf.«

Jana schnipste die Kippe in den Hof. Ein feiner Rauchfaden stieg von ihr auf in Richtung Himmel und verlor sich nach ein paar Metern. »Supertobi und deine Alten. Das wäre natürlich ein Riesenverlust. Aber was willst du machen, wenn Julius wirklich in ein paar Tagen hier steht. Deinetwegen, so wie es Sascha sagt? Deine dicke fette Liebe Julius Herne in Böhrlin-City, was dann, Assi?«

Ich sah uns gestern im Hotel Intercontinental sitzen. An diesem weißen Tisch, mit dem vielen Besteck, von dem ich nicht richtig wusste, was eigentlich für was bestimmt war. Und Julius' Vater, der wie schon in Budapest darauf bestand, dass ich Dieter zu ihm sage, beriet mich bei der Auswahl der Gerichte, weil ich die Hälfte noch nie gehört hatte. Die Kellner schwirrten um uns herum, und Dieter schien sie gar nicht zu bemerken, er sagte nicht einmal »danke« zu einem von ihnen, und wenn sie einen Teller oder ein Glas vor ihm abstellten, dann sah er das Gebrachte an, als wäre es plötzlich, aber erwartet aus der Tischplatte gewachsen.

Er hatte mir, kurz nachdem wir uns gesetzt hatten, einen Briefumschlag mit Geld in die Hand gedrückt, und bevor ich etwas einwenden konnte, sagte er: »Kapitalismus macht Spaß, Astrid, aber nur, wenn man ein bisschen Kleingeld in der Tasche hat. Nimm das mal ruhig, es trifft keinen Armen.« Es waren, wie ich später auf dem Klo nachzählte, dreihundert Mark. Zwei Hunderter und zwei Fünfziger. Meine Hände wurden tatsächlich feucht, als ich das Geld aus dem veilchenblauen gefütterten Umschlag zog. Es war mir peinlich, und es freute mich zugleich.

Eine halbe Stunde später hätte ich den Umschlag am liebsten wieder auf den Tisch geworfen, als Dieter sagte: »Wir machen es so oder so.«

Ich sah auf Janas rote Fußnägel an ihren knubbligen Zehen und sagte: »Diese Idee ist total schwachsinnig. Ich glaube gar nicht, dass Julius darauf eingehen wird, und selbst wenn, was ist, wenn sie ihn erwischen und er in den Knast kommt. Was dann?«

»Kauft sein Alter ihn raus. Hast du doch gehört, oder nicht? 30 000 Mark kostet das. Die hat er schon daliegen für den Fall. Aber sie werden ihn nicht erwischen. In ein paar Tage kannst du Julius hier an dein Herz drücken, und ihr seid fein raus.« Sie lachte laut: »Im wahrsten Sinne des Wortes.«

»Was ist denn, wenn sie ihn erschießen?«

»Mensch, Assi, die Ungarn schießen nicht mehr. Hast du doch gehört. Er weiß Bescheid.«

Ich stellte mir vor, wie Sascha rüber nach Ostberlin fuhr. Mit ein paar Cowboystiefeln in der Hand, das hatte ich ihm noch verraten, dass sein Bruder sich die wünschen würde. »Ordentlich spitz und mit Hacken.« Wie er in seiner Wohnung in der Dimitroffstraße klingeln würde, dann die Schuhe auf den Tisch wirft und Julius diesen aberwitzigen Vorschlag macht: »Du fliegst, so schnell es geht, nach Budapest. Ich leih mir ein Wohnmobil. Damit komm ich rüber. Wir verstecken dich darin und fahren auf die Grenze zu. Da wird kaum noch kontrolliert im Grenzgebiet. Ich setz dich kurz vor dem Kontrollpunkt raus, und du läufst rüber nach

Jugoslawien. Alles schon ausgekundschaftet, und auf der anderen Seite nehme ich dich wieder auf. Wir holen Vater ab, fahren zurück, und du bist raus. Astrid wartet auf dich in Westberlin.«

Ich sah Jana an, die sich noch eine Tasse Kaffee eingoss. »Der kriegt wahrscheinlich nicht mal mehr einen Flug nach Budapest, und selbst mit dem Zug – eine absolute Schnapsidee. Und total gefährlich. Wer garantiert dir denn, dass da nicht mehr geschossen wird? Das habe ich noch nie gehört.«

»Du glaubst aber immerhin, dass er kommt«, sagte Jana und grinste.

»Mal angenommen, nur mal angenommen, er würde tatsächlich diese Karin verlassen und hier rüberkommen. Dann ist da immer noch seine Mutter, und die würde eingehen wie 'ne Primel ohne ihn. Wenn der die Biege macht, und dann noch in den Westen zu ihrem verhassten Ex, dann wird die nicht mehr. Das kann Julius schon aus dem Grund nicht machen.«

»Wir werden sehen«, sagte Jana.

Wir gingen frühstücken in einem Café am Landwehrkanal. Tranken Milchkaffee, aßen Croissants und lasen die Zeitungen. Vor uns auf dem Wasser quakten die Enten, und wir saßen in einem wunderschönen kleinen Garten. Der Sommer war immer noch durchwachsen, wie meine Mutter das nennen würde, und ich musste lachen, weil sich durchwachsen immer eher nach Speck anhörte als nach Wetter. Immerhin regnete es nicht. Das Titelbild des »Spiegel« war knallrot. *Revolution in Moskau.* Eine komplizierte Geschichte stand darin, wie Gorbatschow versuchte, die Sowjetunion zu reformieren. Bei unseren Nussknackern in Ostberlin, bei Honecker, Krenz und Stoph, war davon nichts angekommen. Tobias trug Gorbatschows Gesicht auf einem Sticker an seiner Jeansjacke neben der roten rausgestreckten Zunge von den Stones. Den Generalsekretär der KPdSU neben der größten Rockband aller Zeiten. Jana zeigte verächtlich auf die Zeitschrift und sagte: »Ich gebe dem noch vier Wochen, dem Gorbatschow, und dann machen die den einen Kopf kürzer oder schieben ihn ab wie diesen Jelzin. Hoffnungsträger! Dass ich nicht lache. Du glaubst doch nicht, dass man die Russerei reformieren kann?!«

Am Abend trafen wir Sascha im »Franken« in der Oranienstraße. Ein enger, schmaler Laden, der nur aus einem Tresen bestand. Die Barfrau sah aus wie Gianna Nannini, nur zehn Jahre jünger, und wenn man etwas bei ihr bestellte, dann starrte sie einen für Sekunden an, als würden die Worte dabei in ihr Hirn gebrannt. Ich trank Soave und einen Tequila mit Jana. Wir bissen in die Orangenscheibe, und Sascha bestand darauf, dass ich auch noch einen weißen Tequila trank, denn der braune sei etwas für Mädchen. Also leckten wir das Salz, kippten den klaren Schnaps und bissen in die Zitronenscheiben, bis es uns schüttelte. Und ich versuchte mir vorzustellen, wie ich all das Tobias in Rostock beschreiben könnte. Die Dönerläden, das Café am Landwehrkanal, ob man lieber Milchkaffee trinkt oder einen kleineren Cappuccino. Später, in ein paar Tagen an unserem Küchentisch mit Blick auf das alte leere Hafenbecken in der Warnow. Tobias hatte noch nie einen Milchkaffee getrunken, er wusste gar nicht, dass es Milchkaffee gab, geschweige denn Tequila.

»Julius will einen Tag Bedenkzeit«, sagte Sascha, und ich lachte laut.

»Pah eh, der kommt nicht, dein Brüderchen. Dein Vater hat gesagt, ihr hättet ihm das so oft vorgeschlagen, und er ist nie darauf eingegangen, und nur jetzt, weil ich hier bin, da soll er kommen? Da lachen doch die Hühner.«

Julius und ich hatten uns zwei Mal gesehen nach dieser Nacht in Budapest. Einmal habe ich ihn zufällig in Neubrandenburg in der Kaufhalle getroffen und bin mit ihm ins Forsthaus gefahren. Wir waren alleine, haben gebadet im See und Wein getrunken. Er hat mich geküsst, und wir haben miteinander geschlafen und geredet die halbe Nacht. Er hat mir auf der Gitarre vorgespielt, saß nackt in einem alten Sessel, und die Töne zogen durch den Raum und durch mich durch hinaus aus dem Fenster und klangen in der Dunkelheit des Waldes nach. Das letzte Mal, vor vier Wochen, sahen wir uns in Berlin. Das war weniger erfreulich. Er hatte mich zur Einweihung seiner Wohnung in der Dimitroffstraße eingeladen. So wie Tobias in Rostock hatte auch er eine leerstehende Wohnung im Vorderhaus aufgebrochen, renoviert und war dann eingezogen. Das war eigentlich die einzige Möglichkeit, wie man in unserem Alter an eine Wohnung kam. Der Staat hatte längst den Überblick verloren, welche Wohnungen leerstanden und welche in eine Schwarzwohnung umgewandelt worden waren. Sozialistische Umlagerung.

Ich hatte keine Lust auf diese Einweihung, am besten noch mit Karin an seiner und Tobias an meiner Seite. Aber als ich ein paar Tage später sowieso in Berlin war zum Einkaufen, da ging ich bei ihm vorbei. Er war da und küsste mich noch im Treppenhaus, und ich wusste: Sie ist nicht da. Wir schliefen sofort miteinander. Aber ich floh ein paar Stunden später wieder, weil ich Angst hatte, jeden Moment würde Karin in der Tür stehen, und Julius schien das nicht weiter zu stören. Ich zog meine schwarzen Stiefel an, die Julius mir kurz vorher ausgezogen hatte, und da sagte er: »Ich hätte gern so Cowboystiefel, wie die, die im Westen jetzt alle anhaben. Weißt du, so spitze Dinger mit Hacken und Schlangenmuster.«

»Wenn das deine einzige Sorge ist«, dachte ich und verschwand. Ich hatte ihm da sogar erzählt, dass ich in den Westen fahren und Jana besuchen würde statt zu meiner dementen Tante Inge nach Darmstadt zu reisen. Julius hatte sich für mich gefreut, aber von einer Flucht war keine Rede.

Ich hätte ihn gerne angerufen, ich hätte gern mit ihm geredet, aber das ging nicht, nicht nur weil er kein Telefon hatte. Selbst wenn er eines gehabt hätte, dann wäre es vielleicht abgehört worden, und was hätte ich ihm sagen sollen. Tu es nicht! Komm nicht, Julius! Ich will gar nicht, dass du kommst. Dein Vater nutzt nur die Situation aus! Und wollte ich denn wirklich, dass er nicht kommt? Gefiel mir nicht der Gedanke, dass er diese bescheuerte Karin, dieses Wesen aus Milch und Blut mit ihren langen Beinen und dem tollen Busen, einfach in Ostberlin sitzen ließ und sich Tausende Kilometer auf den Weg machte, durch den Eisernen Vorhang brach, nur um zu mir zu kommen, die ich eigentlich nur in einem anderen Stadtviertel von Berlin saß? Mir gefiel der Gedanke, ob ich wollte oder nicht.

Sascha reichte mir noch ein Stück Zitrone. Neben ihm auf dem Tresen standen schon wieder zwei klare Tequila, und während ich die Stelle zwischen Daumen und Zeigefinger einrieb und Salz darauf streute, sagte er: »Ich fahre morgen wieder rüber in die Dimitroffstraße und rede mit ihm. Dann ist er weichgekocht. Assi, du hättest den heute sehen sollen, wie der geguckt hat.«

»Wie hat er denn geguckt?«

»Der bereut das mit Karin doch ewig schon. Wenn der da rausmarschiert aus dem Scheißosten, dann ist er die los, und hier wartest du. Das ist doch alles bestens.«

»Sehr charmant für mich. Sonst hat er es ja auch nicht geschafft, sich von Karin zu trennen. Was heißt geschafft, der wollte ja gar nicht. Das stand nie zur Debatte, und jetzt aber, wo er sein Leben riskieren muss, da kommt er dann, und Karin wird von der Mauer zurückgehalten oder was?« Ich biss versehentlich zuerst in die Zitrone, kippte den Schnaps und sah dann unschlüssig auf das Salz auf meinem Handrücken. Sascha stellte sein Glas auf den Tresen, verzog sein Gesicht und sagte: »Abwarten und Tequila trinken.«

Sascha meldete sich nicht am nächsten Tag, und ich nahm das für ein gutes Zeichen. Jana musste arbeiten. Sie fuhr mit einem kleinen Fiat durch Westberlin und wischte, wie sie selber sagte, alten Omas den Hintern ab. »Häusliche Krankenpflege. Das ist ganz okay. Kriegst du 'nen Zehner pro Oma, macht mal zwölf pro Abend hundertzwanzig Eier. Manchen brauchst du nur 'ne Stulle zu schmieren. Mach ich natürlich schwarz, und zusammen mit der Stütze komm ich so ganz gut rum.«

Sie verschwand am Nachmittag, und ich ging zum türkischen Gemüsehändler um die Ecke. Das Mädchen an der Kasse trug ein Kopftuch wie die syrischen und palästinensischen Studentinnen in meinem Studienjahr, aber noch mehr interessierte ich mich für das Obst. Ich ließ mir für fünf Mark eine Tüte vollpacken mit Pfirsichen, Kiwis, Bananen und Papaya und aß das alles allein in Janas Küche auf.

Ich ging zu Woolworth auf der Karl-Marx-Straße, zum Karstadt am Hermannplatz und fuhr ins KDW. Hier war der Westen ein bisschen, wie ich ihn mir vorgestellt hatte, bunt und glitzernd und nicht grau und runtergekommen wie Neukölln. Am liebsten hätte ich Tobias in die Feinkostabteilung des KDW gebeamt. Raus aus unserer Küche, wo er oft am Tisch saß und lernte. Direkt vor zweiundvierzig verschiedenen Sorten Salami. Wie er dann wohl gucken würde. Vermutlich würde er fragen: »Wer braucht zweiundvierzig Sorten Salami?«

Ich guckte nur im KDW und fuhr dann wieder zurück nach Neukölln. Hier kaufte ich einen

Rekorder mit Doppelkassettendeck für Tobias, so eine Drückkaffeekanne, eine schwarze Jeans für ihn und eine stonewashed für mich. Jana hatte mir von irgendeinem Studenten ein gebrauchtes Pschyrembel Klinisches Wörterbuch besorgt und einen fast neuen Waldeyer, die Anatomiebibel, nach der auch in Rostock unterrichtet wurde. Offiziell bekam man das natürlich nicht zu kaufen. Außerdem holte ich noch eine Flasche weißen Tequila mit einem roten Plastesombrero auf dem Deckel. Den würde ich mit Tobias und ein paar Freunden in Rostock trinken und vom Westen erzählen. Der braune schmeckte mir zwar besser, aber Zitronen gab es im Osten immer. Für Apfelsinen hätten wir bis Weihnachten warten müssen.

»Heul nicht«, sagte Jana am folgenden Montag zu mir auf der Karl-Marx-Straße. An meinem letzten Montag im Westen. Vermutlich. Dabei heulte ich gar nicht. Mir war gar nicht danach zumute. Mir war nach gar nichts, und das war viel schlimmer. Jana hatte das ganze Wochenende gearbeitet, und am Sonntag gingen wir danach ins Kino und sahen Cher, die eine Italienerin in New York spielte, die in den Bruder ihres langweiligen Verlobten verliebt war. Der Mond hing über den Wolkenkratzern von Manhattan wie eine reife Frucht, und Jana machte den jungen, aufregenderen Bruder nach, der vor seiner Haustür zu Cher sagte: »Mir ist jetzt alles völlig gleichgültig, weil ich mit dir ins Bett will.« Sie imitierte seine raue Stimme, bis wir Tränen lachten, und dann tranken wir noch ein Bier im türkischen

Imbiss an unserer Ecke und redeten weiter über den Film. Mit Tobias konnte ich das nie, jedenfalls nicht, wenn wir in Rostock aus dem Kino kamen. »Ganz gut«, war seine Standardantwort oder »schön«, und mehr sagte er dann nicht, weil er, wie er sagte, in der Stimmung des Filmes bleiben wollte. Dabei platzte ich fast, und mit Jana konnte ich ins Detail gehen und dabei noch Oliven essen. Zum ersten Mal in meinem Leben. Ich war verrückt nach diesem Geschmack, salzig und sauer. Spät gingen wir nach Hause. Der Anrufbeantworter blinkte, Jana drückte auf das Knöpfchen, und Saschas Stimme hallte blechern durch den langen Flur. »Morgen steigt der Adler in die Lüfte. Es geht los. Haltet euch bereit.« Wir riefen ihn sofort zurück, ohne ihn zu erreichen, und auch seinen Vater, den wir gleich am Montagmorgen in seiner Hamburger Firma anriefen, bekamen wir nicht ans Telefon. Er sei für ein paar Tage in den Urlaub gefahren, sagte die Sekretärin, und ob sie aushelfen könne?

Wir liefen zum Hermannplatz, und zum ersten Mal seit ich hier war, hatte ich keine Freude an dem Durcheinander auf der Straße. An den vielen fremden Gesichtern, den Nippesläden und dem ständigen Angequatschtwerden: »Eh, haste mal 'ne Mark?« Ich hatte noch genau 71,95 Mark und wollte am liebsten nichts mehr davon hergeben. Schweigend gingen wir die Treppen zur U-Bahn hinunter durch dieses Labyrinth aus Gängen und Rolltreppen. Wir stiegen in die U8. »Wohin fahren wir eigentlich?«, fragte ich, und Jana sagte: »Wirst du schon sehen. Wird eine

Überraschung.« Die U-Bahn war nicht besonders voll. Neben uns standen zwei Halbstarke mit umgedrehten Schirmmützen und pickliger Haut, und auf der nächsten Bank saß ein türkisches Mädchen, das zwei Kopftücher übereinander trug. Ein pinkfarbenes drunter und ein weißes drüber. Sie sah unglaublich schön aus mit ihren dunklen ganz geraden Augenbrauen, einem schmalen Gesicht mit ganz kleinem Kinn. Das hohe, turbanartige Kopftuch machte ihre Gestalt noch länger und schlanker. Sie hatte die Arme vor dem Bauch verschränkt und guckte die ganze Zeit aus dem gegenüberliegenden Fenster.

»Moritzplatz, letzter Halt in Berlin West« hörte ich, und dann wurde der Satz noch einmal wiederholt, sodass ein Verhören unmöglich war. »Moritzplatz, letzter Halt in Berlin West.« Niemand rührte sich, niemanden schien das irgendwie zu stören. Ich starrte Jana an und schrie fast: »Was? Ich meine, was soll das? Fahren wir jetzt in den Osten oder was?« Jana grinste, legte den Arm um meine Schulter und sagte: »Nun man ganz ruhig, meine Süße. Alles gut. Wirst schon sehen.« Das T-Shirt unter meiner Achsel wurde klatschnass, und meine Beine zitterten leicht. Die U-Bahn verlangsamte ihre Fahrt plötzlich und fuhr im Schritttempo in einen Bahnhof ein. Er war dunkler als die anderen Bahnhöfe. Ein Licht wie im Nachttierhaus im Rostocker Zoo. Kacheln waren aus der Wand gerissen, überall lag Dreck und Staub. Der Bahnhof war unbenutzt seit Jahren, ohne Frage. Und dann waren wir durch. Die Jungs neben mir lachten wiehernd:

»Doch, da hinter dem Pfeiler, da stand ener. Ick hab den jesehen.« – »Vergiss et, Alter, du hast überhaupt nüscht jesehen.« Aber da fuhr die Bahn schon weiter. Die Türkin guckte starr geradeaus, und die Jungs drückten ihre Nasen an die Scheiben. Wieder wurde der Zug langsamer. »Jannowitzbrücke« war dort zu lesen, und ich sah tatsächlich einen Soldaten, mit geschulterter Waffe stand er hinter einem kleinen Häuschen, einem Kiosk vielleicht. »Fahrkarten um die Ecke« stand auf dem Häuschen in einer geschwungenen altmodischen Schrift. Daneben hing ein Bild von Wilhelm Pieck, dem ersten Präsidenten der DDR, nach dem die Rostocker Uni benannt war. Mir kamen die Tränen, und auch wenn ich mich ihrer schämte, sagte ich zu Jana: »Was soll das? Was machst du mit mir?« Ich flüsterte das, so als ob man mich hören könnte, als ob der DDR-Soldat, der da in seiner blauen Uniform stand, das hören könnte. Jana stand ganz lässig an eine Haltestange gelehnt und schaute in das diffuse Licht des Bahnhofs, den wir gerade verließen. »Geisterbahnhöfe nennen die Westberliner das. Aber die richtige Geisterbahn ist ja oben, über der Erde, da wird es viel gruseliger.« Der Zug verlangsamte schon wieder seine Fahrt, und das gleiche schummerige Licht empfing uns, und als ich auf den blaugrünlichen Kacheln »Alexanderplatz« las, gab es für mich kein Halten mehr. Ich setzte mich auf den Boden, direkt neben die Tür, sodass ich nicht mehr rausgucken konnte, und legte meinen Kopf auf die Knie. Dass jetzt über mir der Alexanderplatz war, der Fernsehturm und die Weltzeituhr, die Grillbar, in der ich mit meiner Mutter vor ein paar Tagen gegessen hatte, das war zu viel für mich. Ich weiß nicht, wie oft ich auf dem U-Bahnhof Alexanderplatz gewesen bin, ohne zu wissen, dass da irgendwo ein Zug mit Westberlinern heimlich still und leise durchfährt. Gut bewacht und schlecht beleuchtet. Jana beugte sich zu mir runter und sagte: »Hast es gleich geschafft.« Ich wollte, dass sie sich zu mir setzt, dass sie mich in den Arm nimmt, aber sie blieb ungerührt stehen. Der Zug verlangsamte noch zweimal seine Fahrt, und erst in den dritten Bahnhof fuhr er wieder mit normaler Geschwindigkeit ein. Helles Neonlicht empfing uns. »Willkommen in Westberlin«, sagte Jana. »Komm, lass mal aussteigen.«

Ich rannte aus dem U-Bahn-Schacht, und Jana hatte Mühe, mir zu folgen. Sie lief dann schweigend neben mir, und wir gingen direkt auf die Mauer zu, hinter der groß und nah der Fernsehturm stand, der plötzlich aussah wie eine aufgespießte Olive. Ich blieb stehen und starrte Jana wütend an: »Was sollte das? Bist du noch ganz dicht oder was? Was wäre gewesen, wenn die U-Bahn angehalten hätte und die uns da alle rausgeholt hätten? Ich darf gar nicht hier sein. Nach Darmstadt haben die mich gelassen, nicht zu dir. Wenn das rauskommt, darf ich nie wiederkommen.«

Jana hakte mich unter. »Nun beruhig dich mal wieder. Das ist hier der völlig normale Weg. Die dürfen gar nicht anhalten. Die U6 fährt auch unter Ostberlin durch. Und die S-Bahn fährt sogar unter dem Potsdamer Platz durch und Unter den Linden.

In Friedrichstraße dürfen wir Westberliner sogar aussteigen und Zigaretten oder Schnaps kaufen. Hol ich mir immer 'ne Schachtel Club aus alter Gewohnheit.«

»Ich fahr jedenfalls nicht so zurück, das sag ich dir. Kommen wir denn irgendwie anders zu dir? Ich hatte so einen Schiss.« Mir schlotterten immer noch die Knie.

»Klar, wir können bis Osloer Straße fahren und dann über den Zoo nach Hause. Dauert nur länger.«

»Wo sind wir hier eigentlich?«, fragte ich. Inzwischen standen wir fast vor der Mauer, die auf dieser Seite bunt bemalt und besprayt war. »DDR-KZ« stand da neben SS-Runen. Vieles konnte man gar nicht entziffern, und über »Iß rotes Apfelmus« musste ich sogar lachen. Die Häuser sahen schrecklich aus. Viergeschossige Neubauten in Schuhschachtelbauweise, als wären sie von der DDR geliefert worden. Nur besser verputzt. Und sie waren so gebaut, dass die Bewohner nicht auf oder über die Mauer gucken mussten. »Das ist der Wedding hier«, sagte Jana. Als wir an der Mauer angekommen waren, bogen wir links in die Bernauer Straße und gingen sie ein Stück entlang. Eine breite Kopfsteinpflasterstraße, auf der kein Auto fuhr. Ein Stückchen weiter machte die Mauer einen Bogen, und dort stand ein Aussichtsturm, aus Metallrohren und Latten gebaut. Ich kannte diese Glotztürme aus dem Westfernsehen und hatte mich immer schon gefragt, was das für ein Gefühl war, da drauf zu stehen und nach Ostberlin zu gucken wie in ein Tiergehege.

»Müssen wir da hoch?«, fragte ich, und Jana nickte. Es war windstill und warm dort oben. Die Sonne schien durch die vorbeiziehenden Wolken. Mir steckte immer noch die U-Bahn-Fahrt in den Knochen, und ich fühlte mich hier auf eine perverse Art sicher. Hinter der Mauer lagen ineinandergekeilte Metallträger, die aussahen wie umgestürzte Kreuze. Sie standen in einer Doppelreihe, jeweils versetzt zur Lücke der Reihe davor. Da kam schon mal keiner durch. Es schloss sich ein breiter Streifen frisch geharkter Sand an, damit man jede Fußspur sehen kann, die dort hinterlassen werden könnte. Dann folgte eine zweite Mauer, die den Bogen der ersten nach links mitverfolgte. Die war wieder blütenweiß, so wie ich das aus Ostberlin gewohnt war. Dahinter war ein Eckhaus zu sehen, ein runtergekommenes DDR-Mietshaus mit einem »Klub der Volkssolidarität« im Erdgeschoss.

In einiger Entfernung gingen drei junge Männer und ein Mädchen in einem hellen Kleid in die entgegengesetzte Richtung, sodass man ihre Gesichter nicht erkennen konnte. Das Mädchen hatte die Hüfte des außen Gehenden umfasst. Ansonsten war der Abschnitt, den wir sehen konnten, menschenleer. Ich glaube, am meisten erschütterte mich, dass die Stadt einfach so weiterging. Das wusste ich natürlich, aber es zu sehen war etwas anderes. Da drüben gab es keine Werbetafeln, und die Fassaden der Häuser waren abgeschlagen und alt. Aber hinter den Fenstern sah man Gardinen, und auch wenn ich lieber nicht wissen wollte, wer da so dicht an der Mauer leben durfte, lebte da doch wer. Auf einem Parkplatz standen Wartburgs, Trabants und Ladas. Jana zeigte mit dem Arm nach links: »Da, die Flutlichtmasten, das ist das Stadion vom BFC, dem geliebten Dauerfußballmeister der Stasi. Rechts kommt die Oderberger Straße, und hier, wenn du gerade guckst, das ist die Eberswalder. Und wenn du da weiterläufst, kommt dann die Schönhauser Allee mit der U-Bahn oben auf dem Viadukt wie in Kreuzberg. Da gehst du durch, und dann stehst du wo?« Sie sah mich gespannt an, und eine große Zufriedenheit lag in ihrer Stimme. Ich sah auf diesen geharkten Todesstreifen vor mir, auf dem jeder erschossen werden würde, der in unsere Richtung lief, der jetzt aber still und fast friedlich dalag. Es war kein Grenzer zu sehen. Dann sah ich in Richtung Eberswalder Straße. Mein Hirn war wie ausgeschaltet, als würde nicht mehr genug Blut nach oben gepumpt, als könnte ich nicht mehr richtig nachdenken.

»Dann kommt die Dimitroffstraße«, hörte ich Jana sagen. »Das sind vielleicht fünfhundert Meter. Da packt Julius Herne gerade seine sieben Sachen, um hierher zu dir zu kommen. Also, er wird natürlich einen kleinen Umweg über Budapest nehmen müssen.« Ich sah mich erschrocken um, so als könnte uns beide hier auf diesem Aussichtsturm irgendwer hören. Aber auch auf unserer Seite war keine Menschenseele zu sehen. »So, und jetzt überlegst du dir noch mal gut, ob du da wieder hinwillst, Astrid Wolter. In dieses Arbeiter- und Bauernparadies, das den selbigen unterm Arsch weggammelt. Wo dir dauernd gesagt wird, was du zu tun oder zu lassen hast. Wo du für einen Witz über Erich im Knast landest. Wo du schön zu Ende weiterstudieren kannst und dir dann mit deinem Männe so ein schönes Häuschen baust, wie es deine Alten haben. Und eure Kinder müssen in der Schule lügen, dass sich die Balken biegen, damit sie auch Abitur machen dürfen. Vielleicht trittst du auch besser in die Partei ein, damit du vielleicht Oberärztin werden kannst? Na, Assi, wie wäre das? Und ihr seid ja beide Ärzte und könnt euch vielleicht auch einen Lada leisten. Und damit fahrt ihr dann zu den Tschechen, ach, was sage ich, bis nach Bulgarien fahrt ihr. Ja, und das war es dann aber leider auch schon. Mehr ist dann nicht.«

»Und du«, sagte ich, und ich musste irgendetwas sagen, es lag mir auf der Zunge, aber leider quer, und fand den Weg nicht raus, sodass ich zu stottern begann. »Du, du, du lebst hier weiter von Stütze und wischst alten Omas illegal den Hintern ab, bis dich auch die allerletzte Schauspielschule abgelehnt hat. Wenn du dich überhaupt noch bewirbst und nicht eigentlich längst aufgegeben hast.«

Jana hielt mit beiden Händen die Eisenstange vor sich umfasst und starrte über die Mauer Richtung Horizont, wie eine Feldherrin. Ich lehnte mich mit dem Rücken an das Geländer und sah demonstrativ auf die Häuser des Weddings, auch wenn sie nicht sehr schön waren. Ich war wütend und ratlos und kam mir vor wie eine spießige Kleingärtnerin.

Suchen

Paul liegt mehr, als er sitzt in einem der dunkelbraunen Ledersessel in der Hotellobby. Der Zeigefinger seiner rechten Hand fährt über einen Riss im Leder, dessen Kanten scharf sind wie eine aufgeplatzte, schlecht verheilte Haut. Alles in dieser runden Empfangshalle des Gellért Hotels ist braun gehalten, selbst der Satyr, der im kleinen blumenbesetzten Springbrunnen steht, ist dunkelbraun. Trotz seines kleinen Pimmels könnte er auch ein Mädchen sein, denkt Paul. »So rund und geschwungen, wie der ist.« Er will nicht zum Tresen gucken, wo Astrid steht und noch einmal mit einer der Empfangsdamen spricht. Wegen dieses Julius. Gestern Abend waren sie nicht erfolgreich gewesen. Sie hatten sich regelrecht volllaufen lassen mit ungarischen Rotweinen, die ihnen der Kellner immer aufs Neue sehr freundlich und umständlich empfahl: »Sehen Sie, hier haben wir einen Wein aus dem besten Anbaugebiet unseres Heimatlandes.« Der dritte schmeckte tatsächlich so, wie Paul es mag. Ein bisschen Schwere und nicht zu fruchtig, aber vielleicht lag das auch nur daran, dass es eben die dritte Flasche war. Danach sind sie noch runter an die Rezeption zum Nachtportier und haben versucht zu erfahren, ob Julius Herne hier im Hotel wohnt, oder sein Bruder, aber der Uniformierte schwieg eisern und sagte in tadellosem Deutsch, dass im Gellért Hotel keine Informationen über Besucher nach außen gegeben werden. »Und wie ist es mit ein bisschen Bakschisch?«, hatte Paul gefragt, und ihm wird jetzt noch ganz heiß, wenn er daran denkt. »Ich spreche kein Türkisch, mein Herr«, sagte der junge Mann mit den dreifingerdicken Koteletten. »Aber wenn Sie mich bestechen wollen, dann muss ich Sie enttäuschen.« Paul war das heute Morgen sehr peinlich. Auch das ist ein Grund, warum er nicht Richtung Empfangstresen guckt, wo Astrid steht und nun schon eine Weile mit einer Frau spricht. Offensichtlich hat sie heute mehr Erfolg.

Astrid sieht in das sanfte Gesicht der Ungarin hinter dem Tresen. Sie muss etwa ihr Alter sein. Sie hat nur wenige, nicht besonders tiefe Falten um die Augen und eine beneidenswert glatte Stirn. Langsam scrollt sie sich durch die Liste der Besucher. »Mein Mann glaubt hier gestern einen alten Freund gesehen zu haben. Aus Deutschland. Könnten Sie mir verraten, ob der hier ist? Julius Herne heißt er«, hatte Astrid sie gefragt. Die Frau hat nur gelächelt statt zu antworten und sich dem Computer zugewandt. »Mein Mann«, hat Astrid gesagt, obwohl Paul das ja gar nicht sein soll. Nie wieder soll einer ihr Mann sein, aber »mein Freund« bringt sie auch nicht über die Lippen. Und warum sie Julius zu Pauls Klassenkameraden gemacht hat, ist ihr selbst auch nicht klar. »Nein, ein Julius Herne ist nicht im Hotel. War es auch nicht in den letzten Tagen.«

»Das ist ja komisch. Mein Mann war sich so sicher. Und Sie wissen auch nicht, ob er in den letzten

Jahren hier war. Ich meine, ob das ein Stammgast ist oder so?«

Die Ungarin lächelt noch immer absolut gleichbleibend und schüttelt den Kopf. »Ich bin seit über zehn Jahren hier und den Namen habe ich noch nie gehört. Da glaube ich nicht, dass das ein Stammgast ist.«

»Na, dann vielen Dank.« Astrid nimmt ihre Handtasche vom Tresen und geht auf Paul zu, der in einem der Sessel fläzt. Er sieht ganz schön fertig aus, aber er hat von den drei Flaschen Wein gestern sicher auch zwei allein getrunken. Astrid hatte heute morgen mit der einen Flasche genug zu tun gehabt, und erst das Rührei mit Speck brachte wieder Ordnung in ihren Magen.

»Und, Sherlock, haben wir ihn?«, fragt Paul und sieht sie aus seiner Schieflage an.

»Nein, die grausame Magyarin sagt, er sei nicht hier. Er sei es auch in den letzten Jahren nicht gewesen. Aber dir haben die beiden doch erzählt, sie würden jedes Jahr hierher kommen?«

»Also bin ich schuld?«

Paul setzt sich seine Sonnenbrille auf und quält sich aus dem Sessel. Er hakt sich bei Astrid ein und schiebt sie in Richtung der kleinen hölzernen Drehtür. »Sie haben, glaube ich, gesagt, dass sie jedes Jahr nach Budapest kommen. Nicht, dass sie in diesem Kasten hier wohnen.«

»Aber was haben sie dann hier gemacht?«

Strahlendes Sonnenlicht und Verkehrslärm empfangen sie vor der Tür. Ein Taxi hält, und der livrierte

Portier öffnet die hintere Tür. »Was machen wir beide jetzt, ist doch wohl eher die Frage?«, fragt Paul. »CIA? KGB? Oder Securitate?«

»Lass uns auf die Fischerbastei gehen«, sagt Astrid und deutet auf die grün leuchtende Freiheitsbrücke. An ihr hängen wie an jeder anderen Budapester Donaubrücke unzählige Vorhängeschlösser, und auch wenn Astrid das unglaublich und geschmacklos findet und als Sinnbild für die Liebe geradezu unbegreiflich, rührt es sie doch ein wenig. Dass jemand in einen Baumarkt geht, ein Vorhängeschloss kauft, die Initialen seiner Liebe einritzt, es an dieses grüne Metall schließt und den Schlüssel in die Donau schmeißt, das beeindruckt sie weniger, als dass diese Unbeholfenheit sie neidisch macht.

»Die Fischerbastei ist auf unserer Seite der Donau, du geographische Niete«, sagt Paul. »Wie bist du nur durch das Abitur gekommen? Und wie findest du eigentlich die richtigen Gefäße am Herzen, wenn du da mit deinen Drähten rumstocherst?« Er grinst zum ersten Mal an diesem Morgen.

Sie gehen an einer mehrspurigen Straße entlang. Rechts neben ihnen liegt tief die Donau, ruhig und breit. Lange schwarze Lastkähne fahren in beiden Richtungen. Einer davon ist mit Kohlen beladen, und Paul wird sehnsüchtig, wie immer, wenn er diese Boote sieht. Sie erinnern ihn an seine Kindheit, an die ersten neunzehn Jahre seines Lebens, die er in einem kleinen westfälischen Kaff an der Weser verbracht hat. Die Weser kommt ihm bis heute überproportioniert breit vor für die kleine Stadt, wenn er dort seine Mutter besucht. Auch Astrid ist schon einmal mitgekommen dorthin. Paul wollte sie seiner Mutter vorstellen, was er nicht mit vielen Frauen in den letzten zwanzig Jahren gemacht hat.

»Wir haben ja in allem nicht mehr so viel Zeit«, hat sie zu seiner Überraschung geantwortet, als er sie eingeladen hat, mit nach Westfalen zu kommen. »Meine Eltern sind schon tot, dein Vater auch. Wer weiß, wie lange deine Mutter noch lebt?« Außerdem wollte sie natürlich einen Blick in seine Jugend ergattern. Das sagte sie nicht, aber das wusste er, und ihm fiel es auch schwer, sie mitzunehmen. Sie sah schließlich sein kleines Jugendzimmer. Ein Bett, ein Schreibtisch, ein Stuhl, ein Poster von Marcel Răducanu an der Wand, der der Größte war damals. Mit Astrid saß er zum ersten Mal auch fremd dort in diesem Zimmer. Auf dem Bett nebeneinander, die Dachschräge berührte seinen Hinterkopf. Sie ist mit ihm durch die Einkaufsstraße gegangen, vorbei an Hemden-Möller und dem Reisebüro Althus. Auch seine Lieblingsfleischerei musste sie sich ansehen, denn immerhin gab es noch zwei davon, und beide stellten bessere Wurst her als die Nichtskönner in Berlin. Sie ließ sich sogar zu einem kalten Mettendchen von ihm überreden.

Paul hat ihr in seiner Heimatstadt von der Leere um sich erzählt, wie er eigentlich immer rauswollte aus dem Kaff und wie er doch nie ganz weggekommen ist hier und wie ein Teil von ihm geblieben ist, ohne dass er das erklären könnte. Zum ersten Mal kam ihm das vor wie auswendig gelernt. Vor der

Fachwerkkirche hat er ihr von seiner größten politischen Demonstration berichtet.

»Also stell dir vor. Achtziger Jahre. Nato-Doppelbeschluss. In Bonn demonstrieren hunderttausend, und ich hänge hier allein zwischen westfälischen Kühen. Und dann haben Thomas Remer und ich uns ein Wochenende lang vor die Kirche hier gestellt. Tag und Nacht.« Astrid sah hoch zum Turm der kleinen Fachwerkkirche, als würde da immer noch ein Zeugnis sein von diesem Wochenende. »Wir hatten so eine Tafel aufgebaut, auf der wir alle zehn Minuten zehn Strichmännchen malten und durchstrichen. Die standen für, ich weiß nicht, 1000 oder 10000 Menschen, die in diesen zehn Minuten an Hunger und Krieg weltweit starben.«

Astrid lehnte sich mit der Schulter an die Kirche, verschränkte die Arme und hörte ihm zu. Paul redete sich in Rage, mehr, als ihm lieb war. »Und du darfst nicht vergessen, das hier sind Katholiken, also du hast dauernd Messen hier am Wochenende gehabt. In den Achtzigern sowieso. Die Leute haben sich einen Dreck darum gekümmert. Niemand hat uns gefragt, was wir da machen und warum. Die haben uns nicht mal angeguckt. Und wir durften ja nichts sagen, weil wir uns für dieses Wochenende ein Schweigegelübde auferlegt hatten.«

Paul schob beide Hände in die Taschen seines Trenchcoats, weil ihm das viele Rumgestikulieren unangenehm war. Der gepflasterte Kirchplatz war vollkommen leer. Kein Mensch zu sehen. »Aber wir haben das damals durchgehalten. Auch nachts hat immer einer von uns alle zehn Minuten diese Strichmännchen gemalt und durchgestrichen. Das Gefühl, diese Sicherheit im Tun, wünsche ich mir manchmal zurück.«

Paul und Astrid steigen den Berg hoch zum Schloss und zur Fischerbastei, und die Touristendichte wird deutlich größer. Überall stehen kleine Buden, die irgendwas verkaufen. Scheußliche Tassen mit roten Punkten, Postkarten, Aufkleber. Paul denkt an seine Arbeit im Radio. An die Interviews, die er seit über fünfzehn Jahren in der Frühsendung führt, und an die kleinen Glücksmomente, wenn einem der Politiker mal ein Satz herausrutscht, den ihm der Referent vorher nicht aufgeschrieben hat. Er hat Astrid gesagt, dass ihn seine Arbeit seit geraumer Zeit langweilt und dass das Schönste eigentlich ist, wenn er morgens um halb vier vom Wedding aus mit dem Auto zur Arbeit fährt durch die leere Stadt. Vorbei am Schloss Bellevue und dann manchmal völlig allein um den riesigen Kreisverkehr an der Siegessäule. Wann immer er dort wirklich allein ist, fährt er so lange um diesen goldenen Engel herum, bis ein Auto kommt, was meistens nicht sehr lange dauert. Einmal hat er fünf Runden geschafft. Und jetzt im Frühling singen um diese Zeit noch die Nachtigallen im dunklen Tiergarten, und er fährt immer mit heruntergelassenen Scheiben. »Aber Paule, du hast noch über zwanzig Jahre zu arbeiten, dann musst du dir was einfallen lassen«, hatte Astrid daraufhin gesagt, und Paul schluckte ein »Jawoll, Frau Doktor« runter.

Oben auf dem Berg angekommen, zieht Astrid Paul neben sich auf eine Bank, die zwischen Schloss und Fischerbastei liegt. Sie tut dies blitzschnell, weil gerade ein Platz frei geworden ist. Paul lässt sich neben sie fallen, und sie sehen über die tiefgrünen Baumkronen hinunter in das Donautal. Das Parlamentsgebäude auf der anderen Flussseite, denkt Paul, sieht aus wie Westminster in Zuckerguss.

Astrid fand Pauls Heimatstadt damals austauschbar, nur die Weser war wirklich schön. Es gab überall eine hässliche Einkaufsstraße und oft eine kleine Fachwerkkirche. Am meisten hatte sie Pauls Mutter interessiert, wie sie gemeinsam in der Küche beim Abendessen saßen und Hühnerfrikassee aßen. Mit Kapern und Reis. Anfangs hatte Pauls Mutter sie noch mit Fragen bedacht, aber nach einer Weile erzählte sie ihrem Sohn ausführlich von ihren Kleinstadtsorgen. Dass das Dach repariert werden müsste, bald, dass die Nachbarin die Hecke nicht schneidet auf ihrer Seite. Paul antwortete sichtlich und hörbar genervt, aber die kleine Frau im grauen Rock und mit einer gebügelten weißen Bluse, deren graue Haare sehr dünn waren und von einer Kaltwelle durchzogen, redete weiter, als würde sie den Unmut in der Stimme ihres Sohnes nicht wahrnehmen. Es gab keine zärtlichen oder persönlichen Gesten zwischen den beiden.

Aber daran denkt sie nicht, während sie runter auf die Donau guckt. Sie denkt an Julius, ununterbrochen denkt sie an ihn und an diese vertrackte Geschichte und daran, dass sie hier ein Ende finden würde. Vielleicht. Sie erinnert sich daran, wie sie hier vor über zwanzig Jahren mit ihm durch die Nacht gefahren war vom Gellért Hotel zu diesem illegalen Zeltplatz. Sie sieht auf die Dächer der Stadt, auf das Durcheinander der Straßen. Julius hatte das Taxi über das Zimmertelefon bestellt und sicher mit Westgeld bezahlt am Schluss, denn einfach so gab es ja damals gar keine Taxis. Sie hatten hinten auf der Sitzbank gesessen und geknutscht die ganze lange Fahrt. Es war unglaublich heiß gewesen, Julius trug kurze Jeans, und durch das offene Fenster zog der kühlende Fahrtwind. Astrid konnte ihn davon abhalten, sie an das Gartentor zu bringen, weil sie befürchtete, dass Tobias dort stehen würde, um nach ihr Ausschau zu halten. Ganz still standen dort die kleinen Zelte unter den Obstbäumen. Vielleicht hatte sie das auch nur gehofft, dass Tobias dort stehen würde, denn der lag im Zelt, und als sie leise reinkrabbelte, fragte er: »Wie spät ist es?«

»Schon zwei«, antwortete sie wahrheitsgemäß. Sie wusste, dass er das gleich auf seiner Digitaluhr überprüfen würde. Das war wie ein Reflex bei ihm.

»Ganz schön spät«, sagte er, ohne sich umzudrehen. »Ich hab mir schon Sorgen gemacht.«

»Deswegen hast du dich auch schön schlafen gelegt«, hatte sie ihn angefahren, aber er reagierte gar nicht darauf, und sie lag auf dem Rücken hellwach und atmete die stickige Zeltluft ein. Sie hätte sich gern mit Tobias gestritten, aber der schnarchte schon leise.

Ein kleines blondes Mädchen mit pinken Haarspangen fragt seine Mutter: »Warum heißt das eigentlich Fischerbastei? Also warum: Fischer?« Sie stolpert über Astrids Beine, und die Mutter, die die schrägstehenden Augen ihrer Tochter hat, fängt sie auf und entschuldigt sich wie selbstverständlich auf Deutsch. »Kein Problem«, sagt Astrid. Paul scheint die Kleine gar nicht bemerkt zu haben und guckt Richtung Donau.

Wie Julius dagesessen hatte vorgestern, in diesem kurzen Moment, in dem sie ihn im Restaurant gesehen hatte. Sie bedauert, dass sie nicht länger hingesehen hatte, und ist doch erstaunt, dass sie ihn sofort und in der Sekunde erkannt hatte. Genau wie seinen Bruder Sascha. Damals hatten sie dort zu viert um den Tisch gesessen, und Julius' Vater, den sie dort zum ersten Mal sah und der mehr Ähnlichkeit mit Julius hatte als mit Sascha, fragte sie aus. Was sie in Budapest mache. »Mit einer Freundin Urlaub«, hatte sie gelogen. »Warum hast du die denn nicht mitgebracht?«, hatte er gefragt und sich seine schütter werdenden Haare nach hinten gestrichen. »Dem gibst du dein Herz, und der macht Hackfleisch daraus, das weißt du, und du gibst es ihm trotzdem«, hatte die Freundin von Julius' Mutter auf diesem Fest im Forsthaus damals gesagt, und dieser Satz war Astrid nie aus dem Kopf gegangen. Ob das auch für den Sohn galt und sie es nur nicht begreifen wollte? Aber auch sie mochte Julius' Vater, die Art, wie er sprach, leise und doch bestimmt. Wie er darauf achtete, wann ihr Glas leer war, und sich erkundigte, ob es ihr schmecken würde. »Was arbeiten Sie denn?«, traute sie sich irgendwann zu fragen, und Julius' Vater lächelte, ohne etwas zu sagen. Dann sagte er: »Ich kaufe und verkaufe.«

»Genau«, sagte Sascha und sah Astrid an. »Zum Wohle der Menschheit.« Er verdrehte die Augen dabei. Das war der kleine Sascha, der gerade erst achtzehn Jahre alt war, mit einem Babygesicht. Der Sommersprossen hatte und in ein paar Wochen nach Berlin ziehen wollte. Nicht der Mann mit dem rasierten Schädel, der gestern im Restaurant des Gellért Hotels gesessen hatte.

Astrid zieht ihre Unterlippe mit zwei Fingern lang und legt dann den Kopf auf Pauls Schulter und atmet seinen Geruch ein, der ihr vertraut ist und doch unbeschreiblich. Paul eben. »Wie hatte Julius gerochen?«, fragt sie sich und weiß es doch sofort wieder. Nach See und süßlich ein bisschen. Julius eben. Sie sieht ihn vor sich mit der braunen weichen Haut. Fast ein Kind war er da noch, und sie erst recht.

Nach Westberlin wollte Sascha damals ziehen, damit er nicht zur Armee musste. »Feigheit vor dem Feind«, nannte sein Vater das und sagte: »Ein bisschen Disziplin würde dir nicht schaden.« Dann sah er Astrid an und sagte: »Neulich zum Beispiel, da habe ich von einer Firma in der Zeitung gelesen, die einen Spezialbeton herstellt, mit dem Mülldeponien abgedichtet werden. Der wird auf der ganzen Welt verbaut. Im Wirtschaftsteil stand das. Hätte jeder andere auch lesen können.« Er nahm seine Serviette hoch, fuhr sich über den Mund und legte sie dann wieder behutsam über die Knie. »Dann haben wir ein bisschen recherchiert. Es gab genau drei solcher Firmen weltweit, die diesen Spezialbeton herstellen. Eine in Deutschland, eine in Australien und eine in den USA. Also haben wir die drei gekauft, die Besitzer wurden als Geschäftsführer eingesetzt, und dann haben wir eine große Firma draus gemacht. Am Ende haben wir sie an den größten amerikanischen Betonhersteller weiterverkauft. Mit großem Gewinn, weil wir ja nun die Einzigen waren, die diesen Beton hatten. Wem habe ich also wehgetan?«

»Ach, lass es, Papa. Wirklich«, sagte Sascha, und Julius griff unter dem Tisch nach Astrids Knie und streichelte die Innenseite ihres Schenkels. »Welche Rolle spielen Sie denn im Leben meines Sohnes?«, hatte sein Vater sie gefragt, und Astrid hatte schnell geantwortet. »Wir sind Freunde.« Julius hat ihr nicht widersprochen.

»Es ist ätzend hier«, sagt Paul und deutet auf die vielen Touristen. »Komm, lass uns runtergehen in die Stadt. Weg von unseren vielen Landsleuten hier.« Astrid sieht, wie ein älterer Mann, der die Handtasche seiner Frau um den Hals trägt wie ein Bernhardiner, sie beobachtet und bereits ahnt, dass sie gleich aufstehen werden. Er bläst die Backen auf wie vor einem Rennen und setzt sich langsam in Bewegung. Astrid zieht Paul von der Bank. »Wollen wir die Zahnradbahn runter nehmen?«, fragt sie. »Guck mal dort, die sieht doch schön aus.« Paul sieht verschlafen auf die dreistöckige Holzkabine, die auf einer Metallschiene Richtung Tal wackelt, erst in dem Moment, als Astrid sie erwähnt, und ist begeistert. Sie setzen sich auf eine der Holzbänke und werden quietschend ans Donauufer gefahren.

Gern würde Paul vor dem Café Central sitzen, als sie zufällig wieder daran vorbeigehen, aber es gibt keine Stühle draußen, und die Sonne bescheint den Bürgersteig hier auch gar nicht, weil die Straße zu eng ist.

»Außerdem, wenn wir draußen sitzen würden, könnte es auch überall sein«, sagt Astrid, und dass sie Lust auf diese kleinen Törtchen hat, die in Vitrinen hinter Glas stehen wie Schmuckstücke.

Sie setzen sich an einen runden Tisch, und Paul sagt: »Ich werde ein Wiener Schnitzel essen. Ein ganz dünnes. Mit fast überhaupt keinem Fett, und heute Abend werde ich nichts trinken. Vielleicht sollte ich im ganzen Urlaub nichts mehr trinken oder überhaupt ganz aufhören mit der Sauferei.«

Astrid sieht in die Karte, und sie wirkt, als hätte sie das alles nicht gehört, was Paul fast noch wütender macht, als wenn sie ihre medizinischen Ratschläge gibt. Aber wenn sie ihn einfach überhört, kommt er sich vor wie ein Teenager, den Mutti heute mal machen lässt. Er schaufelt sich Zucker in seinen Cappuccino, und dann sieht er die beiden Brüder am Fenster im Eck sitzen. Julius und Sascha. Sie sehen beide hinaus auf die Straße, und Astrid sitzt mit dem Rücken zu ihnen. Paul hebt seine Tasse zum Mund, aber der Kaffee ist heiß, zu heiß, um ihn zu trinken, und so stellt er ihn wieder ab. Er sieht, dass dieser

Julius eine beginnende Glatze hat, und das freut ihn. Astrid blättert langsam durch den Reiseführer. Ihr Haar ist zum Zopf gebunden. Paul mag diese Frisur, auch wenn Astrid sagt, dass sie langsam zu alt dafür ist.

»Warum soll diese Frau bleiben?« Die Frage seiner Therapeutin fällt Paul wieder ein und dass er nach einer langen Pause geantwortet hat, dass er lange genug allein gewesen sei. Immer schon. Mit seinen Eltern und auch mit allen anderen Frauen. Egal, wer um ihn herum gewesen sei. Und dass er Astrid lieben würde. »Wie haben Sie das denn immer nur geschafft, dass alle Frauen Sie verlassen wollten?«, hatte die Jeschonek auch gefragt.

Paul nippt an seinem Cappuccino und denkt: »Indem ich sie zum Beispiel gegen ihren Willen nach Budapest schleppe. Direkt in die Arme ihrer großen Liebe. Ich bin so ein Idiot.« Astrid hat die beiden immer noch nicht entdeckt, und Paul überlegt, es ihr einfach nicht zu sagen, darauf zu hoffen, dass die beiden Brüder nicht aufs Klo müssen. Dass sie sich nicht umdrehen und am Ende sogar ihn erkennen würden, nach dieser unsäglichen gemeinsamen Zigarette in der Nacht vor dem Gellért Hotel.

»Da sitzen die beiden, Astrid, da sind Julius und Sascha direkt hinter dir. Am gegenüberliegenden Fenster«, sagt er dann. Es wäre lächerlich, das nicht zu tun. Astrid sitzt plötzlich ganz gerade, als hätte ihr jemand die Ellenbogen hinter dem Rücken zusammengedrückt. Sie sieht ihn an: »Mach keine … Du würdest keine Witze damit machen.«

Dann dreht sie langsam den Kopf in die Richtung, in die Paul gezeigt hat, und ihr Pferdeschwanz wippt in seine Richtung. Sie dreht den Kopf zurück und versteckt ihr Gesicht in den Händen: »Schrecklich«, sagt sie, »aber ich geh da jetzt hin.« Dann stößt sie sich ab, als würde sie ins Wasser springen, und Paul sieht, wie sie auf die beiden zu und neben ihnen in die Hocke geht. Er kann Julius' Gesicht sehen, wie er sie erst erstaunt ansieht, weil er niemanden erwartet hat. Dann springt er auf, sagt etwas, das Paul nicht versteht. Auch Astrid kommt aus ihrer Hocke nach oben. Dann ruft Julius: »Du hast mir gerade noch gefehlt!« Und läuft an ihr vorbei durch die Tür hinaus. Paul muss lachen, richtig laut lachen, aber das bemerkt außer ihm niemand.

Astrid lässt sich auf Julius' Stuhl fallen und sieht Sascha an. Er lächelt. »Meine Güte, ich habe mir das oft vorgestellt«, sagt Astrid. »Ich habe mir auch genau diese Reaktion vorgestellt, aber jetzt bin ich doch erstaunt.«

Sascha hat nun doch wieder dieses Jungengesicht von damals, nur mit fehlenden Haaren. »Schlechtes Timing«, sagt er. »Der ist verliebt, und sie hat ihn gerade versetzt, und stattdessen stehst du vor ihm.«

»Also eigentlich wie immer«, sagt Astrid und legt die Arme auf den Tisch vor sich.

Eingepackt und gut verschnürt

Ich hatte die Küche aufgeräumt, den Tisch abgewischt und die Betten gemacht. Die Wohnung lag hell und still, nur durch das offene Fenster des Arbeitszimmers fiel der Lärm der Prenzlauer Allee. Es würde ein Arbeitszimmer bleiben, ein Raum mit einem alten hässlichen Eichentisch aus unserer Rostocker Wohnung, auf dem Tobias seinen neuen Computer stehen hatte und an den Abenden und Wochenenden an seiner Doktorarbeit schrieb.

Seit einem Jahr wohnten wir in Berlin, Prenzlauer Berg, in der Chodowieckistraße, die lang und schmal lag, wie ein Schlauch zwischen Prenzlauer und Greifswalder. Tobias hatte eine Stelle für die Facharztausbildung in Herzberge bekommen. Orthopädie. Fünfzehn Bewerbungen hatte er geschrieben, und mir kam das immer noch so vor, als wäre diese Stelle der reine Zufall, aber er behauptete steif und fest, dass das ein Traum sei. »Ein großes operatives Fach, was will ich mehr?« Mein praktisches Jahr war fast vorüber, und ich hatte eine Stelle als Arzt im Praktikum in Frankfurt/Oder in Aussicht. Da könne ich doch jeden Tag mit dem Zug hinfahren, sagte Tobias. Was ich denn eigentlich wolle?

Ich wollte ein Kind, und das wusste Tobias auch. Ich wollte, dass dieser hässliche Eichentisch aus dem vorderen Zimmer verschwindet, dass wir das

hellblau streichen und weiße Schäfchenwolken darüber malen und dass da ein Gitterbettchen steht und
eine Spieluhr oben drüber hängt. Vor zwei Wochen
hatte ich das Baby verloren. Ohne Schmerzen und
fast ohne es zu merken. Erst als ich das Blut sah in
der Toilette und dann auch an mir, wie es mir die
Beine herunterlief, verstand ich langsam, wie durch
eine dicke Glasscheibe, was da passiert war.

»Das war noch kein Baby«, sagte Tobias und
sah mich durch seine neue, dunkelgrün gerandete
eckige Brille an, die er sich bei Fielmann gekauft
hatte. Er hielt mich im Arm wie eine der Puppen,
an denen man im Erste-Hilfe-Kurs das Versorgen
von Verletzungen übt. Dann strich er mir über den
Kopf und sagte: »Komm schon. In Embryologie hattest du eine Eins. Das waren gerade mal ein paar
zusammengeklumpte Zellen. Wir machen ein neues.« Mir fehlte die Kraft, zu protestieren, ihn an-
zuschreien oder ihn mit Fäusten zu traktieren für
seine bodenlose Stumpfheit. Tobias wollte gar kein
Kind. Noch nicht. Erst mal noch verreisen. Nur
wir zwei. Nach Indien vielleicht oder nach Nepal?
Nach Thailand seinetwegen, schön auf so eine Insel
in eine Bambushütte. Und ich sollte doch erst mal
mit der Facharztausbildung anfangen und die dann
lieber für das erste Kind unterbrechen. Dann könnte
ich hinterher einfacher wieder einsteigen. Er sagte
wirklich »erstes Kind«, so als wäre alles abgemacht.
Als wäre klar, wir kriegen eins und nach ein paar
Jahren noch eins. Wir schaffen uns ein Kind an wie
eine Waschmaschine. Wenn alles so weit ist.

Aber ich kam an keinem Kinderwagen vorbei, ohne sehnsüchtig reinzuschauen, und wir hatten fast ein ganzes Jahr ohne jede Verhütung miteinander geschlafen. Ich hatte meine Morgentemperatur gemessen, dokumentiert und meinen Cervixschleim beobachtet, und als ich endlich schwanger war, konnte ich mein Glück fast nicht fassen. Mein Glück, denn ob es für Tobias eines war, das wusste ich immer noch nicht. Er hatte mich einfach machen lassen, so als ginge ihn das alles nichts an. Als ich ihm sagte, dass ich schwanger sei, nahm er mich in den Arm und küsste mich auf die Wange, wie man alte Tanten küsst, und sagte: »Das ist ja großartig.«

Wir wollten warten, bis der Wurm in mir drei Monate alt wäre, und dann wollten wir es allen erzählen. Ich konnte es kaum abwarten. Aber in der elften Woche verlor ich das Kind urplötzlich. Meine Gynäkologin sagte: »Das passiert ja sehr häufig. Gerade in den ersten drei Monaten, aber das wissen Sie ja, Frau Kollegin, das brauche ich Ihnen nicht zu erklären. Wir müssen natürlich noch eine Ausschabung machen, aber das wissen Sie auch.« Ich kam mir vor wie ein Tier, wie ein Huhn vielleicht, das vorbereitet wurde, um es dann in den Ofen zu schieben. Gestern hatte die Gynäkologin gesagt, dass ich eigentlich wieder arbeiten könnte. »Ich schreibe Sie noch eine Woche krank, aber eher aus psychischen Gründen denn aus physischen.« Dabei sah sie mich mitleidig an, und ein wenig vorwurfsvoll. Sie war doppelt so alt wie ich, im Alter meiner Mutter, und sie schielte. Ihr linkes Auge irrlichterte in der

Gegend herum, und obwohl ich wusste, dass sie nur auf dem anderen Auge etwas sieht, versuchte ich ihr immer wieder in das linke zu schauen.

Das Sonnenlicht fiel warm in die Küche. Wir hatten die Wände mit einem Schwamm orange gestrichen, und sie leuchteten richtig. Tobias hatte auch alle Fußböden in der Wohnung abgezogen und selber lackiert. Ich setzte mich auf unser Küchensofa, zog die Beine an den Körper und fühlte mich leer. Das war verrückt, ich hatte das Baby in mir gar nicht gespürt, aber diese Leere plötzlich, die konnte ich spüren.

Es klingelte laut und schrill. Zigmal hatte ich Tobias schon gebeten, eine neue Klingel zu montieren, weil einem dieser Ton durch Mark und Bein ging und ich jedes Mal zu Tode erschrak. Wer sollte das sein? Die Zeugen Jehovas? Die GEZ? Oder der Gasmann? Ich wollte niemanden sehen und öffnete doch die Tür. Davor stand Katharina, Julius' Mutter.

Vermutlich habe ich nicht besonders intelligent ausgesehen, als ich sie erkannte. Sie trug ein helles, knielanges Kleid und eine große runde Sonnenbrille. Ihr Kopf war mit einem weißen Tuch bedeckt, dessen lange Zipfel ihr bis auf den Rücken fielen. Ich erkannte sie trotzdem sofort und wusste absurderweise nicht, wie ich sie ansprechen sollte, obwohl ich sie vor Jahren nach anfänglichem Zögern dann doch beim Vornamen genannt hatte. Sie hatte die Arme vor der Brust verschränkt, und das Tageslicht fiel nur spärlich in das Treppenhaus. Das Schummerlicht gab ihrem Kleid und ihrer ganzen Person etwas Leuchtendes. »Kann ich reinkommen?«, fragte sie. Ich nickte und sagte »natürlich« und öffnete die Tür weit. Sie ging durch den Flur direkt auf die Küche zu und drehte sich kurz vor dem Tisch zu mir um. Sie deutete auf einen der Stühle, und ich nickte und sagte: »Ja bitte, setz dich. Willst du was trinken oder irgendwas?«

Die ersten Monate nach dem Fall der Mauer hatte ich Angst vor dieser Situation gehabt. Obwohl ich mir immer vorgestellt hatte, dass Julius an meiner Tür klingeln und mich fragen würde, was ich mir eigentlich dabei gedacht hatte, einfach an dem Tag, an dem er in Westberlin ankam, wieder in den Osten zu verschwinden. Ich sehe das rote Blinken des Anrufbeantworters in Janas Wohnung immer noch vor mir. Sie haben durcheinandergeschrien, Julius und Sascha. »Wir sind in Wien. Wir haben es geschafft. Hört ihr, wir sind draußen. Gleich fahren wir nach München, und morgen fliegen wir nach Westberlin.«

Zigmal hatte ich mir diese Situation ausgemalt, dass Julius in Rostock vor der Tür steht oder bei meinen Eltern in Neubrandenburg. Habe im Kopf mit ihm geredet, immer wieder erklärt, dass ich mit dieser ganzen Situation nichts zu tun hatte. Dass es nicht meine Idee war. Dass ich keine Verantwortung für diese Flucht trage und schließlich ja auch zurückmusste in den Osten. An genau diesem Tag. Julius wusste selber, wie strikt die DDR in diesen Dingen war. Wer weiß, was mir passiert wäre, wenn ich einen Tag zu spät gekommen wäre. Und meine

Mutter war ja auch aus Darmstadt zurückgekommmen, am Bahnhof Zoo waren wir verabredet.

Aber Julius ist nie gekommen. All die Jahre nicht, und ich war ehrlich gesagt nicht böse, weil ich mich ungern an diese ganze Geschichte erinnerte. Dass seine Mutter jetzt nur ein paar Straßen von uns entfernt wohnte, wusste ich, aber was hatte ich schon mit ihr zu tun gehabt? Fast war ich mir sicher, dass sie mich nicht erkennen würde auf der Straße. Wir hatten uns nie getroffen, aber jetzt saß sie vor mir an meinem Küchentisch. Sie nahm die Sonnenbrille ab, und ihre Augen sahen müde aus. Sie hatte dicke Ringe unter den Augen. Dann zog sie mit einem Schwung das Tuch vom Kopf wie einen Hut und warf es auf den leeren Stuhl neben sich. Ihr Kopf war völlig kahl, und man sah der hellen, glatten Haut an, dass sie nicht rasiert war, sondern dass die Haare ausgefallen waren. Sie strich sich mit den Fingern über den Kopf und beugte ihn dabei leicht nach vorn. Die Finger waren muskulös, faltig und rau, und sie trug keine Ringe. Langsam legte sie die Arme auf den Tisch und sah mich an.

»Ich muss mich bei dir entschuldigen«, begann sie und wirkte fahrig dabei. Nervös. Ich war erstaunt, und statt etwas zu sagen, deutete ich mit dem Finger auf mich, so als hätte ich nicht genau verstanden, was sie gesagt hatte.

Sie nickte: »Ja, entschuldigen. Bei dir. Das ist mir wichtig. Du verstehst das natürlich noch gar nicht, aber ich werde es dir erklären.«

Ich hatte vor zwei Jahren ihre große Ausstellung in der Nationalgalerie am Potsdamer Platz gesehen.

Mit meiner Mutter bin ich damals extra nach Berlin gefahren. »Zeitengrenzen« stand in großen schwarzen Lettern auf einem riesigen weißen Tuch, das an ein Laken erinnerte. Und »Katharina Herne«. Wir gingen vom S-Bahnhof über die Einöde des Potsdamer Platzes. Das Unkraut stand hüfthoch, und die Philharmonie, die Staatsbibliothek und die Nationalgalerie wirkten in weiter Ferne wie futuristische Filmkulissen. Dazwischen ein Nichts aus Sand und Gras. Meine Mutter hatte sich bei mir eingehängt. »Wie nach'm Krieg«, sagte sie. Katharina hatte sie nie kennengelernt, und sie hatte auch Julius nur zweimal gesehen, ganz kurz, als der mich zu Hause abholte. Ich habe ihn damals vor ihr versteckt, und er war ganz froh darüber gewesen. Trotzdem hatte sie natürlich eine Meinung zu beiden. Ein Fatzke sei Julius gewesen mit seinem kurzen Zopf, der ausgesehen habe wie ein Stummelschwanz, und Katharina eine unmögliche Person. Die kannte sie nur aus dem Fernsehen. Ich habe ihr nie erzählt, wie Julius in den Westen gekommen ist.

Neben dem Eingang hing ein Porträt von Katharina, das doppelt so groß war wie ich. Nur ihr Kopf war da drauf, und sie blickte starr in die Kamera wie auf einem Polizeifoto, so als wäre sie gerade verhaftet worden. Die Haare straff nach hinten gebunden. Ich erkannte in der Ausstellung zwei kleine Holzskulpturen aus dem Atelier am Forsthaus. Mir gefielen ihre Collagen und übermalten Fotos. Das sah leicht aus und hatte Humor. Auf vielen war sie selbst, nackt manchmal und schön. Auf einem großen Foto, das breit war wie eine Panoramatapete, stand sie in einer Lederjacke mit Bierflasche in der Hand vor einer Reihe Honecker- und Stoph-Porträts, die immer im Wechsel hinter ihr gehängt waren. In einer scheinbar endlosen Reihe. Jedem Bild hatte sie eine rote Clownsnase gemalt, und sie prostete ihnen von unten mit der Bierflasche zu. »Überkandidelt« fand meine Mutter das.

In einem abgedunkelten kleinen Nebenraum lief surrend ein Filmprojektor. Und dann sah ich mich auf dem Fuß von Julius hocken, das heißt man konnte mein Gesicht nicht sehen, nur meine Arme, die sein Bein umklammerten, und wie er dann losging. In den See hinein. Mir kam das plötzlich wie gestern vor. Als spürte ich die Sonne auf der Haut, als könnte ich seine Haut riechen und die Haare an der Wange spüren. Auch Julius war nicht zu erkennen. Er stapfte in den See hinein, mein Gesicht blieb verborgen, die Kamera folgte uns leicht wackelnd. Dann hatte Katharina die Geschwindigkeit verlangsamt, ich war für eine Ewigkeit unter Wasser, und plötzlich schoss ich heraus. Man erkannte gar nicht, dass das ein Mensch war, der da durch die Wasseroberfläche brach. Konnte kaum Arme und Beine erkennen, und dann fuhr die Kamera doch an Julius hoch, und man sah sein erschrockenes Gesicht. »Angriff« hieß der Film, und er begann sofort noch einmal. Ich sah ihn mir immer wieder an. Meine Mutter ließ mich stehen und lief alleine weiter, und nach einer Weile kam sie wieder und sagte: »Komm, Kind. So toll ist das nun auch wieder nicht.«

»Das bin ich«, sagte ich, und meine Mutter ließ meinen Arm los und sagte: »Das ist ja ein Ding.«

Ich stellte ein Glas Leitungswasser vor Katharina auf den Küchentisch. Sie hatte nicht darum gebeten, aber ich war verunsichert, und diese gewohnten Bewegungen einer Gastgeberin taten mir gut. Sie sah das Wasser an und dann mich und lächelte. »Ich war mir sicher, dass du dabei gewesen bist. Dass du den Julius für die Stasi nach Westberlin gelockt hast. Damit ich ihm dann folgen muss. Weil ich ohne ihn nicht leben konnte. Dachten die zumindest. Die wollten mich ja schon seit Jahren raushaben, aber ich habe mich nicht in den Westen abschieben lassen, weil ich wusste, dass dieses Scheißsystem auch keine Lösung ist.« Sie zeigt auf das offene Fenster, vor dem sich die Blätter der Kastanie leise bewegten.

Ich verstand ehrlich gesagt überhaupt nicht, wovon sie redete, und sah sie an. Inzwischen war ich sicher, dass eine Chemotherapie sie die Haare gekostet hatte. Die Konturen ihres Gesichtes, ihre gerade schmale Nase und die etwas zurückfallende Stirn, waren ohne die Haare klarer zu erkennen, und ich gewöhnte mich schnell an diesen Anblick. »Julius' Vater, dieser Idiot, hatte seit Jahren versucht, ihn in den Westen zu holen. Dem wäre vermutlich auch egal gewesen, wenn der Junge draufgegangen wäre. Aber ich wusste, dass der nicht von sich aus geht. Und deshalb hatte ich dich im Verdacht. Von Anfang an. Weil ich mich gewundert habe, dass der Scheißosten dich da 1988 rausgelassen hat, einfach so mit deinen zwanzig Lenzen. Zum Geburtstag deiner Tante. Und dass du auch noch wieder zurückgekommen bist, als Julius dann drüben war und nicht mehr zurückkommen konnte, als es ihm ganz und gar unmöglich war.«

»Aber ich habe nicht mit der Stasi geredet.« Meine Stimme hörte sich trocken und viel zu hoch an. »Nicht mal, nachdem ich wieder da war. Hier in der DDR meine ich. Ich habe die anfangs immer erwartet, wegen Julius' Flucht, aber da kam nichts. Niemand.«

Katharina trank in einem Zug das Wasserglas leer. Ein Tropfen lief ihr über das Kinn, und bevor er zu Boden fiel, wischte sie ihn mit dem Handrücken ab und sah mich an. »Das glaube ich dir sofort. Und deshalb tut es mir auch leid, dass ich dich verdächtigt habe die letzten Jahre. Deshalb bin ich hier. Aber ich lag gar nicht so falsch. Vor einem halben Jahr habe ich meine Akten gelesen. Deine Freundin hat den Part des Lockvogels übernommen. Diese Jana Fritsche. Die schon in Westberlin war. Die hat das alles eingerührt mit den Stasi-Idioten. Für ein paar Strumpfhosen und Weinbrandbohnen vermutlich.«

»Was hat Jana eingerührt? Ich verstehe gar nicht, wovon Sie reden.« Das »Sie« war mir rausgerutscht und stand jetzt zwischen uns in der Luft. Ich ging zur Spüle rüber und füllte das Glas noch einmal mit Wasser. Als ich es vor Katharina abstellte, lag ein weißer, zusammengefalteter Zettel auf dem Tisch. Katharina hatte den rechten Ellenbogen auf die Stuhllehne gelegt und guckte mich an, lauernd, wie mir schien. Ich nahm das Papier in die Hand und mochte es nicht auseinanderfalten. Meine Freundin

Jana. Wir hatten uns damals in ihrer Wohnung in Neukölln angeschrien. Sie hatte überhaupt kein Verständnis dafür, dass ich wieder in die DDR zurückfahren wollte. Am Schluss sprachen wir gar nicht mehr miteinander, und sie verschwand vor mir aus der Wohnung und ließ die Tür hinter sich zuknallen. Ich war allein zum Bahnhof Zoo gefahren, und als der Zug meiner Mutter einfuhr, war mir, als wäre etwas zu Ende, unwiderruflich und durch meine Schuld. Die Fahrt zur Friedrichstraße mit der S-Bahn war wie eine Prüfung. Tiergarten hätte ich noch aussteigen können, am Lehrter Stadtbahnhof auch. Aber als der Zug losfuhr auf die Mauer zu, da wusste ich, dass es vorbei ist, und auf eine merkwürdige Art und Weise beruhigte mich das sogar. Das Leben dort hinter der Mauer kannte ich, und dass Julius raus war, endgültig verschwunden aus meinem Leben, erschien mir weniger wie ein Schlussstrich als wie eine Amputation. Ein glatter Schnitt, der heilen konnte.

»Die H. wird nach Meinung von IM Marlene nicht bereit sein, die DDR zu verlassen. Ihre Einstellung zum Sozialismus und zum Arbeiter- und Bauernstaat ist durch und durch negativ. Sie lebt isoliert in der Hausgemeinschaft der Schliemannstraße 16, in der sie nur durch ihr asoziales Verhalten und das Abspielen von lauter Musik auffällt. Ein Leben ohne ihren Sohn wäre der H. ganz und gar undenkbar.«

Ich sah von dem Papier auf. Katharina sah mich an, und ihr Gesicht wirkte ohne die Haare noch klarer und gerichteter. »Wer ist Marlene?«, fragte ich.

»Na diese Jana.« Ob sie sich diesen Namen selber ausgesucht hatte? Oder hatte man ihr den gegeben? Und warum hatte sie das gemacht? Damit sie rauskam? Hauptabteilung XX/9 stand oben auf dem Zettel, und ein Kopiestempel war darauf, so als wäre es dann weniger schlimm. Ich hatte noch nie eine Stasi-Akte gesehen.

»Sie haben sie auf Julius angesetzt. Also eigentlich auf dich. Die Stasi hat vermutet, dass Julius unglücklich ist mit dieser durchgeknallten Karin. Was ehrlich gesagt stimmte. Die hat ihm den ganzen Tag die Hölle heiß gemacht. Am Ende ist die keinen Schritt ohne ihn gegangen. Erstaunlich eigentlich, dass er seine sieben Sachen packen konnte, um abzuhauen. Vermutlich hat sie da auf dem Klo gesessen. Und das hat ihnen diese Jana alles haarklein erzählt. Sein Verhältnis zu dir, zu mir. Alles. Wenn ich daran nur denke.«

Sie rieb sich ihre Finger, als wenn sie frieren würde. »Und mein Sohn konnte nicht nein sagen. Der war zu gutmütig und wohl auch ein bisschen feige, und da erschien ihm das mit der Flucht und dir wie eine Lösung.«

»Hat er das so gesagt?«, fragte ich.

Katharina faltete die Hände und legte die Daumen ruhig aufeinander. »Ja, das hat er mir gesagt. Dass er dich geliebt hat und deshalb geflohen ist. Wolltest du ihn eigentlich nie wiedersehen?«

»Vielleicht wollte er ja auch von dir weg?«, dachte ich, »du hast ihn doch auch wie ein Pfand benutzt.« Aber ich sagte: »Zu mir konnte er sehr gut nein sagen. Von Anfang an eigentlich ging es immer nur um ein Nein, und das Einzige, was ich bei deinem Sohn erreichen konnte, war ein Vielleicht.«

Sie lächelte, als würde sie sich an ein kleines Kind erinnern, als sähe sie Julius dreijährig und in kurzen Hosen vor sich.

»Was ist mit deinen Haaren?«, fragte ich und stand auf, um ihr Wasserglas erneut zu füllen. Die Frage riss sie aus ihren Gedanken. Sie strich sich über den Kopf, als wollte sie überprüfen, dass da nichts mehr ist. »Leukämie«, sagte sie. »Die haben uns bestrahlt in Hohenschönhausen. Im Stasi-Knast.«

Ich wusste, dass sie wochenlang in Hohenschönhausen gesessen hatte. Katharina wurde damals zwei Stunden lang in einem geschlossenen Barkas durch Berlin gekarrt, damit sie dachte, sie sei sonst wo. Dabei stiegen sie in Hohenschönhausen aus, nur ein paar Kilometer vom Alexanderplatz entfernt. Davon hat sie in einem großen Interview erzählt. Wie sie trotz Ausstellungsverbot weitermalte und ihre Punkkonzerte gab, wie sie an jeder Oppositionsaktion teilnahm, die sie erreichen konnte, und wie die Stasi sie dann mitten in der Nacht aus dem Bett riss und in dieses Gefängnis karrte. Sie steckten sie in einen blauen Trainingsanzug und in gelbe Filzpantoffeln. Katharina in Filzpantoffeln. Es gab keinen Kontakt zu anderen Gefangenen, und man durfte nichts, aber auch nichts machen in der Zelle. Außer sitzen und warten. In vorgeschriebener Haltung. Selbst Liegestütze waren verboten. Und wer nicht in der vorgeschriebenen Haltung schlief, auf dem Rücken und Hände über der Decke, wurde wieder aufgeweckt. Die ganze Nacht durch. »Die wollten mich raus haben aus dem Scheißosten, unbedingt«, hatte Katharina damals in diesem Interview erzählt. »Unbedingt. In jedem dieser stundenlangen Verhöre ging es um nichts anderes. Da lag immer der Pass mit dem unbegrenzten Visum für die Ausreise in die BRD. Aber da wollte ich ja gar nicht hin. Was sollte ich in dieser kranken, konsumgeilen Welt. Bis die dann zu mir gekommen ist. Friedliche Revolution, dass ich nicht lache. Ein Volk steht auf und geht zu Aldi. Das war alles.«

»Ich male seit zwei Jahren nichts mehr«, hatte sie damals im Zeitungsinterview gesagt. »Mir fällt nichts ein. Aber ich verkauf das alte Zeug wenigstens. Brauch ich mir also keine Sorgen um die Brötchen zu machen.«

Ich dachte: »Was, wenn du einfach nur so Leukämie hast? So wie jeder andere Leukämiekranke auch?« Der Gedanke stieg in mir auf wie eine Luftblase im Wasser, und das war mir peinlich. Katharina, als würde sie ahnen, was in mir vorging, sagte: »Es gab da so ein Fotostudio, da haben sie mich manchmal stundenlang drin sitzen lassen. Einfach so. Es wurde nie ein Foto gemacht, und in Gera hatten sie im dortigen Stasi-Knast genau so ein Studio. Und hinter einer Wand versteckt fanden sie dort eine Strahlenkanone. Mein Gott, war das alles krank.« Ich erwartete, dass ihre Stimme zitterte, dass ihr vielleicht die Tränen kamen, aber es war keinerlei Gefühlsregung an ihr auszumachen. Sie stand auf, ging zum Fenster und sah hinaus in das Sonnenlicht.

»Was machst du eigentlich hier drinnen? Studierst du? Irgendwas? Irgendeinen Unsinn, mit dem du dich dann später einreihst in das akademische Arbeitslosenheer? Oder willst du dich mit einer Freundin treffen zum Frühstücken? Warum frühstücken jetzt alle im Prenzlauer Berg? Kannst du mir das mal verraten?«

Sie saß jetzt auf dem Fensterbrett, und das helle Sonnenlicht hinter ihr ließ ihr Kleid erstrahlen. Aber ihr Gesicht war so kaum zu sehen. Es lag im Schatten.

Ich zog meine Knie hoch und legte mein Kinn darauf, umfasste meine Beine und sagte dann: »Ich hab mein Kind verloren vor ein paar Tagen.« Mehr sagte ich nicht. Mein verlorenes Baby, den Zellklumpen, wie das mein Freund nannte. Katharina fragte nicht, wie alt es gewesen ist oder ob es schon Arme und Beine oder einen Namen hatte. Sie kam nicht auf mich zu und nahm mich in den Arm. Das hatte ich auch nicht erwartet. Ich hatte gar nichts erwartet und war erstaunt über mich selbst. Nicht einmal meiner eigenen Mutter hatte ich das erzählt. Weder von der Schwangerschaft noch von dem Abort.

Katharina stieß sich vom Fensterbrett ab. Ich konnte ihr Gesicht wieder erkennen. Sie lächelte sanft. »Hast du den verpackten Reichstag schon gesehen?«

»Nee, habe ich nicht«, sagte ich. »Der ist mir scheißegal.« Tobias hatte sich »das Spektakel«, wie er es nannte, am Wochenende angesehen, mit ein paar Freunden, während ich hier in die Kissen weinte. Katharina hockte sich vor mich hin, nahm meine

Hand in ihre, und ich sah, dass sich das Sonnenlicht auf ihrer Kopfhaut spiegelte. Sie sagte: »Komm, wir fahren da jetzt hin. Ich nehme dich mit. Ich war jeden Tag da bisher, und zwei Tage haben wir noch.«

Sie sprach davon, als würde die ganze Stadt dort gemeinsam Weihnachten feiern und nur ich wüsste nichts davon. Ich folgte ihr aus der Wohnung und lief hinter ihr die Treppen hinunter und war froh, dass sie das Kopftuch wieder aufgesetzt hatte. Ich hatte in meiner Ausbildung wirklich schon viele Krebskranke gesehen, aber mir fiel es so leichter, neben Katharina zu laufen, die mit ihrem Kopftuch ihre Verletzlichkeit verdeckte. Ich war selbst verletzlich genug.

Wir stiegen in ihr Auto, einen roten Saab mit Ledersitzen, und sie brauste durch die Stadt, die Prenzlauer Allee hinunter, am Alex vorbei. Ich hatte die Scheibe hinuntergekurbelt und staunte, wie schnell und elegant sich Katharina durch den Verkehr bewegte. Dabei sah sie ganz klein und zerbrechlich aus mit ihrem hellen Kleid in diesem schwarzen Sitz.

»Weißt du, als ich da in Hohenschönhausen saß, da habe ich meine ganze Wut auf dich konzentriert. Ich war so sicher, dass du den Julius rausgelockt hast. Du kannst ja nichts machen in dieser idiotischen Zelle. Bist hundemüde und hast nichts zu tun. Also habe ich ein bisschen meine Texte vor mich hin gesungen. Immer wieder, die Melodien variiert. Versucht, mir etwas Neues auszudenken. Und bin hin und her gelaufen, wie ein Tiger im Käfig. Fünf Schritte vor und fünf Schritte zurück. Stundenlang bin ich so gelaufen und hab an dich gedacht und an Julius. Nie an Jana. Die mochte ich damals viel mehr als dich. Die war mir näher. Direkt war die und ohne Scheu. Du warst so verhuscht, eine richtige Ostine. Aber man kann sich seine IMs eben nicht aussuchen. Hast du denn noch Kontakt zu dieser Jana?«, sie sah mich an und lächelte versöhnlich.

»Nein, habe ich nicht. Wir haben uns damals in Westberlin verstritten. Sie wollte nicht, dass ich wieder in den Osten zurückgehe.«

»Nee, sicher nicht. Das war ja auch ihr Auftrag.«

Am liebsten hätte ich ihr irgendwas entgegengeschrien, dass Jana meine Freundin ist, dass das alles nicht wahr ist. Die ganze Scheiße. Ich guckte auf die Rückseite des roten Rathauses, an dem wir vorbeifuhren. Ich hatte versucht, Jana wiederzufinden. Sie fehlte mir so. Drei Wochen nach dem Mauerfall fuhr ich nach Berlin-Neukölln und ging mit klopfendem Herzen auf ihren Hinterhof. Aber sie wohnte dort nicht mehr, und im Telefonbuch stand sie auch nicht. Zumindest nicht in dem von Westberlin. Sie hat sich nie bei mir gemeldet. Auch wenn ich vorhin diese Kopie von Katharinas Stasi-Unterlagen gelesen hatte, kam mir die Vorstellung, dass Jana mit dem Staatssicherheitsdienst zusammengearbeitet hatte, völlig absurd vor.

»Verhuscht«, dachte ich immer noch, als wir über die große Wiese vor dem Reichstag gingen. Hatte sie über mich so mit Julius gesprochen? »Was willst du mit diesem Heimchen?« Das Gras war gelb, plattgetreten und voller Menschen. Weiter hinten spielten sie Frisbee und Fußball. Unendlich viele Menschen standen einfach da und sahen auf das Gebäude, das hell silberglänzend verpackt in der Sonne stand. Verschnürt mit blauen Seilen, die aussahen wie von einem Segelschiff.

Katharina hatte mich am Arm gepackt und führte mich durch die Menschenmassen an den Rand der Wiese. Dort setzten wir uns in den Schneidersitz, und sie deutete auf den Reichstag. »Guck dir an, wie der Stoff fällt, wie bei einem Kleid. Wie elegant das aussieht und wie schön das alte Haus plötzlich ist. Schön war das nie, und das wird auch nie wieder schön, da können die noch so viele Glaskuppeln drauf bauen. Das ist es nur jetzt für zwei Wochen, und das wusste dieser kleine verrückte Bulgare. Immer schon wusste der das. Und seine verrückte Frau auch, was immer die eigentlich gemacht hat bei dieser Aktion.« Sie wirkte völlig entspannt und gelöst, während sie sprach, und ich hatte das »verhuscht« immer noch nicht vergessen.

»Zwanzig Jahre lang hat Christo daran gearbeitet. Hat diese idiotischen westdeutschen Politiker überzeugt. Diese Spießer und Hosenscheißer. Die eine Seite des Gebäude stand im Osten, es musste also erst die Mauer fallen, weil die Russen und die Zone natürlich auch nicht mitmachen wollten. Dann hat er den Stoff herstellen lassen und die Seile und alles eingepackt. Hitler, Goebbels, Wilhelm Zwo, den Osten und den Westen. Alles weg. Eingepackt. Das schenkt er uns hier für zwei Wochen. Er hat das für sich gemacht. Christo sagt, er habe das für sich ganz allein gemacht. Aber es würde ihn freuen, wenn es den anderen Menschen auch gefällt.«

Wir saßen da, nebeneinander, von der Sonne beschienen, und ich sah auf dieses riesige Paket, auf die Leichtigkeit des fallenden Stoffes und die flimmernden Reflexionen des Lichts, wie es dastand, wie etwas ganz und gar Unerhörtes, Kindliches und trotzdem sehr Perfektes. Der Wind spielte mit dem glitzernden Stoff, und jeder Turm war einzeln verpackt und fügte sich doch in ein Ganzes. Die Helligkeit wurde durch das dunkle Grün der Bäume drum herum noch verstärkt.

Die Menschen um uns herum waren ausgelassen und fröhlich. Ein paar Meter weiter spielte eine Indiokapelle auf ihren Flöten und Bongos. Seit den Tagen des Mauerfalls hatte ich nie wieder eine so große Menschenmenge so glücklich gesehen. Ein älterer Mann in einer Bundfaltenhose und mit einem violett bedruckten Hemd nahm seine Frau, eine pummelige Person, in den Arm und sagte: »Wir müssen das doch einmal anfassen.« Ich legte meinen Kopf auf Katharinas Schulter, und sie drückte ihr Gesicht ganz sanft an meinen Haarschopf. Ich hörte sie atmen, ganz ruhig, und fragte leise: »Und Julius, wie geht es ihm?«

Erdbeerkuchen

Es ist dunkel, und Astrids Augen gewöhnen sich nur sehr langsam daran. Sie weiß, dass Paul neben ihr auf dem Fußboden sitzt und auf der anderen Seite Julius steht. Ihr gegenüber wird Sascha an der Wand lehnen. Sonst ist niemand in diesem kleinen dunklen Raum.

»Ihr müsst eine Weile drinbleiben, dann werdet ihr schon sehen«, hatte Margarete gesagt und Astrid dabei freundlich angelächelt. Ihr Deutsch hatte so gut wie keinen Akzent, und Astrid wusste von Sascha, dass die Ungarin Kunst in Offenbach studiert hatte. Margarete stand in der kleinen Galerie hinter einem Tisch, bediente eine Espressomaschine und verteilte selbstgemachten Erdbeerkuchen. Das heißt, eigentlich machte sie den Kuchen gerade in diesem Moment. Sie drapierte die Zutaten auf einem runden mürben Tortenboden. Eine kleine zarte Frau mit sehr schlanken Armen. »Mädchenhaft«, dachte Astrid und war froh, dass sie wusste, dass Margarete gerade vierzig geworden war. Sie sah nicht so aus.

Ihre hellblond gefärbten Haare waren am Ansatz dunkler und nachlässig hochgesteckt, wie ein Heuhaufen. Eine Strähne fiel ihr über das linke Ohr, auf dem der Bügel einer breitrandigen schwarzen Brille saß. Astrid fand, dass Margarete diese Brille trug wie eine Waffe, geeignet für die Abwehr wie für den

Angriff. Sie trug ein lila T-Shirt mit tiefem, rundem Kragen, Jeans, und auf ihren Stoffturnschuhen war ein verblichenes Leopardenmuster zu erkennen. Der grüne Farbklecks auf der Spitze des einen wirkte dekorativ und war vermutlich beim Aufbau der Ausstellung entstanden.

Astrid erkennt inzwischen die Konturen der drei Männer, die mit ihr in diesem dunklen Raum sind. Sonst sieht sie nichts. Sie hört Julius neben sich atmen. Sascha, über dessen Massigkeit sie immer noch überrascht ist, verschränkt die Arme vor der Brust und sieht sich um. Astrid versteht diese »Camera obscura« nicht, so wie sie die ganze Ausstellung dieser Margarete nicht verstanden hat. Das nachgebildete Wohnzimmer ihrer Eltern mit Tisch, Sofa und Originalschrank, in dem kleine Sammeltassen standen. Man durfte sie herausnehmen, und Margarete hatte da rein einen Cappuccino gegossen und Astrid auch ein Stück Kuchen auf einen der geblümten Teller geschoben. Es war mehr ein Klumpen als ein Stück. Ein Mürbeteig mit einem zerlaufenden körnigen Joghurt und ein paar Erdbeeren oben drauf. Aber es schmeckte sehr lecker, leicht und süß. »Meine Kuchen sehen alle so aus. Immer schon. Die von meiner Schwester sind perfekt, die solltest du sehen, aber meine ...«, sagte Margarete und zog ratlos die Schultern hoch, während sie Astrid den Teller reichte.

»Was habe ich mit ihr zu tun«, hatte Astrid da gedacht. Wie viele Frauen stehen zwischen mir und ihr. Wer war noch Julius' Freundin, und wie sind die beiden Frauen, mit denen er vier Kinder hat? Mit jeder zwei.

In das Wohnzimmerambiente hinein hatte Margarete diesen dunklen Raum gebaut. Einen Teil der Galerie abgetrennt mit einer Bretterwand, in deren Tür ein kleines rundes Loch gesägt wurde. Auf die Wand sind von außen zwei große Scheinwerfer gerichtet, und Astrid sieht nun plötzlich einen Streifen vor sich auf der dunklen Wand ihr gegenüber, an der Sascha lehnt. Nur zwei Hände breit, aber sie kann die Straße erkennen vor dem Fenster der Galerie, und wie ein junger Mann vorbeiläuft, allerdings steht dieses Bild auf dem Kopf.

Es ist die dritte Ausstellung, die sich Astrid und Paul gemeinsam mit den beiden Brüdern ansehen. Paul sieht diesen Streifen Licht schon etwas länger, und ihm gefällt diese innerliche Arbeit von Margarete sehr. »Innerlich«, dieses Wort hat Sascha benutzt auf dem Weg hierher, in die Dohany utca, die sehr kurz ist, nur aus wenigen Häusern besteht und unweit der Freiheitsbrücke liegt.

Paul fühlt sich wie in einem Gewitter, das nicht losgeht. Sie haben gemeinsam ein spätes Frühstück genommen, noch einmal im Café Central. Astrid und Sascha hatten das verabredet gestern bei ihrem zufälligen Treffen dort. Vielleicht eine Viertelstunde hatten die beiden noch miteinander geredet, nach Julius' abruptem Aufbruch, und Paul hatte sich irgendwann gezwungen, sie nicht mehr anzustarren.

Später saß Astrid auf einer unbequemen Steinbank am Donauufer und schwieg. Paul lag mit dem Kopf in ihrem Schoß. Wenn er zu ihr aufsah, dann wurde er von der tiefstehenden Sonne geblendet, und so hatte er die Augen die meiste Zeit geschlossen. »Warum hast du mir nie davon erzählt?«, fragte er irgendwann, und Astrid antwortete: »Ich wollte nicht mehr darüber sprechen. Diese Geschichte ist so lange her. Was soll sie dich überhaupt noch interessieren?«

»Alles an dir interessiert mich«, sagte er und dachte daran, wie er Astrid seiner Therapeutin beschrieben hatte. »Das klingt, als wäre sie ein bisschen nüchtern. Sehr rational«, hatte Frau Jeschonek gesagt, und Paul hatte geantwortet: »Vielleicht ist sie so geworden. Durch diesen Beruf, dadurch, dass sie ständig an anderer Leute Herzen herummacht. Oder durch die Scheidung. Beziehungsweise die Ehe mit diesem Tobias. Sie hatte sich einen ganz anderen Mann gewünscht.«

»Sind Sie denn dieser Mann?«, hatte die Therapeutin gefragt, und Paul hatte drauf geantwortet: »Das weiß ich nicht. Wann weiß man das schon?« Hier in Budapest auf dem Dielenboden dieser begehbaren Camera obscura fragt sich Paul, wie Astrid mit achtzehn gewesen sein könnte, aber es gelingt ihm nicht einmal, sich ihr Aussehen vorzustellen.

Astrid hatte am Morgen den schweren schwarzen Vorhang am Eingang des Café Central zur Seite geschoben in der Hoffnung, dass Julius und Sascha schon da seien. Sie hatte sich besonders Zeit gelassen bei ihrer Morgentoilette, und Paul hatte zwei Mal an die Badezimmertür geklopft und gesagt: »Wir müssen dann.« Sie wollte, dass die Brüder da sitzen, sie wollte sie vor sich haben und nicht auf sie warten müssen.

Paul und sie waren in das gedämpfte Licht des Cafés getreten, auch am Tage leuchteten die gläsernen Kronleuchter, und bevor der Kellner sie abfangen konnte, erkannte sie Julius und Sascha quer durch den Raum. Sie saßen auf der roten durchgehenden Lederbank, vor der mehrere runde Tische in einigem Abstand angeordnet waren. Sie waren alle leer, sodass Julius und Sascha etwas merkwürdig Verlorenes hatten und aussahen wie zwei große Schuljungen, die nachsitzen müssen. Die helle Marmorplatte des Tisches reflektierte das Licht der Lampen, und Astrid dachte, während sie das Café durchquerte, dass Paul und sie nun auf den schmalen Holzstühlen Platz nehmen müssten. Wie Prüflinge.

Astrid hatte Julius umarmt, langsam, und ihn angesehen. Sein weiches frisch rasiertes Gesicht. Er lächelte sie an, und sie sagte »Mensch ...« Dann gab Julius Paul die Hand, und sie setzten sich. Es war Sascha, der die Unterhaltung führte und keine Stille aufkommen ließ. Nachdem sie ihr hnFrühstück bestellt hatten, redete er von der Galerie, die Julius und er in Hamburg führten. »Wir haben uns auf die Kunst Ost- und Mitteleuropas verlegt.« Dass sie das Erbe ihres Vaters da reingesteckt hätten. Das Geld ihres an einem Schlaganfall gestorbenen Vaters. Der würde sich im Grabe umdrehen, aber Julius hätte als Musiker nichts verdient und seine eigenen Kunstambitionen seien doch eher bescheiden gewesen.

Astrid konzentrierte sich auf ihr Spiegelei und bereute nach wenigen Minuten, es überhaupt bestellt zu haben. Es fehlte nur noch, dass ihr das flüssige Eigelb über das Kinn lief. Julius saß ihr schräg gegenüber. Sie sah ihn kurz an, wie er dasaß mit seinem hellblau-weißen Polohemd und dem feingeschnittenen Gesicht. Er trug einen Seitenscheitel, was sie etwas verwirrte. Damals hatte er die Haare immer wild durcheinander getragen, und sie hatte es geliebt, ihm mit dem Finger durch die Locken zu fahren. Jetzt waren sie kurz geschnitten und zur Seite gekämmt. »Glotz ihn nicht so an«, dachte sie, und er sah sie kurz an und dann an ihr vorbei aus dem Fenster.

»Ich war so verknallt in sie«, hört Astrid Sascha sagen und sieht von ihrem Ei auf. Sascha hat diesen Satz in Pauls Richtung gesagt und lächelt nun auch sie an. Er beugt seinen schweren Oberkörper zu ihnen rüber, als wollte er ein Geheimnis verraten, und senkt tatsächlich die Stimme. »Hat sie dir alles erzählt, ja?« Astrid kann aus dem Augenwinkel erkennen, wie Paul nickt, und Sascha fährt fort: »Ich bin da jeden Tag rüber nach Ostberlin. Wie oft? Drei, vier Mal?« Er sieht rüber zu Julius, der sein Croissant aufgegessen hat, und der zieht die Schultern hoch: »Ja, vielleicht. Was weiß ich?« Sascha zeigt auf Astrid und sagt: »Sie wollte ja gar nicht, dass er kommt. Zumindest hat sie das gesagt, aber ganz sicher war ich mir da nicht.« Er taucht seine Brioche in den Cappuccino und beißt hinein. »Aber ich wollte, dass Julius nach Westberlin kommt. Sowieso wollte ich das. Aber vor allem wollte ich, dass sie seine Freundin bleibt. Astrid aus Neubrandenburg. Du warst damals wirklich die aufregendste Frau, die ich kannte.«

Astrid spürt, wie ihr die Röte ins Gesicht fährt, und rührt langsam ihren Kaffee um, nimmt die Tasse in beide Hände und pustet hinein. Dann sagt sie: »Ein grüner Junge warst du doch«, und muss lachen.

»Ja, du hast mich wirklich gar nicht bemerkt, wie ich dich angehimmelt habe. Und dem Julius habe ich in Ostberlin erzählt: Im Himmel ist Jahrmarkt. Richtig heiß habe ich den gemacht. Die Assi wartet auf dich. Nur auf dich. Ich hole dich raus. Mein Vater und ich hatten ja schon alles ausgekundschaftet. Ein Wahnsinn war das. Nur der Julius wollte erst nicht. Aber dann sagte er doch ja.« Sascha legt seine Serviette zusammen und wirft sie auf den leeren Teller. »Und ich hoffte, dass er in Westberlin wieder das Interesse an dir verliert und ich dich dann trösten könnte. Aber dann warst du ja schon weg, als wir ankamen. Meine Güte, was für eine Enttäuschung!« In Saschas Gesicht steht immer noch eine Traurigkeit oder eher Ratlosigkeit, nach all den Jahren.

»Ich hatte gesagt, dass ich nicht bleiben werde«, antwortet Astrid. Sie legt ihr Besteck zusammen und schiebt den Teller von sich weg. Paul sieht sie von der Seite aus an, sie spürt das. Er wartet auf etwas, auf einen entschiedenen Satz von ihr, aber sie hat nichts zu sagen.

»Ja und dann? Als du in Westberlin angekommen bist. Was war dann?«, fragt Paul und richtet den Blick auf Julius, der über seinen Cappuccino hinwegblickt und die Schultern hochzieht.

»Was soll dann gewesen sein? Astrid war weg. Jana heulte uns die Ohren voll, und ich habe eine Woche bei Sascha gewohnt. Dann kam mein Vater, und wir haben die Lage besprochen.«

»Die Lage besprochen?«, sagt Paul und lacht gequält. »Das klingt wie im Krieg!«

Julius rührt im verbliebenen Rest seines Cappuccino herum und sagt: »Na ja, es musste ja irgendwie weitergehen. Ich war ja nicht nur wegen Astrid abgehauen. Ich musste ja irgendwas machen. Also weiterstudieren. Mir eine Wohnung suchen. So Sachen.«

»Warst du nicht unheimlich wütend?«, fragt Paul und schlägt tatsächlich mit der flachen Hand auf den Tisch vor sich.

»Auf wen? Auf Astrid? Meinen Bruder, der mir die Hucke vollgelogen hat oder auf Stasi-Jana, die mir immerzu erzählt hat, wie toll Astrid und ich zusammenpassen würden? Auf meinen Vater vielleicht? Der immer schon wollte, dass ich in den Westen abhaue?«, sagt Julius und stellt seine Tasse auf den Tisch. Das Klirren mischt sich in die Anfangstakte von Amy Winehouse' »Back to black«, das eine der Kellnerinnen hinter der Bar sofort etwas lauter dreht, sie wippt im Rhythmus mit dem Kopf.

»Ich war wütend auf mich. Dass ich mich auf dieses Himmelfahrtskommando eingelassen hatte. Aber nun war ich da, und es gab keinen Weg zurück.«

Sascha grinst Paul an und sagt: »Vergiss es. Die beiden waren schon immer so. Eigentlich ein tolles Paar, finde ich immer noch. Aber eben auch wie

Hund und Katze. Guck sie dir an«, sagt er und zeigt erst auf Astrid und dann auf Julius, und die sehen sich an, und für einen Moment ist nur das Klavier aus den Boxen zu hören.

Astrid muss an Julius' Mutter denken, wie sie ihr von ihrem Sohn erzählt hat vor dem eingepackten Reichstag. Wie sie beide im dünnen, trockenen Gras in der Sonne saßen und auf dieses glitzernde Gebäude blickten. »Diese Karin hat ihn nach ein paar Tagen gefunden«, hatte Katharina gesagt. »Die Mauer fiel, und ich traute mich noch nicht in den Westen, weil ich immer noch Angst hatte, dass sie die Mauer wieder zumachen würden. Drei Tage habe ich gebraucht, um mich mit meinem eigenen Sohn zu treffen. In Westberlin, weil er Schiss hatte, dass die Ostler ihn auf unserer Seite verhaften würden. Aber Karin fand ihn in Hamburg, schon am 10. November 1989, zog direkt wieder bei ihm ein, und der Wahnsinn ging weiter. So als wenn nichts gewesen wäre. Als wäre er nie abgehauen und weggelaufen vor ihr.« Astrid war wirklich geschockt gewesen von dieser Nachricht, auch wenn Julius' Mutter hinterherschob, dass die »ganze Chose« nur noch ein Jahr ging und dann endgültig vorüber war. Dass er Karin einfach wieder in die Arme geschlossen hatte und nach ihr nicht einmal gesucht hatte, wenigstens um ihr Vorwürfe zu machen, hatte ihre Enttäuschung bodenlos gemacht.

»Das ist ewig her. Was sollen wir noch klären, lass es gut sein«, sagt Julius, greift nach seiner Zigarettenschachtel und verlässt das Café, und Astrid weiß, dass Paul ihm am liebsten folgen würde.

So wie er auch jetzt sehnsüchtig neben den beiden Brüdern steht, die vor der Galerie in der kleinen Doharty utca stehen und Rauch in die klare Frühlingsluft blasen. Astrid stellt sich dazu und umfasst mit beiden Händen diese Tasse mit dem Rosenmuster, die ihr Margarete noch einmal mit Cappuccino gefüllt hat. »Wir warten kurz, bis Margarete hier fertig ist, und dann gehen wir zu József in die Josefstadt«, sagt Sascha und freut sich über das Wortspiel. »Das ist ihr Mann und der Beste von allen. Also, Künstler meine ich.«

Paul gefällt die Wohnung, und er könnte József stundenlang zuhören. Diesem kleinen Ungarn in Jeans und Nirvanahemd, dessen rasierter Schädel im Schein der Küchenlampe glänzt. Er sieht aus wie ein alt gewordener Teenager. József reicht Paul eine Bierdose, und der kann nicht nein sagen in dieser Küche, in die kaum Tageslicht fällt, auch wenn es erst Nachmittag ist. Er will es auch gar nicht und sieht sich nicht einmal nach Astrid um. József fuchtelt mit den Händen ein paar Fruchtfliegen weg und entschuldigt sich auf Englisch für die winzigen Tiere, sagt aber auch, dass er sie nicht töten könne, weil er »a kind of Buddhist« sei. Sascha lacht laut, und auch Julius hockt zufrieden auf dem alten Küchensofa, und wüsste Paul nicht, dass Julius eine Affäre mit Józefs Frau hat, würde er im Leben nicht darauf kommen.

Die Wohnung trägt den Charme einer vergangenen Zeit. Bröckelnder Stuck an der Decke, alte Kastendoppelfenster mit Messinggriffen, große Flügeltüren zwischen den Räumen, Bakelitlichtschalter. Seit Jahrzehnten wurde nichts renoviert, und Paul fühlt sich hier so wohl wie im alten Westberlin, wie in Kreuzberg in den Achtzigern. Sascha erzählt von den Kunstaktionen, die Józef gegen die regierende Fideszpartei unternommen hat und die er und Sascha nun in Hamburg zeigen wollen. »Nur wird das dort niemanden interessieren«, sagt Sascha und steckt einen Stecker in die Steckdose. Ein großer Getränkeautomat, der neben ihm steht, leuchtet auf. »Smellection Automat« steht in großen schwarzen Buchstaben darüber. In den Fächern, in denen man normalerweise zwischen Cola, Wasser oder Bierdosen wählen kann, liegen Socken, Unterhosen und ein zusammengeknautschtes T-Shirt. Und daneben sind die Bilder von zwölf Politikern aufgeklebt. Paul erkennt Premierminister Orbán und Außenminister János Martonyi. Immer mal wieder hat er in den letzten Wochen in seiner Radiosendung über Ungarn berichtet. Über die Verfassungsänderungen zum Wohle der Fideszpartei. Die Beschneidung der Medienfreiheit. Den Rauswurf eines unliebsamen Theaterdirektors.

»Das sind nicht nur Fideszpolitiker, sondern das ist die ganze ungarische Politikermischpoke«, sagt Sascha und deutet auf die Gesichter. »Józefs Wahlautomat geht davon aus, dass wir Beziehungen eingehen, weil wir uns gut riechen können oder eben nicht. Und er empfiehlt das auch für die Politik.« Sascha wirft ein Geldstück ein und drückt auf den Knopf, neben Orbáns Gesicht. Dann lacht er auf und sagt: »Und das Tollste ist: Der Automat ist kaputt. Von Anfang an war er das, und trotzdem werfen die Leute in den Ausstellungen Geld rein und fragen, ob das wirklich Orbáns Socken sind.«

Sascha stößt gegen den »Smellection Automat« wie gegen einen kaputten Kühlschrank. »Im letzten Jahr haben wir Józef ein Stipendium in Berlin besorgt. Da gab es immerhin ... How much was your grant in Berlin last year?«, fragt Sascha Józef. Der dreht gerade eine Zigarette, schaut kurz auf und sagt dann: »2000.« Sascha macht eine wegwerfende Handbewegung: »Jedenfalls hat er 1000 davon in 10-Cent-Münzen eingetauscht und im Berliner Skulpturenpark ausgestreut. Sehr zur Freude der Kinder und Penner. Aber selbst die haben bald aufgehört, das aufzuheben, weil es so mühsam war, auf diesem großen Gelände das verstreute Geld zu finden. Aber wie willst du das in einer Hamburger Galerie zeigen?« Er schlägt Józef auf den Oberschenkel, ihre beiden rasierten Schädel berühren sich fast, und Sascha lacht: »But we will make it!« Józef nickt lächelnd und steckt sich seine gedrehte Zigarette an.

Astrid sitzt vor der Wohnung. Die wird von hinten betreten, obwohl sie im Vorderhaus liegt. Das Treppenhaus endet auf einer schmalen Empore, die hinter den Wohnungen entlang zu den Eingangstüren führt. Hier hat sich Astrid hingesetzt, als drinnen das erste Bier aufgemacht wurde. Vom dritten Stock aus kann sie runter in den Hof gucken, in dessen Mitte ein Baum steht, dessen obere Äste berühren fast ihre Füße, die sie durch das Geländer gesteckt hat. Sie hört, wie jemand aus der angelehnten Tür hinter ihr tritt, und Margarete setzt sich neben sie. Steckt ebenfalls ihre Beine durch die Metallstreben des Geländers und lässt sie baumeln. »Du hast dir einen schönen Platz gesucht«, sagt sie und deutet in den Hof. »Das ist ein Pflaumenbaum. Im September ist er voller Früchte, und es riecht unglaublich.«

Astrid hat beobachtet, wie Margarete vorhin die Wohnung betrat und Józef begrüßte mit einem flüchtigen Streicheln der Wange, wie sie in den hinteren Räumen verschwand, als die Männer begannen, über Józefs Kunst zu reden. Sie sieht ein bisschen müde aus, nimmt die Brille ab und reibt sich ihre Augen.

»Du bist Ärztin, hat Sascha erzählt«, sagt Margarete, ohne Astrid anzusehen. Sie hält sich an den Stäben des Geländers fest wie ein Kind in einem Gitterbett und sieht nach unten in den Hof. »Macht dir das Spaß?«

»Ja, das wollte ich schon immer werden. Von Anfang an. Mein Vater war Chirurg und meine Mutter OP-Schwester, und manchmal, wenn sie beide am Wochenende Dienst hatten, dann haben sie mich mitgenommen, und einer von beiden hat auf mich aufgepasst. Oder eine der anderen Schwestern, wenn beide operieren mussten. Ich bin quasi im Krankenhaus groß geworden und mochte das immer schon.«

»Und du warst Julius' Freundin. Seine erste Liebe im Leben«, sagt Margarete und sieht Astrid dabei an, ohne die Gitterstäbe loszulassen.

»Hat Julius dir das erzählt?«

»Nein, auch Sascha.«

»Ja, der Sascha ist aber auch ganz schön gesprächig. Ich war einmal Julius' Freundin. Oder so etwas Ähnliches zumindest. Aber das ist viele, viele Jahre her.« Sie löst die Stirn von dem kalten Metall vor sich und verschränkt die Arme vor der Brust.

»So etwas Ähnliches? Was heißt das?«, fragt Margarete.

»Das weiß ich auch nicht. Ich war jedenfalls nicht die Erste. Aber dich scheint der Julius ja auch sehr zu mögen.«

»Sascha ist eine Plapperschnauze. Oder wie nennt ihr das?«, sagt Margarete und nimmt ihre Brille wieder ab. Sie putzt sie mit dem unteren Rand des lila T-Shirts. Astrid sieht dabei die Muskeln an ihrem schmalen Unterarm arbeiten und die feinen weißen Härchen auf der braunen Haut. Sie unterdrückt das Bedürfnis, darüberzustreichen. Margarete setzt die Brille auf und rüttelt an den Geländerstäben wie an einem Käfig.

»Ja, aber es stimmt. Vielleicht mag er mich sogar. Er ist ein wunderbarer Mann. Mein Herz schlägt für ihn. Mehr, als mir lieb ist.«

Jetzt berührt Astrid Margaretes Arm doch mit dem Handrücken. »Dein Herz«, sagt sie, »ist wirklich ein treuer Freund. Glaub mir das. Ein fleißiger großer Muskel ist das, der bis zu deinem Tod ununterbrochen arbeitet. Schon vor deiner Geburt. Jede Sekunde, ohne Pause.«

Sie sieht Margarete an und muss fast lachen, weil die sich ihre Brille zu weit nach vorne gesetzt hat und so ein wenig von unten guckt und auch die Nase kraus zieht. Astrid öffnet und schließt ihre rechte Hand, immer wieder und sieht darauf.

»Sechzig Mal in der Minute schlägt dein Herz so. 24 Stunden lang. 365 Tage im Jahr. Und wenn du achtzig Jahre alt wirst, dann hat dein Herz etwa drei Milliarden Mal geschlagen und das Blut durch deinen Körper geschickt.« Margarete sieht sie jetzt fast ausdruckslos an, aber Astrid öffnet und schließt weiter ihre Hand.

»Und da reden wir nicht über Situationen wie jetzt, wo du in diesen Kerl da drinnen verknallt bist und dein Herz vermutlich viel schneller schlägt. Oder wenn du einfach die Treppen hochrennst oder wenn du krank bist, rauchst, zu viel Alkohol trinkst.« Sie hört auf, mit ihrer Hand zu pumpen.

»Gut, wenn du schläfst, dann schlägt es auch mal etwas langsamer, aber was ich meine, ist: Dein Herz schlägt für dich. Wo auch immer diese Liebe entstehen mag, die dich und vielleicht auch Julius Herne ergriffen hat. Dein Herz versucht das alles nur auszugleichen. Es schlägt für dich. Nur für dich. Verstehst du, was ich meine?«

»Eigentlich nicht«, sagt Margarete, löst ihre Hände von den Stäben und legt sich rücklings auf den Fußboden. Sie sieht an Astrid vorbei in das hellblaue Rechteck des Budapester Frühlingshimmels.

»Das habe ich befürchtet«, sagt Astrid.

Nieselregen

Die Bluse sah unmöglich aus. Sie saß mir viel zu eng auf der Hüfte, und meine Arme wirkten wie an den Körper geschraubt. Das kräftige Grün gab meinem Gesicht eine Farbe, als wäre ich seit Tagen krank. Ich drehte mich unschlüssig vor dem großen Spiegel, der neben dem Bett hing. Vera hatte dieses kleine Hotel in Hamburg-St. Georg gebucht. Wir waren vom Bahnhof aus hierher gelaufen, vorbei am Schauspielhaus und durch eine Straße, die »Schulterblatt« hieß, was mir schon sehr gefiel.

In einer der vielen kleinen portugiesischen Bars, die die Straße säumten, bestellten wir einen Galao, und zumindest regnete es nicht, sodass wir draußen auf einem Barhocker sitzen konnten. Vera sah missmutig in den bewölkten Himmel und sagte: »Was willst' erwarten, wenn du im Oktober nach Hamburg fährst. Schietwetter, dabei hätte uns ein bisschen Sonne auch nicht geschadet.« Sie war nicht weit von hier, in Itzehoe, aufgewachsen und fühlte sich für das Wetter mitverantwortlich.

Ich drehte mich in dieser giftgrünen Bluse ratlos vor dem Spiegel. Den dunkelroten Strickrock, den Vera in ihrer Lieblingsboutique in Berlin ohne mein Wissen für mich gekauft hatte, wollte ich gar nicht erst anprobieren. Ich tat es dann doch und sah endgültig zum Schießen aus. Wie eine farbenblinde

Vierzehnjährige. Vera kam in diesem Moment aus dem Bad, sah mich, klatschte in die Hände und sagte: »Du siehst wunderbar aus.« Ich guckte zurück in den Spiegel und sah eine Anfang Vierzigjährige, die mir völlig fremd war. »Ich bin das nicht, liebe Vera«.

»Ach, komm, bitte. Behalte das an. Du siehst super aus. Endlich mal ein bisschen feminin.« Sie deutete mit dem Kopf auf meine ausgezogene Jeans. »In der sahst du aus, als hätten wir uns zum Angeln verabredet.« Ich verschränkte die Arme vor der Brust, holte tief Luft, doch bevor ich etwas sagen konnte, sagte Vera: »Du siehst eigentlich immer aus, als wenn du gerade zum Angeln verabredet bist. Allerhöchstens zum Reiten. Aber die Männer stehen nicht so auf Pferdemädchen in Jeans und Pulli. Das kannst du mir glauben.«

Ich sah zurück in den Spiegel, hob die Arme ein wenig an und ließ sie gleich wieder fallen. Wie ein trauriger Papagei. »Woher weißt du das eigentlich alles?«, fragte ich. Vera zupfte mir am viel zu kleinen Blusenkragen herum und drückte mir dann ihre Hand ins Kreuz. »Stell dich mal gerade hin und guck dich an. Wie lange hattest du noch mal keinen Sex?«

»Anderthalb Jahre.«

»Na also!«

»Aber in diesem Aufzug nimmt mich höchstens ein betrunkener Matrose auf der Reeperbahn.«

Vera stand vor mir in einem weißen Unterhemd, und sie hatte sich die schwarze Strumpfhose über ihren kugelrunden Bauch gezogen. In sechs Wochen hatte sie den Geburtstermin für ihr drittes Kind. »Du bist ja erst mal raus aus dem Sexgeschäft«, sagte ich, und sie nickte.

»Ja, da kann sich mein Oli mal allein ein paar warme Gedanken machen.« Sie wusste, dass ich ein bisschen neidisch auf ihre Schwangerschaft war, und das nicht nur, weil ich im Moment nicht einmal einen Mann hatte. Aber mit zweiundvierzig, und dann noch mit einem neuen Mann ein Kind zu bekommen, das konnte ich wohl ausschließen. Das war vorbei. Es ging mir auch mehr um den Zustand, den ich nie wieder erleben würde. Ein Kind in mir zu haben, das erste Mal eine Bewegung zu spüren. Um die Geburt beneidete ich sie nicht unbedingt.

Vera zupfte an diesem Rock herum, der eng an meinen Beinen anlag wie bei einer Geisha, und sagte: »Ach der Oli, der hat es aber auch nicht leicht mit mir. Heute Abend ist Fußball, und er muss ja leider die Kinder ins Bett bringen, weil die Mutti hier in Hamburg die Sau rauslässt.« Sie grinste und legte ihre linke Hand oben auf den Bauch: »Du siehst toll aus, und wie ich den Oli kenne, lässt der die Gören einfach mitgucken, und die gehen dann um elf ins Bett.«

Vera hatte diese Reise geplant. Generalstabsmäßig. Für den Abend hatte sie einen Tisch in einem schicken Restaurant gebucht und nach Schaumsüppchen von roten Linsen und Kreuzkümmel, einem gedämpften Steinbeißerfilet mit Sauce Rouille im Fenchel-Tomaten-Sud sowie einem halben Liter Merlot für mich und zwei Rooibos-Tee für sie gingen wir noch ein Stück am Ufer der Alster entlang zum Hotel. Ich konnte es nicht erwarten, aus diesen schrecklichen

Klamotten rauszukommen. »Bist du aufgeregt wegen morgen?«, fragt Vera, so als ob ich zum Arzt müsste.

Es war ihre Idee gewesen, hierherzukommen, um Julius wiederzusehen. Seitdem ich mich vor zwei Jahren von Tobias scheiden ließ, hatte sie immer wieder davon geredet. »Du musst den wiedersehen, Astrid. Ich bitte dich. Das kann doch nicht das Ende gewesen sein.« Insgeheim träumte sie davon, dass Julius und ich uns sofort wieder ineinander verlieben, heiraten und in eine Villa an der Elbe ziehen. Irgendwann hatte sie mich zu diesem Hamburgtrip überredet. Sie köderte mich mit einer Jan-van-Eyck-Ausstellung in der Kunsthalle und mit gutem Essen.

Außerdem wollte ich Jana besuchen, die ebenfalls in Hamburg wohnte. In Winterhude, um genau zu sein. Ich hatte sie im Internet in einer Hamburger Schauspielagentur gefunden. Allerdings arbeitete sie dort als Agentin und nicht als Schauspielerin. Es gab auf der Website kein Foto von ihr, sondern nur eine Emailadresse, und als ich ihr schrieb, dass ich sie gern wiedersehen möchte nach so vielen Jahren, antwortete sie prompt und ohne langes Zögern. Als wären nicht Jahrzehnte vergangen, sondern nur ein paar Monate.

Vera hatte sich bei mir eingehängt, und ich spürte, dass ihr das Laufen langsam schwerfiel. Die Alster lag dunkel, und die Luft war kühl und feucht. Ein paar Enten quakten, und weißes Laternenlicht beleuchtete den Sandweg vor uns. »Es ist ja nicht mehr weit«, sagte Vera, »guck, da vorn geht es rein in die Straße zu unserem Hotel.«

Auch Julius hatte ich ganz schnell im Netz gefunden. Seine Galerie in Hamburg-Altona, spezialisiert auf osteuropäische Kunst. Von ihm und auch von seinem Bruder fand ich ein paar Fotos, auf denen sie zusammen mit einem polnischen Künstler zu sehen waren, alle drei trugen Cowboyhüte und hatten Zigarren im Mund.

Wir hatten das Hotel erreicht, und ich schloss unser Zimmer auf. Vera schlurfte hinein und sagte: »Morgen besuchst du also diese Stasi-Trine, und wann hast du noch einmal den Termin mit Julius gemacht? Mein Gott, das ist so aufregend«, sagte sie. Gleich nach dem Eintreten hatte sie eine Tafel Vollmilchschokolade ausgepackt und hineingebissen wie in eine Stulle. »Der ist für dich damals über diese Wahnsinnsgrenze geflohen. Vorbei an Maschinengewehren und Minen und was weiß ich alles. Das ist das Romantischste, was ich je gehört habe.« Kauend sah sie mich von der Bettkante aus an. »Und was macht Madame? Fährt einfach zurück in die Ostzone, als wäre nichts gewesen.«

»Vera, ich war zwanzig damals!«

»Trotzdem! Also, wann treffen wir den?«

»Wir treffen den gar nicht! Ich rufe ihn morgen Abend auf dem Handy an und mach was mit ihm aus.«

Was nicht stimmte. Ich hatte Julius' Handynummer gar nicht, sondern nur die Adresse und die Telefonnummer der Galerie. Abgeschrieben von der Website. Nach der Mail an Jana hatte mich der Mut verlassen. Ich war noch etwas ratlos, was Julius Herne anging.

Am Tag darauf nahmen wir ein Taxi vom Hotel nach Hamburg-Winterhude. Im feinen Nieselregen standen wir vor einem unspektakulären roten Klinkerbau. »Fritsche« stand an der Klingel im vierten Stock, und ich fand es gar nicht erstaunlich, dass Jana immer noch so hieß. Vera deutete auf ein Café auf der anderen Straßenseite, dessen Fassade efeuumrankt war. »Schleusenwärter« stand auf einer alten Schiffsplanke über dem Eingang. »Da setz ich mich rein und warte auf dich.«

»Du brauchst nicht auf mich zu warten, Vera.«

»Aber was ist, wenn es dir nicht gutgeht? Ich meine, nach dem Gespräch.«

»Fahr doch zum Jungfernstieg und geh schön einkaufen.«

Vera deutete, ohne ihren Blick von meinen Augen zu lösen, auf ihren dicken Bauch, und ich nickte: »Stimmt. Aber was ist, wenn Jana mit mir spazieren gehen will?«

Vera deutete an meinem Schirm vorbei, der sich dunkelblau über unseren Köpfen wölbte, in den Nieselregen.

»Mensch, Vera, wir sind doch hier nicht bei James Bond. Aber setz dich da rein, wenn du willst, nur wenn es zu öde für dich wird oder zu anstrengend, dann geh ins Hotel, ja?«

Vera klopfte auf ihre große schwarze Handtasche. »Ich habe ein Flasche Wasser, ein Buch und drei Tafeln Schokolade. Da drüben bekomme ich ja wohl koffeinfreien Kaffee bis zum Abwinken und kann alle zwanzig Minuten aufs Klo. Was will ich also mehr?«

Ich klingelte, und der Summer wurde betätigt. Langsam ging ich die Treppen hoch. Meine Schritte hallten laut nach, und mir war, als wäre die Stille dazwischen noch lauter. Jana stand im vierten Stock an den Türrahmen gelehnt und grinste zu mir runter. Ihre Haare waren auf Kinnlänge geschnitten, und sie hatte die Arme vor der Brust verschränkt. Ihr linker Fuß war etwas vorgestellt und balancierte auf dem Hacken einer schwarzen Stiefelette. Sie trug eine Jeans und einen weinroten Rollkragenpullover. Die letzten zehn Stufen kamen mir endlos vor, es war, wie durch einen zähen Brei zu laufen. Dann nahmen wir uns in die Arme, sie hielt mich kurz fest und sah mir ins Gesicht und ich in ihres. Sie kam mir sehr vertraut vor, bis auf die Haarfarbe, die deutlich dunkler war als vor vielen Jahren. »Na du«, sagte sie und schob mich in die Wohnung.

Noch im Mantel machten wir einen Rundgang durch die Wohnung. Ich hatte mir nur die Stiefel ausgezogen, und wir begannen im Zimmer ihrer Tochter Annabelle, das merkwürdig leer wirkte für eine Sechzehnjährige. Ein Bett, ein Schreibtisch und ein Stuhl. Ein großes Regal mit vielen Büchern, aber an den Wänden hingen keine Bilder oder Poster. Nur ein Fernseher und ein schmaler weißer Spiegel. So als würde Annabelle noch nicht lange hier wohnen. »Bei meiner Kleinen sieht es viel plüschiger aus«, sagte ich, und Jana meinte, dass ihre Tochter gerade renoviert habe und auch noch nie so ein Mädchenmädchen gewesen wäre.

Das Wohnzimmer war größer, als ich erwartet

hatte. Ein heller Holzfußboden, und an der Wand hingen drei schmale Bilder, auf denen ich jeweils nur eine Farbe erkennen konnte. Schwarz, Rot und ein sehr helles Grau. In der Mitte des Raumes standen ein zierliches beiges Sofa mit einem Edelstahlrahmen und ein dazu passender Sessel. Jana setzte sich in den Sessel, und ich ließ mich auf das Sofa fallen. Noch immer im Mantel, als würde ich gleich wieder gehen.

»Du hast lange auf dich warten lassen«, sagte sie, und ich nickte.

»Du aber auch. Du hast dich gar nicht gemeldet.«

Jana griff nach einer Flasche Prosecco, die in einem Kühler auf dem flachen Glastisch vor uns stand, und öffnete sie. »Ich habe dich natürlich auch gesucht im Internet.« Sie zog den Korken raus und füllte die Gläser, die griffbereit vor ihr standen. Eigentlich trinke ich nie am Tag, weil ich das einfach nicht vertrage und viel schneller angetrunken bin als am Abend, aber ich griff nach dem Glas und stieß mit Jana an.

»Ich weiß, dass du stellvertretende Leiterin des Herzkatheterlabors bist in Berlin-Schöneberg, und kenne die Titel der Vorträge, die du in den letzten Jahren so gehalten hast. Dass du wirklich Ärztin geworden bist, Assi. Toll, Mensch.«

»Wieso? Hattest du daran gezweifelt?«

Sie prostete noch einmal zu mir rüber und sagte dann: »Nein, ich hab dir das immer zugetraut. Bei mir hat es nur zur Casting-Agentur gereicht, und darüber sollte ich eigentlich auch noch froh sein nach diesen vertanen neunziger Jahren.« Sie sah bei diesem

Satz über den Tisch und hinaus aus dem Fenster, und ich stand auf, um mir den Mantel auszuziehen. Mir war heiß. Durch den Mantel, den Prosecco und durch Jana. Ich warf ihn über die Sessellehne und sah bei einem schnellen Blick aus dem Fenster Vera im Fenster des »Schleusenwärters« sitzen und in einer Zeitschrift blättern.

Auf einem weißen Sideboard an der Wand standen mehrere Fotorahmen. Ein junges Mädchen mit rotgefärbten Haaren und einem Ring durch die rechte Augenbraue. »Annabelle?«, fragte ich, und Jana brummte zustimmend. Auf dem zweiten Foto lehnte ihr Kopf auf der Schulter des Mädchens. Jana hatte die Augen geschlossen, und Anabelle umfasste sie an der Schulter, guckte direkt in die Kamera, mit dem Blick ihrer Mutter von vor zwanzig Jahren. Im dritten Bilderrahmen saß Jana in einer Lederjacke und im Schneidersitz auf einer Harley-Davidson, und ein bärtiger Typ mit Bauchansatz und einem roten Tuch um den Hals guckte sie über den Rand seiner Sonnenbrille an. Ich deutete auf das Bild, und sie lachte: »Bernd, mein ... also mit dem lebe ich.« Für einen Moment war ich erstaunt, dass Jana mit jemandem zusammenlebte, der Bernd hieß. »Hells Angel?«, fragte ich.

»Nee, Softwareentwickler.«

»Annabelles Vater?«

»Assi, glaubst du wirklich, ich würde mit dem Vater von Annabelle zusammenleben? Seit sechzehn Jahren?« Sie schlug mit der flachen Hand auf das Sofa neben sich. »Jetzt setz dich endlich wieder.

Annabelles Vater war ein völlig durchgeknallter Schauspieler, von dem ich seit zehn Jahren nichts gehört habe. Und Annabelle auch nicht. Ein guter Typ eigentlich. Aber du weißt ja … Na ja.«

Ich setzte mich wieder, und Jana verstummte. Sie sah in ihr Proseccoglas. »Und du und Tobi? Also Tobias. Hast du den geheiratet, und ist das der Vater deiner Tochter?«

»Ja, ist er, und der Vater meines Sohnes auch. Samuel.« Ich griff nach der Flasche und goss uns beiden nach. Ich erzählte ihr von den Kindern und von der Scheidung vor zwei Jahren, und dass ich seitdem allein wäre. Mit einem merkwürdigen Gefühl von Stolz erzählte ich ihr auch von der trostlosen Affäre mit einem englischen Arzt, der für zwei Jahre auf unserer Station arbeitete, und an dieses halbe Jahr wurde ich wirklich nicht gern erinnert.

»Manchmal komme ich mir vor, als wären Frauen über vierzig durchsichtig und würden überhaupt nicht wahrgenommen. Als würden die Kerle durch mich durchgucken«, sagte ich. Jana steckte sich eine Zigarette an, ging vor zum Fenster und öffnete es weit. Sie lehnte sich an den Rahmen, und ich fragte mich, ob Vera sie jetzt sehen würde. Jana blies den Rauch raus in den Nieselregen und sagte: »Ja, das kenn ich. Vor den ganzen jungen Hühnern habe ich gar keine Angst. Die Anfang Dreißigjährigen, Assi, die sind viel gefährlicher. Die sind so schlau wie wir, aber straffer im Bindegewebe.« Sie ließ das Fenster weit offen stehen und setzte sich wieder in ihren Sessel.

Wir redeten über das Krankenhaus und Janas Arbeit in der Agentur. Über Tobias und Bernd. Nach einer Weile öffnete Jana die zweite Flasche Prosecco, und ich protestierte nicht. Wir mieden die alten Zeiten und tranken.

Irgendwann sagte Jana wie nebenbei: »Du hättest eben doch Julius nehmen sollen«, und danach war es still, nur für Sekunden, aber mir kam das unendlich lang vor, bis ich dann sagte: »Hast du den mal gesehen? Er lebt doch wohl auch in Hamburg?«

»Da hat aber jemand fleißig gegoogelt. Ja, der lebt auch in Hamburg, aber wir haben uns seit Jahren nicht mehr gesehen.«

Inzwischen rauchte Jana direkt am Tisch und drückte die Kippen auf dem Teller aus, auf dem vorher die Erdnüsse gelegen hatten. Ich griff nach der gelben Schachtel American Spirit und fummelte mir auch eine heraus. Ich hatte seit Jahren nicht mehr geraucht, und als ich sie mir anzündete, bekam ich Rauch in die Augen und musste husten. Jana sprang auf, schlug mir lachend auf den Rücken und sagte: »Das konntest du noch nie.«

Ich drückte die Zigarette gleich wieder aus: »Wir müssen über diese Sache reden.«

»Über welche Sache?«, fragte Jana und zog eine Augenbraue hoch. Sie setzte sich wieder.

»Dass du denen alles erzählt hast damals. Über mich und Julius und über Katharina. Was weiß ich. Über Sascha auch. Die wussten ja wirklich alles.«

»Ach du Scheiße. Die Stasinummer. Bist du deshalb gekommen?« Jana schlug die Beine übereinander und strich die Asche ihrer Zigarette ab.

»Was soll ich dir darüber sagen? Was willst du hören?«

Sie sah mich an, und ich zog die Schulter hoch. »Na, ich würde gerne wissen, warum du das gemacht hast? Wieso du denen alles erzählt hast, wieso ich in meiner Akte Gespräche zwischen uns beiden lesen konnte, Jana. Wortwörtlich. Da stand, dass der Sex mit Tobias für mich absolut unbefriedigend gewesen sei. Und wieso die Stasi meinte, dass Astrid Wolter dem Julius Herne völlig verfallen sei und dass davon auszugehen ist, dass sie den Anstrengungen der IM Marlene sehr wahrscheinlich Folge leisten wird.«

Den letzten Satz hatte ich lauter gesagt, als mir lieb war, und dabei auf den Tisch gespuckt. Ich wischte mit dem Ärmel über den Tropfen Spucke. Auch noch, als er längst weg war.

»Na, das stimmte doch. Himmel, der war doch der Tollste für dich, und dass du wieder in die Zone zurückfährst, das konnte ich nun wirklich nicht ahnen. Aber das war meinen Auftraggebern ja auch egal. Du warst denen ja nicht wirklich wichtig. Mir allerdings schon. Ich wollte ja, dass du bleibst.« Sie lachte auf und griff nach der nächsten Zigarette. Ihre Hand zitterte, während sie das brennende Feuerzeug zum Mund führte.

»Deinen Auftraggebern, das klingt so ... Das klingt so normal. Als wäre das nicht die Stasi gewesen, an die du uns da verkauft hast.«

Jana zog an der Zigarette und sah mich lange an, bevor sie antwortete: »Jetzt sage ich dir mal was.« Sie deutete mit dem Zeigefinger auf mich. »Alle waren weg. Du hast in Rostock studiert, und Pit war in Berlin und hat sich sowieso einen Scheißdreck um mich gekümmert. Meine Eltern waren auch weg. Es war wirklich keiner für mich da. Niemand. Ich habe in diesem Scheißhotel gearbeitet. Mir die Beine krumm gelaufen. Zwei Jahre lang.« Sie legte die Hand wieder auf ihren Oberschenkel und sah aus dem Fenster. »Und dann saß da eines Abends plötzlich dieser Typ am Tresen. Von wegen, die Jungs von der Stasi hat man immer erkannt. Ich habe dem jedenfalls nichts angesehen. Gar nichts. Wir haben ein bisschen gequatscht, und dann hat er irgendwann gesagt, er wüsste schon einen Weg, wie ich rauskäme. Er wollte mich wiedersehen, da wusste ich noch gar nicht, wer das ist, und dann haben wir uns immer wieder getroffen. Einmal, zweimal, dreimal. Immer so weiter.«

Sie griff nach der Flasche und goss uns beiden nach.

»Was habe ich denn gemacht, eh? Du hast diese Reise nach Westberlin mir zu verdanken. Julius hatte die freie Wahl, ob er in den Westen kommen wollte oder nicht. Was soll's? Und ich kam raus. Endlich haben die mich rausgelassen, und es war vorbei.«

»Aber es ging doch gar nicht um mich oder Julius. Es ging doch um Katharina. Die sollte raus aus der DDR, und das wusstest du auch.«

»Gott, diese Irre. Mann, eh. Die stand auch auf einmal vor der Tür. Da habe ich noch drüben in Harburg gewohnt, und plötzlich klingelt es, und Katharina Herne steht da. Ohne Haare, mit 'ner schwarzen Lederjacke an. Wie so ein Racheengel. Hätte eigentlich nur noch ein Schwert gefehlt.«

»Die hatte Krebs, Jana. Die haben sie in den Knast gesteckt, und die ist nie damit fertig geworden. Bis sie gestorben ist, nicht. Und sie war überzeugt davon, dass die sie in Hohenschönhausen radioaktiv verstrahlt haben.«

»Ja, aber was habe ich damit zu tun? Ich habe nicht die Plutonenkanone auf sie gerichtet.« Sie umfasste ihre Beine und legte den Kopf auf die Knie. Ihr Scheitel leuchtete weiß zwischen den dunklen Haaren.

»Assi, ich bin nicht besonders stolz darauf, aber was soll ich sagen. Dieser Typ, dieser Krüger vom MfS, oder wie auch immer er wirklich hieß. Der hat mir ganz klargemacht, dass, wenn ich nicht mitmache, ich noch in fünf Jahren Bier über die Tanzfläche tragen werde in fuckin' Neubrandenburg.«

Ich griff nach meinem Glas, aber es war leer. Jana hob ihren Kopf von den Knien und sah mich an: »Der Typ, dem jetzt unser Haus hier in Winterhude gehört, und der will, dass wir möglichst schnell ausziehen, dem gehören allein in Hamburg 140 Häuser. Und in ganz Deutschland was weiß ich wie viele. Weißt du, womit der sein Geld gemacht hat? Ich werd es dir sagen …«

Ein Schlüssel drehte sich im Schloss, und jemand betrat die Wohnung. »Bella?«, fragte Jana über die Schulter.

»Nenn mich nicht Bella«, antwortete es aus dem Flur, und dann betrat ihre Tochter das Zimmer. Sie trug fliederfarbene Socken, aber sonst war alles schwarz an ihr. Die Hose, das Shirt, und auch ihre hochgesteckten Haare waren nicht mehr metallicrot, sondern pechschwarz. Sie sah mich kurz an und dann auf das offene Fenster. »Hier stinkt's.«

»Ja, wir feiern ein bisschen unser Wiedersehen. Das ist Astrid, weißt du, meine Assi aus Neubrandenburg.«

»Hallo«, sagte Annabelle und deutete ein Lächeln an. Dann drehte sie sich um und verschwand wieder. »Willst du auch ein Glas Prosecco?«, fragte Jana, aber ihre Tochter antwortete nicht. Sie lief ihr hinterher und klopfte an eine Tür. Jana sagte mit leiser Stimme etwas, das ich nicht verstehen konnte, und kam mit Annabelle im Arm und einer weiteren Flasche zurück. »Ich hab keine Kalte mehr, aber ist ja jetzt auch egal«, sagte sie, und ich wollte antworten, dass ich nichts mehr trinken kann, aber stattdessen blieb ich still, und Jana setzte sich neben mich auf das Sofa. Annabelle sah mich schüchtern vom Sessel aus an. Sie hatte sich auf ihre Handflächen gesetzt und wippte leicht vor und zurück: »Mama hat mir erzählt, dass du Ärztin bist. Das würde ich auch gern werden.« Ihre Zahnspange blitzte auf, und sie sah plötzlich ganz kindlich aus. Sie hatte die Augen ihrer Mutter und auch deren leicht nach innen gewölbte Stirn.

Ich konnte Janas Parfüm riechen, das mir fremd war, aber sie war mir überhaupt nicht fremd, und sie umarmte mich und sagte: »Mensch, Assi, dass du da bist.« Plötzlich sprang sie wieder auf, goss ihrer Tochter und uns Prosecco ein, und dann sahen wir uns einen ganzen Karton Bilder an von Formentera, wo sie gelebt hatten, als Annabelle ein Baby war. Mit Ted, der eigentlich Theodor hieß und der Vater war. Er war groß und hatte lange braune lockige Haare und ein Grungebärtchen.

Ich heulte, als ich später die Treppen runterging, und ich heulte auch noch im Taxi. Mir war übel vom vielen Trinken, und ich hatte auch Angst, ins Auto zu kotzen. »Alles klar?«, fragte der Fahrer und sah mich durch den Rückspiegel an. »Ja, alles klar«, sagte ich und heulte weiter.

Vera lag im Hotel auf dem Bett und las in einer Zeitung. »In Stuttgart haben 150000 Menschen gegen diesen Bahnhof demonstriert. Wahnsinn«, sagte sie und sah dann von der Zeitung auf: »Ach du Scheiße, du siehst ja furchtbar aus. Mir hat das da zu lange gedauert mit euch. Wie war es denn?«

Ich ließ mich einfach aufs Bett fallen mit dem Gesicht in die kühlen weichen Kissen. Dann drehte ich langsam den Kopf zur Seite und strich über Veras Babybauch und fing wieder zu weinen an.

»Schön«, sagte ich. »Fast wie früher.«

Novi Sad

Paul dreht sich im Beifahrersitz so, dass er Margarete am Steuer sehen kann, aber auch die Rückbank des Autos, auf der Astrid sitzt, eingeklemmt zwischen Julius und Sascha. Margarete redet sich neben ihm in Rage über die Fideszpartei, und jetzt antwortet ihr Mann József von hinten auf Ungarisch. Man kann ihn nicht sehen, weil er auf der Ladefläche des VW-Passat liegt. Er ist von hinten hineingeklettert und hat sich zusammengerollt wie ein Hund.

»Was sagt er?«, fragt Paul Margarete, die ihn kurz ansieht und dann den Blick wieder nach vorn auf die Autobahn wendet. »Ach, er sagt, ich soll mein Heimatland nicht in den Schmutz ziehen. Er geht mir auf die Nerven. József ist ein großer Fideszkritiker und Heimatromantiker zugleich.« Dann ist sie still, und auch von ihrem Mann ist nichts mehr zu hören.

Es war Pauls Idee gewesen, an die serbische Grenze zu fahren und sich die Stelle anzusehen, wo Julius damals geflohen war. Die beiden Ungarn waren schnell davon begeistert gewesen. »Das wusste ich gar nicht, dass du abgehauen bist«, sagte Margarete und boxte Julius auf den Oberarm. Auch Sascha fand die Idee gut. »Ich war da nie wieder.« Er sah seinen Bruder an und sagte: »Hattest du je das Bedürfnis, da wieder hinzufahren?« Julius schüttelte den Kopf und machte deutlich, dass er es für Zeitverschwendung hielt.

Astrid war natürlich dagegen gewesen und hatte in einem unbemerkten Augenblick in Józefs Küche die Augen verdreht, sodass nur Paul es sehen konnte. Sie wollte weg von den Brüdern, Paul hatte das gespürt, und als er sie jetzt im Auto neben Julius sitzen sieht, wie sie den Kopf an dessen Schulter lehnt und auf sein Smartphone sieht, um sich anhand der Fotos sein Leben erklären zu lassen, da bereut er diese Fahrt trotzdem nicht. »Nein, das ist der Kleinste«, sagt Julius, »die beiden Kleinen sind Jungs.« Er sieht kurz auf in Pauls Gesicht und dann wieder auf den Bildschirm vor sich. Astrid bemerkt Pauls Blick gar nicht, er sagt zu Margarete: »Was ich erstaunlich finde ist, dass einem das alles als Tourist gar nicht auffällt. Ich meine, ich hatte Fahnen erwartet oder Orbán-Bilder überall. Aber das ist gar nicht so.«

Margarete hat den Sitz dicht an das Lenkrad gezogen. Sie schlägt sich mit der linken Hand an die Stirn und sagt: »Das glaube ich dir, dass ihr nichts merkt, aber wenn du Ungarisch verstehen würdest, dann wüsstest du, dass die Menschen über nichts anderes reden als über die Bösen. In der U-Bahn oder in der Kneipe. Zumindest in Budapest. Die Bauern im Osten wählen die Bande ja auch noch.« Sie sieht ihn durch ihre kleine eckige Brille an. »Im letzten Jahr waren wir sogar EU-Ratspräsidenten, aber euch interessiert das alles einen Dreck. Berichtet dein Radiosender überhaupt über Ungarn?«

»Na ja, sagen wir mal Ägypten oder der G8-Gipfel sind schon wichtiger. Oder die gute alte Finanzkrise.«

»Alle reden immer nur über das Geld. Aber das hier in Ungarn hat mit Demokratie nichts mehr zu tun. Weißt du, wovon wir leben? Wir machen unseren Doktor.« Sie lacht auf. »Józef und ich und alle unsere Künstlerfreunde. In Ungarn macht man auch als Künstler seinen Doktor und ist abhängig von der Kunsthochschule. Von dort kommt das Geld. Und wer bestimmt den Leiter der Schule?« Sie sieht Paul erwartungsvoll an, und als der »Fidesz?« sagt, brüllt sie fast: »Genau. Und über Museumsankäufe entscheidet: Fidesz. Jetzt wollen sie sogar ein Tabakmonopol gründen. Dann darfst du deine Zigaretten nur noch in bestimmten Kiosken kaufen. Und wer bekommt die Lizenzen für diese Kioske?« Sie starrt geradeaus auf die Autobahn und sagt, ohne eine Antwort abzuwarten: »Richtig. Die Fideszpartei. Dann quarzen wir diesen Arschlöchern, diesen Nationalisten und Rassisten auch noch die Parteikasse voll.«

Paul sieht aus dem Fenster und weiß nicht, was er sagen soll. Immer wieder hatte er Beiträge zu Ungarn in seiner Morgensendung angesagt, und immer ging es tatsächlich auch um Dinge wie die, über die sich Margarete gerade erregt. Draußen zieht eine unspektakuläre flache Landschaft vorbei. Wald, ein paar kleine Dörfer, Felder, deren Korn schon hoch steht. Es sieht fast aus wie in Niedersachsen.

Bei Szeged verlässt Margarete die Autobahn und fährt eine schmale Teerstraße auf die serbische Grenze zu. Paul verkneift sich, zu sagen, dass er Szeged nur als Gulasch in der Kantine kennt, auch weil Margarete von der Stadt zu schwärmen beginnt. »Das ist meine ungarische Lieblingsstadt. Nach Budapest natürlich. Habt ihr damals hier gehalten?«

»Nein«, sagt Sascha von hinten. »Wir haben nur einmal auf einem Parkplatz gewartet, bis es dunkel wurde. Julius hat noch versucht, im Wohnmobil zu schlafen, aber er war zu aufgeregt.« Saschas massiger Oberkörper schiebt sich nach vorn zwischen die Rücklehnen der Vordersitze. »Guck mal, da rechts geht ein Weg ab. Fahr mal dort ab!«

Während der Wagen über einen Feldweg holpert, denkt Paul, dass sich der Fluchtplan so einfach anhört und gleichzeitig auch wie ein Witz: Sascha und sein Vater hatten in Österreich ein Wohnmobil ausgeliehen und waren damit nach Ungarn gefahren. Hatten sich zwei Tage in Ungarn herumgetrieben, die Grenzanlagen angesehen und waren dann wieder zurück nach Jugoslawien gefahren. Dort haben sie den Fluchtplan ausbaldowert. Drei Tage später, als sie wussten, dass Julius in Ungarn angekommen sein musste, fuhr Sascha allein nach Budapest, um ihn abzuholen. Der Vater hatte gemeint, dass es sicherer sei, wenn er auf der jugoslawischen Seite warte. Für den Fall der Fälle, dass seinen Söhnen doch etwas passieren würde. Dann musste er reagieren können, und es war besser, wenn er nicht auch noch in einem ungarischen Gefängnis landen würde. Oder am Ende ausgeliefert werden würde an die DDR. Trotzdem ist Paul dieser Gedankengang völlig fremd. Auch wenn er keine Kinder hat, versteht er nicht, wie man einen Achtzehnjährigen allein in so eine Aktion schicken kann. Einen »grünen Jungen« hatte Astrid Sascha genannt.

»Vater war eben so«, hat Sascha vorhin in Józefs Küche gesagt, als wäre damit alles erklärt. »Der ist immer volles Risiko gegangen und hat mir damals nur gesagt: ›Mach dir keine Gedanken. Die werden nicht schießen. Es gibt keine Minen mehr in Ungarn oder so was. Und wenn die euch schnappen, dann kauf ich euch raus.‹ Und ich habe ihm das geglaubt. So als würden für ihn diese Gesetze nicht gelten. Als hätte er immer noch ein Ass im Ärmel.«

Margarete parkt das Auto unter einer großen Kastanie. Sie steigt aus und öffnet die hintere Klappe um Józef rauszulassen. Der springt hinaus, streckt sich und hält sein Gesicht in die Abendsonne. »Fast schon Sommer«, denkt Astrid und steigt auch aus dem Auto. Ihr linkes Bein ist eingeschlafen. Sie springt hoch und geht ein paar Schritte. Ihr Fuß kribbelt, schon als Kind fand sie das angenehm und unangenehm zugleich.

Die anderen stehen um Józef herum, der jetzt auf der Ladefläche des Autos hockt und eine Zigarette dreht. »Was it here?«, fragt er in Julius' Richtung, und der zuckt die Schultern. Sascha lehnt am Stamm der Kastanie und sieht über das angrenzende Feld Richtung Horizont. Dann guckt er auf die Karte, die er im Auto auf seinen Knien gehabt hat, und sagt: »Kann schon sein.« Er sieht seinen Bruder an. »Weißt du noch, wie das Dorf hieß, das auf der anderen Seite war?« Julius lässt sich eine Zigarette von Józef geben, zündet sie an und sagt, während er den Rauch ausstößt. »Keine Ahnung. Ich weiß nur noch, dass es da einen Laden gab und dass etwas auf Kyrillisch dran stand. Ich habe mich noch nie so über kyrillische Buchstaben gefreut, das könnt ihr mir glauben.«

»Horgoš heißt das hier«, sagt Sascha. »Das könnte es gewesen sein. Oder Hajdukovo. Das könnte auch sein, vielleicht war das aber auch das Dorf, in dem Vater gewartet hat.« Er guckt wieder über das Feld, und Astrid sieht die vielen roten Mohnblumen darin. Schon auf der Fahrt hierher waren ihr die Blumen aufgefallen. Überall. Manche der Felder hatten riesige Inseln. Voll mit Mohn.

Sie pflückt eine der Blumen, dann noch eine und beginnt einen Strauß zu stecken. »Und Karin?«, hatte sie Julius vorhin im Auto gefragt. »Na, ich dachte, du würdest mich vor der retten. Aber dann warst du nicht in Westberlin, die Mauer fiel, und sie stand in Hamburg wieder vor meiner Tür. Ich hatte sogar eine Freundin damals. Die habe ich einfach weggejagt. Aber nach ein paar Wochen war alles wie vorher mit uns. Grausam.« Er hatte die Sätze seitlich aus dem Autofenster gesagt, sie dann aber wieder angesehen.

»Hat dir deine Mutter eigentlich erzählt, dass sie mich damals nach dem Mauerfall besucht hat?«

»Meine Mutter hat mir immer alles erzählt. Manchmal mehr, als ich wissen wollte.«

»Und hattest du da gar keine Lust, mich wiederzusehen? Ich meine, wo du nun wusstest, wo ich wohne?«

»Nein, das war vorbei. Das hat mich einfach nicht mehr interessiert.« Er sah dabei wieder aus dem Fenster, und dieses Mal blieb sein Blick dort.

Józef verschwindet im Unterholz, und als Astrid Margarete fragend ansieht, macht sie eine wischende Bewegung vor dem Gesicht. Sascha sieht Paul an und dann Astrid. »Ich merk das immer noch. Also hier merk ich das schon noch wieder.« Er zieht sein Sakko über und dann gleich wieder aus: »Doch zu warm«, sagt er und geht einen Schritt auf das Feld zu. »Wir sind in so einen Weg rein wie hier und haben gehalten. Aber vorher gab es ja schon eine Kontrolle. Ich weiß nicht, vielleicht zehn Kilometer vor der Grenze. Das wussten wir. Vater und ich waren das mehrmals abgefahren. Dieser Vorposten hat einen immer durchgewinkt. Die haben nicht einmal nach den Pässen gefragt. Aber als ich hier mit Julius ankam, da war das anders.«

Paul stellt sich neben Astrid. Er hebt ihren Arm mit den Blumen zu seinem Gesicht und riecht daran. Sie legt ihren Kopf auf seine Schulter wie vorhin im Auto bei Julius. Sascha deutet auf seinen Bruder und sagt: »Da gab es so ein Bett in diesem Wohnmobil, und unter der Matratze war Platz genug, um sich zu verstecken. Julius lag darunter, und ich bin auf die Grenze zugefahren. Es war stockdunkel. Ich fuhr Schritt und auf einmal leuchtet der mich an und bedeutet mir mit der Hand anzuhalten.« Sascha hebt die Hand in die Luft. Paul sagt: »Na ja, ein Achtzehnjähriger alleine im Dunkeln in einem Wohnmobil. Das sieht vielleicht schon verdächtig aus.«

»Kann sein, dass es das war. Aber es kann auch etwas ganz anderes gewesen sein. Vielleicht haben sie ja auch einen Tipp von Jana bekommen und schon auf uns gewartet. Vielleicht wollten sie uns so ein wenig Angst einjagen, bevor sie uns rübergelassen haben. Obwohl wir Jana nie die genauen Fluchtpläne erklärt haben.«

»Wer ist Jana noch mal?«, fragt Paul.

»Das erklär ich dir ein anderes Mal«, sagt Astrid.

»Meine Güte«, meint Paul kopfschüttelnd.

»Wie auch immer«, sagt Sascha. »Der Grenzer kommt auf meine Seite, lässt sich die Papiere zeigen und will dann den Wagen sehen. Und er hatte einen Hund dabei.«

Julius wirft seine Kippe in das Gras und tritt sie aus. »Ich habe das natürlich gemerkt und habe gedacht: ›Scheiße, was ist denn jetzt los, wieso halten wir denn so lange?‹ Aber ich lag da im Dunkeln, diese Matratze über mir. Ich habe gar nicht richtig Luft gekriegt.«

»Der Typ steigt also ein ...«, sagt Sascha, und Julius fällt ihm ins Wort und geht noch einen Schritt auf Astrid zu, bleibt dann aber wieder stehen. »Weißt du, was das Schlimmste war?« Er muss lachen, beugt sich vor und stützt sich mit seinen Händen auf den Oberschenkeln ab. Dann guckt er hoch und richtet sich wieder auf. »Die Cowboystiefel. Die mir Sascha auf deinen Rat mitgebracht hatte. Die hatte ich natürlich an, und die hatte ich auch unter der Matratze nicht ausgezogen. Und während ich da lag und ganz flach atmete und versuchte aus den Geräuschen zu deuten, was passierte, musste ich immer an diese Stiefel denken. Ich hatte das Gefühl, dass die Spitzen rausgucken. Aber ich konnte das ja nicht mehr überprüfen, weil mir jetzt schon klar war, dass da jemand in das Wohnmobil kam.«

Sascha sieht von Julius zu Astrid und öffnet eine imaginäre Tür vor sich. »Der Typ steigt also ein und hat den Hund zum Glück hinter sich. In mir zählte etwas runter, wie bei einem Raketenstart. ›10, 9, 8, 7 …‹ Ich hielt es plötzlich für unmöglich, dass er Julius nicht findet. Aber dann macht es Bam«, Sascha haut die rechte Faust in die linke Hand. »Da knallt der Grenzer mit dem Kopf gegen so einen Vorsprung im Auto und flucht, fuchtelt mit den Armen und tritt zurück. Der Hund jault, und ich spring rückwärts aus dem Wagen. Der Köter und der Grenzer auch. Der Hund bellt mehrmals in diese absolute Dunkelheit, nur unsere Scheinwerfer leuchten nach vorn ins Nichts. Der Ungar reibt sich die Stirn und grinst mich irgendwann gequält an und sagt: ›Go, go.‹ Ich spring also ins Auto und fahre los.«

Sascha scheint immer noch erleichtert davon zu sein. Er fasst Julius um die Schulter und sagt: »Aber dann ging es ja erst los, Bruderherz, was? Weil, dann fuhren wir ja auf die eigentliche Grenze zu.« Er lässt Julius wieder los und deutet um sich herum. »Es muss da so ausgesehen haben wie hier. Bäume, ein Feld, aber ohne Korn drauf. Nur gepflügte Erde. Etwas weiter dann ein riesiges beleuchtetes Schild. Was stand da drauf, Julius? ›Hungary? Border?‹ Auf Ungarisch, auf Englisch? Ich weiß es nicht mehr. Aber sonst war alles dunkel.«

»Und es hat geregnet«, sagt Julius. »Schon vorher hat es lange geregnet. Eigentlich die ganze Fahrt über. Ich bin also raus, und die Erde war aufgeweicht. Sascha gab mir noch einen Schlag auf die Schulter, und dann bin ich losgerannt. Auf die Grenze zu. Ab und zu meinte ich etwas zu hören und schmiss mich in den Dreck. Ich war quatschnass nach kurzer Zeit. Die Stiefel blieben immer wieder im Matsch stecken, aber ich habe sie nicht hergegeben. Ich wollte in diesen Cowboystiefeln in den Westen.«

Astrids linke Hand liegt auf ihrem Hals. Sie sieht Julius an und sagt: »Mensch, wirklich. Das tut mir leid, wenn ich das gewusst hätte.« Aber Julius lacht und sagt: »Da konntest du nun wirklich nichts für. Das war meine eigene Blödheit. Es hat alles viel zu lange gedauert. Ich muss einen Umweg gelaufen sein, aber irgendwann habe ich Lichter gesehen und ein paar Häuser. Nur war ich mir gar nicht mehr sicher, wo ich war. Ob das vor mir ein ungarisches oder ein jugoslawisches Dorf war. Erst als ich die kyrillischen Buchstaben an diesem kleinen Laden gesehen hatte, wusste ich, ich bin in Jugoslawien. Ich habe mich in so ein Bushäuschen gesetzt, mitten in der Nacht, und gewartet, bis Sascha wieder mit dem Wohnmobil kam.«

Sascha nickt und sagt: »Ich war in der Zwischenzeit die zwei, drei Dörfer abgefahren, die in Frage kamen. Hatte Vater eingesammelt, uns war schon etwas mulmig, weil es so lange dauerte, aber dann hatten wir ihn endlich.«

Józef kommt aus dem Wald geschlurft. Er streckt beide Hände aus, die voll sind mit kleinen Himbeeren.

Paul greift danach, steckt ein paar in den Mund und sagt: »Gibt es denn jetzt schon Himbeeren?« Margarete nimmt sich auch eine und sagt: »Józef würde auch welche finden, wenn es jetzt Dezember wäre. Manchmal wundere ich mich, dass nicht ein Eichhörnchen auf seiner Schulter sitzt oder ein Rabe.«

»Aber«, sagt Paul, »Jugoslawien war doch auch sozialistisch. Wieso haben die euch eigentlich keine Probleme gemacht?«

Astrid freut sich, dass sie endlich auch mal was sagen kann. »Die haben uns als Deutsche gesehen. Du hast damals in jeder westdeutschen Botschaft deinen DDR-Pass gegen einen BRD-Pass tauschen können. Auch in Sofia oder Prag. Nur hat dir der nichts genützt, weil ja der Einreisestempel in das Land fehlte. Den Jugoslawen war das wurscht. Wenn du es dahin geschafft hattest, warst du quasi draußen.«

»Let's go to Novi Sad«, sagt Józef »To Gmitar. It's fun.«

»Gmitar Toma, the painter?«, fragt Sascha, und Józef nickt. »Der ist super«, sagt Sascha zu Paul und Astrid. »Der malt so riesige Ölschinken. Den wollte ich immer schon mal kennenlernen. I thought he lives in Belgrad.« Doch Józef schüttelt den Kopf und hält Astrid die letzte Himbeere hin: »No, in Novi Sad.«

Astrid sitzt neben Margarete, und sie fahren allein auf die Grenze zu. Die Männer wollen über die grüne Grenze laufen, weil sie Józef nicht im Kofferraum rüber nach Serbien bringen können. »It's easy. Believe me. I will find the right way«, hatte Józef gesagt, aber das war Astrid dann doch zu viel gewesen. Sie hatte auf ihre roten Ballerinas gezeigt und gesagt: »Das ist wohl nicht das richtige Outfit für euer Räuber-und-Gendarm-Spiel.« Paul war sofort Feuer und Flamme, Sascha nickte amüsiert, und bei Julius hatte sie das Gefühl gehabt, dass er nur mitging, um nicht blöd vor den anderen dazustehen.

Margarete stoppt den Wagen am Ende einer Schlange von etwa zwanzig Autos. Langsames Stop and Go. Das hat Astrid schon seit Jahren nicht mehr erlebt. Sie schiebt die Kassette in den Recorder, Leonard Cohen singt »Chelsea Hotel«. Margarete sieht zu ihr rüber, und Astrid sagt: »Wir hören auch alle denselben Quatsch.«

»Józef hört den immer gern«, sagt Margarete und dreht lauter. »Aber ich mag ihn auch.«

»Ja, ich ja auch. Aber es ist irgendwie absurd.«

Sie sieht in die Karte. »Wir treffen uns in Horgoš«, hatte Sascha gesagt, und als Astrid geantwortet hatte: »Aber dass ihr das dieses Mal auch findet«, hielt Julius sein Smartphone hoch: »Kann ja nichts mehr schiefgehen heutzutage.« Dann waren sie im Kornfeld verschwunden, und Astrid war in Margaretes Auto gestiegen.

»Ich würde wirklich gern raus aus diesem Land«, sagt Margarete, während sie die Pässe vom ungarischen Zöllner wieder in Empfang nimmt. »Aber das ist mit Józef nicht zu machen. Das kannst du vergessen. Ohne sein Ungarn ist der nichts.«

Astrid steckt ihren Personalausweis wieder in das Portemonnaie und dreht »Famous Blue Raincoat« leiser. »Ist es denn wirklich so schlimm?«

»Seit die Fidesz regiert, sind mehr Menschen aus Ungarn geflohen als nach dem Aufstand 1956. Es sind also mehr Leute vor diesen Ungarn abgehauen als vor den Russen. Ich möchte hier nicht mehr leben, nicht unter diesen Idioten.«

»Aber wo willst du dann hin?«

»Das ist mir eigentlich egal. England, Frankreich, Skandinavien, Österreich oder Deutschland. Ich spreche ja ganz gut Deutsch. Und ich habe eine Freundin in Frankfurt, die hat eine Werbeagentur. Mit der habe ich Kunst studiert. Da könnte ich erst mal arbeiten und müsste nicht putzen gehen oder so was.«

Auch der serbische Grenzer winkt den Wagen mit den beiden Frauen durch. »Republic of Serbia« steht auf einem großen blauen Schild und auf Kyrillisch »Dobro doschli«. Was dann wohl »Willkommen« heißt. Astrid ist sich nicht mehr so sicher, ob das eine gute Idee war, einfach so über die Grenze zu laufen. Immerhin endet hier die Europäische Union, und irgendwelche Kontrollen werden die doch an ihrer Grenze haben. Sie denkt an Paul und an seine Herzkranzgefäße, aber Margarete legt ihr die Hand auf den Oberschenkel und sagt: »Denen passiert schon nichts. Nicht, solange mein Józef dabei ist.«

»Und Julius, was ist mit dem?«

»Was soll mit dem sein?«

»Na, mit euch, was wird nun werden?«

»Ich habe dich schon verstanden«, sagt Margarete und deutet auf einen Pfeil, auf dem »Horgoš« steht. Das Dorf besteht aus einer langen Straße mit Häusern zu beiden Seiten. Sie sind grauer als die in Deutschland und quadratisch, mit roten spitzen Dächern. Astrid gefallen die Strommasten, die am Straßenrand stehen und auf deren Kabeln die Schwalben sitzen.

»Tja, wo sind denn nun unsere Abenteurer?«, sagt Margarete und hockt sich neben dem Auto auf einen Stein. Das Gras steht hoch neben ihr. Als Astrid sich dazusetzt, sagt sie noch: »Julius und ich hatten ein paar schöne Tage in Hamburg. Ich habe meine Ausstellung aufgebaut und bei ihm gewohnt in dieser Wahnsinnsvilla, die er von seinem Vater geerbt hat. Man kann die Elbe sehen, und ab und zu kommen seine vielen Kinder vorbei, und es sieht dort aus wie in der Villa Kunterbunt.«

»Aber du willst nicht seine Pippi Langstrumpf sein?«, fragt Astrid und bereut es sofort.

»Hättest du etwas dagegen?«, fragt Margarete, ohne sie anzusehen, und dann springt sie auf und winkt. Die vier Männer sitzen auf dem leeren An-hänger eines grünen alten Traktors, der klappernd die Dorfstraße entlangfährt. Direkt auf sie zu.

Sie springen ab, und Józef ruft dem Fahrer etwas zu. »He was Hungarian. A Hungarian Serb«, sagt er begeistert, und Margarete ruft laut: »Ja, wir sollten sie uns alle einverleiben. Die Ungarn hier und die in Rumänien, die in der Slowakei, und wo wohnen noch welche? Es lebe Großungarn!« Józef sieht sie an, so wie man ein Kind ansieht, das offensichtlich etwas

Blödsinniges macht, und dann steigt er wieder durch die Kofferklappe hinten ins Auto, setzt sich in den Schneidersitz und guckt in die langsam untergehende Sonne. Margarete knallt die Klappe zu.

Paul nimmt Astrid in den Arm, küsst sie, sie kann seinen Schweiß auf dem Gesicht schmecken. »Das war wirklich toll«, sagt er. »Der Józef hat ganz schnell einen Weg gefunden, und wir sind keiner Menschenseele begegnet. Der ist wirklich ein besonderer Mensch.« Er küsst Astrid noch mal und klettert dann zu den beiden Brüdern nach hinten auf die Rückbank des Autos. Astrid steigt auch wieder ein, schiebt ihre Sonnenbrille hoch in die Haare und dreht sich auf dem Vordersitz nach hinten um. Sie muss lachen über Józefs Lotussitz, und Margarete neben ihr startet den Motor. »He is Buddhist. Kind of«, sagt sie. Paul lächelt selig: »Serbien. Dass ich das noch erleben darf. Serbien muss sterbien.« Astrid sieht ihn an, und Julius nickt zustimmend: »Hat schon Karl Kraus gesagt. Vor dem Ersten Weltkrieg.«

»Ihr seid so Klugscheißer manchmal«, sagt Astrid. Dann gibt Margarete Gas.

Der Autor dankt dem Deutschen Literaturfons
für die Unterstützung der Arbeit an diesem Roman.